O DESPERTAR DE UM SONHO

VOLUME 1

Editora Appris Ltda.
1.ª Edição - Copyright© 2025 dos autores
Direitos de Edição Reservados à Editora Appris Ltda.

Nenhuma parte desta obra poderá ser utilizada indevidamente, sem estar de acordo com a Lei n°
9.610/98. Se incorreções forem encontradas, serão de exclusiva responsabilidade de seus organi-
zadores. Foi realizado o Depósito Legal na Fundação Biblioteca Nacional, de acordo com as Leis n°s
10.994, de 14/12/2004, e 12.192, de 14/01/2010.

Catalogação na Fonte
Elaborado por: Dayanne Leal Souza
Bibliotecária CRB 9/2162

B928d
2025
	Bueno, Sérgio Donizeti
	    O despertar de um sonho: volume 1 / Sérgio Donizeti Bueno. –
	1. ed. – Curitiba: Appris: Artêra, 2025.
	    287 p. ; 23 cm.
	
	    ISBN 978-65-250-7488-7
	
	    1. Ficção brasileira. 2. Orfanatos. 3. Crime organizado. 4. Música.
	5. Arte. I. Título.
	
	                                                                    CDD – B869.3

Livro de acordo com a normalização técnica da ABNT

Editora e Livraria Appris Ltda.
Av. Manoel Ribas, 2265 – Mercês
Curitiba/PR – CEP: 80810-002
Tel. (41) 3156 - 4731
www.editoraappris.com.br

Printed in Brazil
Impresso no Brasil

Sérgio Donizeti Bueno

O DESPERTAR DE UM SONHO

VOLUME 1

Curitiba, PR
2025

FICHA TÉCNICA

EDITORIAL	Augusto V. de A. Coelho
	Sara C. de Andrade Coelho
COMITÊ EDITORIAL	Ana El Achkar (Universo/RJ)
	Andréa Barbosa Gouveia (UFPR)
	Jacques de Lima Ferreira (UNOESC)
	Marília Andrade Torales Campos (UFPR)
	Patrícia L. Torres (PUCPR)
	Roberta Ecleide Kelly (NEPE)
	Toni Reis (UP)
CONSULTORES	Luiz Carlos Oliveira
	Maria Tereza R. Pahl
	Marli C. de Andrade
SUPERVISORA EDITORIAL	Renata C. Lopes
PRODUÇÃO EDITORIAL	Maria Eduarda Pereira Paiz
REVISÃO	Flávia Carrara
DIAGRAMAÇÃO	Bruno Ferreira Nascimento
CAPA	Juliana Turra
REVISÃO DE PROVA	Alice Ramos

Veja,
Não diga que a canção está perdida,
Tenha fé em Deus, tenha fé na vida.
Tente outra vez
Tente
E não diga que a vitória está perdida
Se é de Batalhas que se vive a vida
Tente outra vez

Música Tente outra vez - Letra e interpretação de Raul Seixas (1975).

AGRADECIMENTOS

Agradeço primeiro a minha esposa **Ana Paula**, que foi a primeira pessoa a conhecer esta obra, ouviu com muito entusiamo minha leitura completa dos três livros que a compõe, e foi ela quem me incentivou primeiro a escrever, e depois a publicar.

Agradeço as minhas quatro professoras do primário, da Escola Estadual Profa. Elydia Benetti de São Carlos - SP. Elas nunca saíram da minha memória; Dona **Nizia**, Dona **Catharina**, Dona **Lali** (Maria Margarida de Carvalho Hansen) e Dona **Dorothéia**, ter sido aluno destas quatro grandes mulheres é um grande orgulho em minha vida. E foram elas que me deram a base necessária para criar e escrever histórias.

Agradeço mais uma vez a **Deus**, a **Nossa Senhora Aparecida** e ao **Padre Donizetti** pois sempre me iluminaram e nunca permitiram que eu deixasse de sonhar.

Para Jovino Bueno.

Meu pai nasceu para ser poeta, mas o mundo o colocou em uma vida onde trabalhou muito para criar três filhos. Após a morte de minha mãe, ele já aposentado, se dedicou aquilo que realmente amava, a música e a poesia. Este livro é o complemento de seus sonhos, ele não publicou um livro completo. Mas onde quer que esteja, eu tenho a certeza que está muito feliz ao me ver realizar meu sonho de infância, que foi também o sonho dele.

APRESENTAÇÃO

O Mundo é uma roda em movimento, que sempre retorna ao ponto de sua partida. Desvendar seus caminhos, é algo muito compensador. Não podemos nunca esquecer nossas origens e as pessoas que nos fizeram seguir em frente.

A vida nos leva por caminhos que muitas vezes não conhecemos, e por isso devemos sempre estarmos preparados. Ler um texto com antecedência, decorar uma música, ou mesmo ler sobre a história de um entrevistado, antes da entrevista, são pequenos exemplos de como podemos fazer a diferença no momento certo.

A protagonista desta história tem seu diferencial na preparação, dedicação e obstinação. Ela se prepara para um conjunto completo sempre, mesmo sabendo que irá fazer uma pequena parte dele. E é isto que muda sua vida nos momentos mais importantes.

Podemos aprender com este livro coisas simples de nosso dia a dia, que de tão simples podem mudar nossa vida.

Esta obra é uma viagem pelas dificuldades da periferia e a violência urbana, muito característica de algumas de nossas regiões. Ela traz também uma visão da vida amorosa e profissional da protagonista e de mais duas mulheres que, como ela, são independentes e empoderadas, se destacando por sua inteligência, elegância e beleza.

É também a descrição da vida de uma criança, que cresceu antes do tempo, mas nunca se esqueceu de amar; a vida, a arte e a amizade. Ela nasceu com muito talento, mas se preparou como poucos para usufruir dele.

É um livro com conteúdo forte, adulto, não direcionado a um público infantil. Ele traz descrições de violência e sexo. É também recheado de romances e músicas. Eu o classifico como pesado e divertido ao mesmo tempo.

Adendo

Esta é uma obra totalmente de ficção, de livre criação do autor, sem compromisso com fatos ou pessoas reais, qualquer semelhança é mera coincidência.

PREFÁCIO

Alguns livros não são apenas uma narrativa, mas janelas que nos transportam para um universo rico em emoções, mistérios e reflexões. "O Despertar de um Sonho" é uma dessas obras. Nela, o autor, com sua escrita envolvente e olhar sensível, nos convida a explorar vidas marcadas por desafios, escolhas e esperanças, em cenários tão vivos que quase os sentimos sob os pés.

"O Despertar de um Sonho" se inicia em um ambiente aparentemente tranquilo, o orfanato da Estrada Serrana, mas logo revela os contrastes de um mundo permeado por segredos e relações complexas. Sua descrição dos detalhes é perfeita e cria em nós a sensação de estarmos naquele local.

O autor constrói personagens fortes e profundamente humanos, com suas virtudes, fraquezas e dilemas. A partir deles, somos levados a refletir sobre questões como pertencimento, sacrifícios, superação e o poder de nossas escolhas. Além disso, o autor habilmente tece uma narrativa que mistura drama, suspense e nuances de romance, mantendo-nos envolvidos do início ao fim.

Convido você a mergulhar nesta obra com o coração aberto, pronto para vivenciar uma história que não apenas nos entretêm, mas também transforma. Que "O Despertar de um Sonho" desperte em você novas perspectivas, tal como a escrita do autor despertou em mim a admiração por sua capacidade única de contar histórias.

Heros Haroni Dias
Advogado (PUC – MG) e divide seu ano em duas partes,
seis meses no Canadá e seis meses em Varginha – MG

SUMÁRIO

CAPÍTULO 1
O ORFANATO 19

CAPÍTULO 2
VIDA INTERROMPIDA.. 23

CAPÍTULO 3
A ESCRITURA 29

CAPÍTULO 4
ALIMENTE O LOBO 35

CAPÍTULO 5
ALIMENTE A GATA 43

CAPÍTULO 6
1978, O ANO QUE NUNCA TERMINOU 51

CAPÍTULO 7
UM DIA DE MAQUIAVEL... 71

CAPÍTULO 8
A CONTA CHEGOU 77

CAPÍTULO 9
RETIRO EM POÇOS DE CALDAS................................. 85

CAPÍTULO 10
ADEUS, MEU AMOR.. 99

CAPÍTULO 11
UM NOVO LAR... 111

CAPÍTULO 12
RECOMEÇO 123

CAPÍTULO 13
BRINQUEDO NOVO 127

CAPÍTULO 14
A MÚSICA TOCA A ALMA DAS CRIANÇAS 131

CAPÍTULO 15
PASSEIO AO ZOOLÓGICO (1981)................................ 139

CAPÍTULO 16
A BOATE APPLE 145

CAPÍTULO 17
TUDO QUE DESEJAR COM INTENSIDADE..................... 151

CAPÍTULO 18
ROTINA DO CASAMENTO 155

CAPÍTULO 19
A MENINA CRESCEU 161

CAPÍTULO 20
POR QUE VOCÊ VENDEU AS CRIANÇAS? 173

CAPÍTULO 21
O QUE VOCÊ VAI SER QUANDO CRESCER? 179

CAPÍTULO 22
BEM-VINDA A PARIS.. 199

CAPÍTULO 23
O PRIMEIRO BEIJO.. 217

CAPÍTULO 24
A ORQUÍDEA SELVAGEM 227

CAPÍTULO 25
PEDAÇOS ARRANCADOS DE UMA VIDA...................... 235

CAPÍTULO 26
O PRIMEIRO AMOR 243

CAPÍTULO 27
VIDA, PISA DEVAGAR!.. 249

CAPÍTULO 28
MEUS DIAS DE BARCELONA 259

CAPÍTULO 29
A SOLIDÃO DE PARIS 273

CAPÍTULO 30
O PLANO 283

FRASES PARA GUARDAR 287

CAPÍTULO 1

O ORFANATO

O orfanato da Estrada Serrana era um dos mais procurados por casais que desejavam adotar uma criança na região de Nova Aliança, uma pequena cidade da Baixada Fluminense. A grande procura era por crianças menores, por isso as meninas maiores ficavam cada vez mais tristes e inconformadas quando viam uma criança pequena ser adotada.

Era um espaço particular, que recebia crianças de todos os lugares sem grande burocracia e sem vínculos públicos, e era mantido por doações particulares, sem a presença ou necessidade do Estado. Isso causava certa especulação, pois os demais orfanatos da cidade não conseguiam o mesmo êxito com doações particulares.

As crianças eram todas meninas, sempre divididas em idades próximas, pois não havia muitas com a mesma idade. Os bebês eram acomodados em um berçário separado, e a presença deles ali durava em média uma semana. As crianças de dois a cinco anos ficavam na ala mirim. As de seis, sete e oito anos formavam um grupo, e as de nove anos para cima outro grupo, assim as aulas e atividades eram as mesmas para cada grupo.

O orfanato era cadastrado no Ministério da Educação como escola particular e recebia mensalmente a visita de uma supervisora, para avaliar a evolução do ensino e, assim, as crianças poderem receber seus certificados de conclusão dos períodos escolares.

As aulas eram diárias, seguindo todo o currículo escolar-padrão. Curiosamente, as crianças não permaneciam no orfanato após completarem doze anos.

A estrutura do orfanato era muito boa, sua área territorial era distribuída em dois alqueires. A sede social era um casarão enorme em estilo colonial, com mais de cem anos de sua construção, composto por dois pavimentos. Tinha um salão enorme logo após a secretaria, que ficava ao lado da porta de entrada, várias salas e um refeitório grande, ao fundo a cozinha; na parte de cima ficavam os quartos, ao todo dez, todos com banheiro; no fundo, à esquerda, o berçário e a ala mirim.

O orfanato contava com uma quadra poliesportiva, uma piscina semiolímpica aquecida e muitos jardins. Ao fundo da propriedade, destacava-se uma capela com capacidade para umas quarenta pessoas. Ao lado dela havia um bosque enorme, recheado de árvores frutíferas. Na frente, muros altos com uma guarita e vigia permanente garantiam a segurança, executada por oito homens fortemente armados, revezando-se em três turnos. Nas laterais e ao fundo, havia uma cerca de três metros de altura, com eletricidade na parte de cima. Toda a área era monitorada por câmeras, o que tornava quase impossível alguém entrar ou sair dali sem ser visto.

Estava localizado em uma zona rural bem afastada de Nova Aliança, e no portão da frente havia um letreiro enorme com os dizeres "Vila dos Sonhos", com o número 777 em destaque ao lado. As pessoas que não conheciam o orfanato, ao passarem por ali, nem o notavam, imaginavam ser um clube ou sítio de veraneio.

Era muito bem cuidado por dois zeladores, o Sr. Manoel, já com seus sessenta anos, e o seu filho André, de pouco menos de trinta anos, eles moravam em uma casinha ao fundo, próximo ao bosque, com Ana Elisa, esposa de Manoel, que era cozinheira no orfanato. Eles eram responsáveis por toda a manutenção. A grama estava sempre bem aparada, a piscina tratada e o lixo sempre recolhido, tudo de forma impecável.

Toda a estrutura funcionava de forma perfeita, sob a coordenação de Isadora de Almeida, auxiliada por quatro freiras que, além de cuidar das crianças, também ministravam as disciplinas escolares e o ensino religioso. Logo aos sete anos, as meninas se preparavam para a Primeira Eucaristia.

Todo domingo, um padre vinha realizar a missa, todas as meninas participavam e ali apresentavam seu coral; muitos moradores vizinhos vinham para assistir. Quando o número de pessoas era muito grande, realizavam a missa na porta da capela, e as pessoas se aglomeravam no gramado em frente.

As crianças tinham acompanhamento de uma psicóloga, um pediatra e muitas aulas extracurriculares. Ali as meninas faziam balé, teatro, música e participavam de grupos de leitura. Essas aulas eram ministradas por professores que vinham de fora e passavam a tarde ali, os grupos tinham as aulas no mesmo dia, porém separados. Quando uma menina completava nove anos, iniciava também as atividades esportivas, que incluíam natação, esportes coletivos e judô. As crianças do grupo maior contavam também com iniciação em inglês, francês e espanhol. Alguns colaboradores não entendiam o motivo dessas aulas.

Nos grupos de leitura, toda semana era lido um livro, sempre escolhido pela psicóloga e a coordenadora, de comum acordo. Esses grupos davam às meninas o poder de falar e ler em público, pois cada página era lida em voz alta, e a criança tinha de fazer isso num púlpito, aos olhos de todos os demais.

Certa vez, um dos benfeitores do orfanato doou dez máquinas de escrever, para que montassem um curso de datilografia para as crianças maiores. Nessa época, datilografia era um item fundamental de um profissional que entrasse no mercado de trabalho. Ele se chamava Arthur Mendel de Oliveira, um empresário muito bem-sucedido do ramo da mineração. Ele era de Porto Belo, uma cidade muito grande, a pouco mais de duzentos quilômetros de Nova Aliança. E costumava visitar o orfanato duas ou três vezes por ano.

As aulas de teatro eram sempre as mais divertidas, cada grupo tinha seis meses para preparar uma peça, e essas peças seriam parte de um evento realizado duas vezes por ano com a presença dos benfeitores, que contribuíam para a manutenção do orfanato. Muitas vezes, eles traziam amigos para conhecer o orfanato. Ao verem o trabalho, geralmente se tornavam doadores também.

Isadora de Almeida Andrade, a coordenadora do orfanato, era uma mulher muito bonita. Tinha pouco mais de trinta e cinco anos, pele clara, 1,65 m, olhos verdes, cabelo bem liso, sempre muito bem penteado em trança ou em um rabo de cavalo, corpo atlético, sempre muito elegante, sem decotes ou alças, em um padrão de secretária executiva da época. Era casada com Roberto Andrade, um renomado arquiteto, que se revezava entre Porto Belo, onde tinha seu mercado maior, e Nova Aliança. Eram pais de duas meninas gêmeas adotadas, pois Isadora nunca quis ser mãe biológica. As meninas tinham, nessa época, doze anos, pele clara, cabelos pretos e olhos verdes como a mãe. Nunca souberam da adoção, pois tinham apenas três meses de vida quando foram adotadas. Esse era o ano de 1986, ano de eleições e de Copa do Mundo.

No currículo de Isadora constam duas faculdades. Ela era formada em Psicologia e Pedagogia, ambas cursadas na Universidade Federal de Porto Belo, além de uma pós-graduação em Humanização na USP, em São Paulo, um mestrado realizado na Universidade de Lyon, na França, em Ciências Sociais, e um doutorado em Sociedade Latino-Americana, realizado na Universidade de Princeton, em Nova Jersey, EUA. Com toda essa formação, o orfanato era para ela um campo vasto, onde assumia também toda a parte administrativa. Era, na realidade, uma CEO, e muito competente.

As quatro freiras que auxiliavam Isadora eram irmã Angélica, irmã Paulina, irmã Marli e irmã Sílvia. Paulina era a mais velha, tinha cinquenta e cinco anos, diretamente abaixo de Isadora na hierarquia; Angélica e Marli estavam ali há mais de dez anos, e Sílvia chegara há pouco mais de um ano. As duas tinham entre trinta e trinta e cinco anos, e Sílvia apenas vinte e dois, muito jovem e cheia de energia, diferente das demais, que já estavam mais familiarizadas e acostumadas com o espaço. Ela era formada em Educação Física e, logo que chegou ao orfanato, ficou responsável pela área esportiva. Havia feito seus votos há pouco tempo e parecia não estar completamente certa desse caminho.

CAPÍTULO 2

VIDA INTERROMPIDA

Ana chegou ao orfanato perto de seus seis anos, já sabia escrever e fazer as operações básicas de matemática, e sua mãe fazia questão de que ela aprendesse isso desde muito pequena, antes de entrar na escola. Era mais alta que as meninas de sua idade e tinha um corpo sadio, deixando claro que fora muito bem cuidada e alimentada.

Era filha de um pequeno comerciante chamado Elias e de Maria dos Anjos, uma costureira que trabalhava em um ateliê em sua casa. Seu pai era dono de uma loja de armarinhos muito movimentada na Rua Alvorada, no centro de Nova Aliança, uma cidade pequena da Baixada Fluminense, com pouco mais de quarenta mil habitantes. A loja tinha cerca de sessenta metros quadrados, com uma fachada de seis metros.

Elias não tinha parentes próximos, pois seus pais morreram em um acidente em um caminhão pau de arara, quando ele tinha dez anos. Depois disso, foi acolhido por um casal de vizinhos já em idade avançada que não tinha filhos.

A loja de armarinhos era uma sociedade que fizera aos dezesseis anos, até então ele vendia os produtos de porta em porta desde os doze anos. Um dia, o dono da loja, um libanês chamado Tarik, que era seu fornecedor, lhe ofereceu uma sociedade, em que ele entraria com o capital e Elias cuidaria da loja. O libanês pretendia voltar ao Líbano e talvez não retornasse ao Brasil.

Com apenas dezesseis anos e quase um homem formado, Elias aceitou na hora, sem medo ou dúvida, pararia de carregar as sacolas pesadas no sol, subindo e descendo ladeiras e, mais que isso, teria uma imagem conhecida além da periferia. Tarik ficou acompanhando o trabalho dele por mais dois anos, até lhe fazer uma nova proposta, oferecendo sua parte na loja para Elias por um valor bem acessível, mas ele deveria assumir as dívidas também. Como Elias era muito organizado, havia guardado um bom dinheiro e ofereceu a metade do que tinha; com a outra metade manteria a loja. O libanês aceitou, e fizeram uma escritura pública em que Elias assumiria toda e qualquer dívida oriunda de Tarik no Brasil. O menino ambicioso, agora aos dezoito anos, já emancipado, inocentemente aceitou. E o libanês Tarik desapareceu para sempre.

Ele se casou aos vinte anos com Maria dos Anjos, uma costureira doméstica e muito caprichosa que conhecera em sua loja, pois semanalmente ela ia comprar tecidos e apetrechos de costura. Ela tinha, na época, dezessete anos, uma mulher alta de aproximados 1,70 m, cabelos encaracolados de um castanho muito escuro, compridos até os ombros, andava sempre muito elegante e muito bem maquiada. Mesmo jovem, era uma mulher-feita e muito inteligente, sabia escolher os tecidos com rara competência e negociava com o proprietário em busca da melhor forma de pagamento e do melhor preço.

Ela era nascida no Rio Grande do Norte, e sua família se mudou para Nova Aliança quando tinha apenas cinco anos. Seu pai, que ganhava a vida com a venda de redes e toalhas de mesa, em Natal, resolveu mudar de vida e comprou um pequeno bar em Nova Aliança, orientado por alguns amigos que conhecera em sua cidade. Sua mãe nunca se conformara com essa mudança de vida, mas, como esposa, tinha de ser obediente ao marido, e arrependeu-se ainda mais ao ver que seu marido passou a beber muito e a fazer muitos desafetos.

Certo dia, o bar estava lotado e um Diplomata preto parou em frente, atravessado no meio da rua. Dois homens apontaram duas metralhadoras na direção do bar e mataram todos que estavam lá, em um total de dezenove pessoas, inclusive seu Agenor, pai de Maria dos Anjos. Ela, com apenas quinze anos, chegou do curso de costura uma hora depois. A casa em que moravam era em cima do bar, e havia centenas de pessoas na rua, corpo de bombeiros e imprensa, todos fechando o cerco.

A menina desabou a chorar, tinha certeza de que seu amado pai havia morrido. Sua mãe, quase enlouquecida, chorava abraçada a um corpo que era retirado em uma maca, todo perfurado de balas, até que um dos policiais pediu para se afastar, mas teve que retirá-la quase à força.

A menina se agarrou à mãe, e as duas se ajoelharam no chão, pondo-se a chorar inconsolavelmente, uma cena que parou todos ao redor, policiais, vizinhos e imprensa. No dia seguinte, os jornais da cidade traziam a foto dessa cena. O jornal *A Hora* estampou a manchete "Quando vamos parar"?

Alguns anos depois, descobriram que o motivo da chacina era que João Grandão, um desafeto de Tobias Melchior, o grande chefão do pedaço, frequentava o bar, e havia um rumor de que ele estaria recrutando aliados para derrubar Melchior, que resolveu mostrar poder e matou o mal pela raiz.

Passados dois meses desse ocorrido, mãe e filha começaram a sentir a necessidade de fazer alguma coisa, pois logo suas economias se esgotariam. A mãe de Maria dos Anjos era só tristeza, andava pela casa de seis cômodos, dia e noite, como se procurasse por algo.

Maria já tinha completado o ginasial e teve de parar de estudar, pois a escola mais próxima ficava a seis quilômetros e ela só poderia estudar à noite, o que naquele local não era recomendável. Ela mandava muito bem no curso de costura, e sua mãe era costureira em Natal, onde fazia lindas toalhas de mesa e tapetes que seu Agenor e mais uma dúzia de vendedores vendiam pelas ruas da capital potiguar. Sua família lá viveu muito tempo da venda desses produtos. Então, Maria sugeriu que desocupassem o bar, que estava trancado desde aquele fatídico dia, e montassem ali um ateliê de costura, seria um novo começo; sua mãe concordou.

De todas as dores, limpar aquele local foi a pior, pois ali foram destruídos sonhos e vidas. Ele ficou dois meses fechado por ordem da polícia, pois era cena de crime, porém só vieram uma vez averiguar. Tinham de retirar o que sobrara, bancos, mesas e balcões, todos com inúmeros furos de balas e manchados de sangue, foi terrível. Elas levaram uma semana para limpar tudo. Dois vizinhos, quando chegavam do trabalho, carregavam para elas os móveis pesados. Cacos de vidro pareciam areia, de tantos estilhaços.

O dono de uma mercearia na rua de baixo ficou sabendo que fechariam, foi até lá e se ofereceu para comprar os equipamentos, as bebidas e os vasilhames que estivessem em bom estado. Dona Rosa, mãe de Maria dos Anjos, ajudou-o a observar e, ao final, ele perguntou qual era o preço. Sobraram apenas um freezer horizontal e mais de cem caixas de vasilhames com pouco mais de trinta caixas de cerveja, cinco de refrigerantes e umas dez de cachaça, uma balança e uma máquina de fatiar frios, toda enferrujada. Ela avaliou tudo e pediu mil e quinhentos cruzeiros, ele olhou com cara de quem não gostou e respondeu:

— Dona Rosa, isso tudo vale pelo menos quatro mil. Eu vou fazer o seguinte, lhe pagarei três mil cruzeiros, assim farei um bom negócio, e a senhora terá um pouco mais de dinheiro para recomeçar.

Ela chorou, o mundo não era tão ruim como pensara nos últimos dois meses. Tempos depois, a esposa dele se tornaria cliente assídua delas.

Com parte desse dinheiro, conseguiram comprar os equipamentos que faltavam. Dona Rosa já tinha uma máquina de costura, então compraram mais uma, com portas de madeira encapadas com plástico, e fizeram pranchas onde poderiam esticar os tecidos. Agora faltavam só os tecidos e as linhas. Como ainda sobrara um pouco de dinheiro, foram ao centro buscar algo para começar, o que era muito difícil, pois não sabiam o que os clientes iam querer e se teriam clientes.

O início foi desanimador, não havia encomendas, então Maria dos Anjos fez um enorme cartaz e colocou na porta, com o preço de serviços básicos, como fazer a barra de calças, pregar zíperes e outras pequenas costuras. Logo começaram a chegar serviços de todos os lados. Eram serviços baratos, mas começavam a movimentar o ateliê. Três semanas depois, Maria dos Anjos começou a costurar vestidos de festa e uniformes para empresas. O negócio prosperou e, em menos de seis meses, dona Rosa conseguiu colocar o aluguel em dia, e em casa não faltava nada.

Alguns meses depois, Maria dos Anjos começou a namorar Elias, esse namoro foi de vento em popa, os dois eram muito apaixonados, e ele a levava para passear muito nos finais de semana — era circo, parque de diversões, zoológico, pizzaria, sempre com muita alegria. Logo um pedido de casamento e, então, com um ano de namoro, eles se casaram. Sua mãe, dona Rosa, faleceu poucos meses após o casamento, teve um enfarto fulminante durante a noite e morreu dormindo.

Novamente a morte passou aos seus olhos, novamente Maria dos Anjos perdia algo. Ela e Elias moravam junto com a mãe, e Maria pediu a Elias para mudarem-se dali, pois tudo ali, para ela, era tristeza. Ele concordou e logo encontrou uma casa boa no bairro Laranjeiras, do outro lado da cidade. A casa tinha, como a anterior, um salão embaixo ao lado da garagem, e em cima três bons quartos, uma sala enorme com vidraças para a rua, e uma cozinha enorme; dali avistava-se o morro do outro lado, uma paisagem muito bonita.

Maria adorou, e o aluguel era bem acessível. Os negócios de Elias iam muito bem, mas nunca sobrava dinheiro, era até estranho. Logo o ateliê de Maria dos Anjos começou a ficar movimentado e ela passou a ter bons rendimentos. Foi exatamente um ano depois da mudança que ela engravidou. Foi uma gravidez de muita alegria, ela comprava tecidos e fazia roupas de todas as cores para não se preocupar com o sexo do bebê. Dona Eustáquia, sua vizinha do lado esquerdo, uma senhora de sessenta e poucos anos, viúva, com filhos já adultos que moravam fora, começou a ajudá-la. Ficaram muito amigas. Quando a demanda exigia uma mão de obra maior, as duas se esforçavam e garantiam o serviço.

Elias tirava dois dias por semana, segundo ele, para beber com os amigos e se distrair. Maria achava normal e não podia implicar com o marido, pois era muito bom parceiro e não lhe faltava nada, o dinheiro dela era para despesas pequenas, e o restante era guardado para um futuro tranquilo — quem sabe comprar uma casa nova, embora ali parecesse o Paraíso para ela.

Era uma rua plana e não se avistavam casas penduradas no morro. O fluxo da rua era pequeno, pois era sem saída, e as crianças dos vizinhos brincavam tranquilamente na rua, até jogavam bola, sem se preocupar com carros ou pessoas passando. Para o ateliê era ótimo, afinal havia muito espaço para as clientes estacionarem.

Conforme a gravidez avançava, Elias saía mais vezes, e Maria dos Anjos sentia um certo alívio por ele não a procurar, pois a barriga já estava enorme e isso era até doloroso, ela tinha acabado de completar vinte anos. Em 23 de fevereiro de 1980, nasceu a "bela" Ana Maria de Carvalho, sobrenome apenas do pai, como de costume na época. A menina era grande, pesava, ao nascer, quase quatro quilos; tinha os olhos e cabelos de um castanho muito escuro, perfeitinha, Maria até se emocionava ao pensar na filha e em como Deus havia sido generoso.

Elias ficou eufórico, ser pai de uma filha era seu sonho, pensava em tudo que faria para ela, mas precisava, como sempre, sair para beber e comemorar. Nesse dia saiu da Maternidade Santa Efigênia e só voltou no dia seguinte, para buscar a esposa e a filha, ainda com um leve cheiro de álcool, em seu Passat 1979 branco, seu maior orgulho até então. Maria dos Anjos teve que parar de trabalhar por algumas semanas e ser apenas mãe. Dona Eustáquia cuidou do trabalho, sempre a consultando, era para ela a mãe que perdera.

A pequena Ana mamava muito, e Maria dos Anjos produzia muito leite, vivia com os seios cheios, e se passassem dez minutos da hora de a menina mamar, tinha que trocar de blusa, pois o leite jorraria com certeza.

A vida era corrida e muito gostosa. Durante uns seis meses, Elias não saiu para beber e ficou em casa, muito carinhoso com as duas. A loja ia de vento em popa, e ele até fazia planos de comprar uma casa própria, fato que se consumou quando Ana completou um ano de vida. Elias enfim conseguira comprar a casa onde moravam, o que deixou Maria dos Anjos ainda mais feliz.

CAPÍTULO 3

A ESCRITURA

Alguns meses após Elias assumir a loja e o espólio deixados por Tarik, entraram em sua loja três homens, dois muito altos e fortes, de terno preto e gravata, com chapéu Panamá na cabeça. Atrás estava um homem de terno creme, sapato branco, camisa florida, com um chapéu branco e gravata roxa, parecia um apresentador de circo barato, aparentava no máximo trinta anos, fumava um charuto e fazia questão de contaminar tudo com o cheiro.

— Elias é você? — perguntou como se a loja fosse dele; aliás, como se o mundo fosse dele.

— Sim, sou eu. — Sua voz saiu um pouco trêmula, ainda que ele nem imaginasse o motivo daquela visita.

— Eu vi que você assumiu as dívidas do turco, e eu e meus amigos estamos aqui para receber o que ele nos deve. — Ao falar isso, apagou o charuto no balcão. As funcionárias da loja foram para os fundos, perplexas, mas não ouviam a conversa, a cena já era mais que suficiente.

— Desculpe, mas o Sr. Tarik me passou todas as dívidas dele e não falou nada de dívidas com o senhor, Dr. Tobias. — Ele quase molhou as calças nesse momento.

— Você sabe quem eu sou, então peça para suas funcionárias irem para casa e feche as portas, afinal são quase cinco horas da tarde, e nossa conversa precisa ser discreta.

Elias fez um sinal para as funcionárias irem embora. Elas saíram, e os três se sentaram no fundo da loja e o esperaram fechar. O menino de dezoito anos pensou em sair correndo, mas não adiantaria muito, logo seria alcançado. Então, sentou-se de frente com eles.

— Bom, o senhor Tarik, antes de partir, nos pagou uma pequena parte da dívida e nos entregou esta escritura pública onde deixa claro que o senhor é responsável por seus débitos — esclareceu Tobias.

Quando Elias viu a escritura, soltou um "Filho da puta! Turco do caralho". Só então entendeu que, na realidade, a bondade do ex-sócio era uma armação para ele fugir do Brasil, e levando dinheiro.

— A que se refere a dívida? — perguntou Elias, agora sem ter para onde fugir.

— Estas aqui são dívidas de jogo. — Mostrou uma promissória de cinquenta e cinco mil cruzeiros. — E desde que ele se foi o senhor não nos pagou pela segurança da loja. — Tobias falava ponderadamente, com a certeza de que seria atendido.

— Que segurança? Nunca ouvi falar disso — protestou Elias.

— O senhor já foi assaltado? Alguma vez entraram à noite em sua loja? — respondeu de forma sarcástica Tobias.

— Não, isso nunca aconteceu aqui, pois é uma cidade tranquila — disse, certo de tê-lo convencido.

— Veja bem, a tranquilidade sou eu que trago, a paz e a segurança sou eu que garanto. — Nisso acendeu outro charuto, o cheiro era horrível. — Lembra do Sr. Nelson, da padaria ali na esquina? Ele não nos pagava pela segurança, e um dia alguns bandidos entraram lá à noite e roubaram todo o dinheiro, depois colocaram fogo na padaria. Por infelicidade maior, o Sr. Nelson estava preparando o pão do dia seguinte e acabou morrendo no incêndio. Se ele pagasse para nós, tenho certeza de que ninguém ousaria entrar em seu estabelecimento.

Elias quase engasgou e perguntou:

— Mas os chilenos também pagavam? — disse, em tom de desafio.

— Os chilenos não pagavam, mas eles ficaram pouco tempo, você deve se lembrar que desapareceram num final de semana e não voltaram nem para buscar suas coisas. Alguém me disse que morreram num acidente de trânsito, "a família toda", não sobrou ninguém. Porém, isso deve ser boato, o povo fala muito. — Na cabeça do jovem comerciante veio a resposta: *Agora fodeu*.

— E quanto lhe devo pela segurança, Dr. Tobias? — Era negociar com o Diabo e correr para rezar a Deus.

— São três mil cruzeiros pela dívida de seis meses, e mais quinhentos cruzeiros deste mês. — Elias quase enfartou, afinal era quase um salário mínimo por mês.

— Eu posso lhe pagar a dívida da segurança amanhã? Pois não tenho esse dinheiro aqui. — Ele suava muito.

— Amanhã, às quatro horas da tarde, você entregará um envelope para uma mulher na Padaria Rezende; dentro dele, três mil, setecentos e cinquenta cruzeiros.

— Como assim três mil, setecentos e cinquenta cruzeiros? — respondeu Elias, de forma inconformada.

— A diferença são os honorários da pessoa que vai receber. Alguma dúvida? — perguntou Tobias, enfático.

— Como é essa mulher? Qual o nome dela? — Seu suor escorria pela testa.

— Nomes não são importantes, você saberá que é ela assim que entrar na padaria. — E continuou: — Em quinze dias, você entrará em contato comigo e me apresentará uma solução para o restante da dívida. Agora, se estiver de acordo, todo mês você me pagará a segurança, e sua loja estará sempre protegida.

Todos se levantaram e Tobias deu a mão para Elias. Com um aperto muito forte, disse:

— Tudo o que fazemos é negócio, você é jovem e terá uma vida longa e próspera se souber dividir, pois apenas dividindo será capaz de multiplicar — deu um sorriso sarcástico e saiu para a rua, atrás dos seguranças, algo sempre premeditado. Os comerciantes vizinhos ficaram todos de butuca atrás de suas gôndolas, com muito medo de serem visitados também.

A noite foi longa e angustiante, Elias não conseguia dormir, apenas rolava na cama. Sr. Alfredo, o homem que o acolheu, vendo seu martírio, sentou-se na cama ao lado dele com um tom muito sereno e disse:

— Quando acordamos às quatro horas da manhã e não conseguimos mais dormir, é porque temos um novo amor em nossa vida, isso tira o sono, nos deixando inebriados numa alegria que não sabemos explicar. — Elias olhou para ele, tentando entender aonde queria chegar. — Mas quando não conseguimos dormir e rolamos na cama, é porque temos um problema e não temos muitas opções para resolvê-lo.

— Tem razão, Sr. Alfredo, eu tenho um problema e não consigo resolver, mas não gostaria de contar para o senhor, pois é um verdadeiro pai para mim, e não acho justo envolvê-lo nisso.

— Eu tinha uma tapeçaria na Rua Aquidaban, naquela época era um pouco mais velho que você. Certo dia, entrou um homem... — Elias ficou perplexo —, e com ele dois outros homens, todos de preto e usando chapéus. Eu pensei *agora vou faturar*. Mas não era isso. O nome de um deles era Ibrahim Melchior. — Agora Elias começara a suar de novo. — Quer ouvir o restante? — Elias acenou com a cabeça. — Ele me disse que garantiria toda a segurança de minha loja e nunca ninguém mexeria lá, porém eu tinha que pagar para ele essa proteção. Eu perguntei apenas quanto era, e ele me passou um valor que hoje corresponderia a uns mil cruzeiros. Eu fiquei apavorado, mas lhe falei que tapeçaria não era um negócio tão rentável. Ele me olhou bem nos olhos e disse:

— Quanto você pode pagar e ainda manter sua família bem? — Essa pergunta me deu esperança.

— Eu respondi que poderia lhe pagar trezentos cruzeiros, todo mês, e no mês de dezembro lhe daria uma leitoa para ele colocar em sua ceia. Nesse momento, os homens que estavam com ele puseram as mãos nas armas que carregavam na cintura, então pensei que ia morrer.

— Ele disse: "Como me entregará a leitoa?" Essa pergunta me aliviou.

— Respondi: "Todo dia 23 de dezembro, no local que o senhor me indicar, limpa, pronta para ser temperada." Ele sorriu e me respondeu: "Combinado, amanhã você levará um envelope na Padaria Rezende com os trezentos cruzeiros, e entregará para um garoto que passará por lá em uma bicicleta."

— Respondi: "Combinado!" Eu não quis saber quem era o garoto, tampouco o peso da leitoa. Durante vinte anos, todo final de ano, eu entregava essa leitoa. Quando ia fazer a entrega, se o senhor Ibrahim estivesse lá, pois a entrega era na casa dele, me chamava para entrar, me oferecia um bom vinho e ali passávamos uma ou duas horas conversando. Minha loja nunca foi assaltada nem ninguém tentou arrombar. Vários vizinhos se recusaram a negociar com ele. Dois morreram de forma estranha, baleados em suas próprias casas, e outros fecharam as portas sem nenhuma explicação. É a primeira vez que conto essa história. Minha esposa nunca ficou sabendo disso, são negócios, e negócios são feitos para quem sabe negociar.

Terminando de falar, deu boa-noite, levantou-se e foi dormir. Elias arregalou os olhos e se esticou na cama, tentando entender bem aquela história; e conseguiu finalmente adormecer.

CAPÍTULO 4

ALIMENTE O LOBO

Sexta-feira, ou seja, no dia seguinte, às três e meia, Elias entrou na Padaria Rezende. No fundo, em uma mesa quase isolada, estava uma mulher de pouco menos de vinte anos, muito bonita e muito elegante, com cabelos presos em um arranjo que destacava sua nuca e valorizava seus brincos de argola, de uma cor dourada. Usava um vestido creme, com colarinho fechado e um decote redondo, que destacava o vão entre os seios, tudo se complementando e combinando com um par de sapatos pretos, de salto bem alto. Ele não teve dúvidas de que era ela, a mulher que procurava para deixar o envelope. Quando ela o viu, se encantou, também reconhecendo quem era. Elias tinha pouco mais de 1,70 m, usava uma camisa polo branca e calça boca de sino vinho. Tinha um peitoral forte e os braços bem torneados pelas sacolas que carregara no passado. A barba por fazer dava uma impressão de mais velho, mas tinha apenas dezoito anos.

Ele entrou e se dirigiu a ela. Ela continuou olhando seus movimentos desde a entrada, com um olhar de cobiça. Quando ele se aproximou, ela sorriu. Ele ficou encabulado com aquela mulher, tão diferente de seu meio e tão elegante.

— Boa tarde, moça — deu uma pequena engasgada —, posso me sentar?

— Boa tarde, moço — deu um pequeno sorriso, que quebrou o gelo. — Se for de seu agrado, pode. — Ele sentou-se de frente com ela e começou a falar:

— Eu sou Elias, muito prazer! — disse, sem tirar os olhos de sua boca, escorregando para seu decote.

— Muito prazer, eu sei quem você é. — Ela fez um sinal para o garçom, que se aproximou. — Pode fazer o seu pedido.

— Não quero nada, tenho pressa, preciso voltar para a minha loja — respondeu ele em tom de ansiedade.

— Por favor, traga um croissant recheado com queijo canastra e um chocolate quente para o meu amigo. — Ele ficou todo descomposto. O garçom se afastou, então ela olhou seriamente para ele e disse: — A vida nos reserva poucos momentos de relaxamento e paz, devemos aproveitá-los ao máximo. Você tem apenas dezoito anos, como pode pensar em viver uma vida inteira correndo? Procure sempre sentir o sabor de um café, de uma boa companhia, ou o cheiro de uma torta saída do forno. Pequenas coisas podem mudar nossos caminhos.

— Sabe, venho de uma família simples e de um bairro periférico, então algumas regalias nunca conheci — ao dizer isso, não sabia ao certo se agradaria —, mas vejo que você é muito jovem também.

— Na vida, nomes, idade ou origem não contam muito. Não importa de onde você vem, e sim quem você quer ser; e o mais importante: quem você conseguirá ser — disse isso apreciando seu cappuccino gelado e saboreando uma fatia de torta de morango.

— Bom, o que venho fazer aqui não me agrada, mas sua companhia, sim, parece que a conheço há muito tempo.

Nisso chegou seu pedido, ou melhor, o pedido dela para ele.

— E por que não lhe agrada ter de vir aqui? — perguntou ela com seriedade, sem o sorriso até então estampado.

Elias sentiu nela uma mulher forte, como nunca havia encontrado.

— Não acho justo pagar alguém só por pagar — respondeu com voz de contrariado.

— Vou lhe dizer uma coisa, a vida não é justa. O que vem pagar hoje é o menor de seus problemas. — Olhou-o fixamente e pensou: *Que homem gostoso.* — Tenho certeza que ainda não pensou no que fará daqui a quinze dias.

— Como sabe de tudo isso se nunca me viu? — Agora, sim, ele pegava uma fatia do croissant e dava uma bicada no chocolate quente, quase queimando a língua, mas engoliu em seco, salivando a boca para disfarçar. Ela percebeu e riu de forma a deixá-lo encabulado.

— Informação é poder. Para ser bom em qualquer atividade, você precisa de conhecimento e informação. Por que acha que os americanos e russos dominam o mundo? — Era muito inteligente, ele não fazia ideia do que era a Guerra Fria.

— Ora, porque são fodões — falou de forma debochada. Ela riu. *É gostoso, porém um pouco xucro, um garanhão a ser domado, mas com esporas bem grossas*, pensou ela.

— Não, é porque eles gastam milhões de dólares por ano para terem informação, fizeram a bomba de Hiroshima antes de todos, porque são bem-informados e se anteciparam. — Agora a cabeça dele deu um nó de vez, que raios era Hiroshima?

— Você é muito inteligente! — O elogio a fez sorrir.

— Não era isso que você queria dizer... — *Será que ele consegue entender*?, pensou ela.

— Tem razão, você é muito gata! — A ousadia tem seu preço, mas, para quem já devia para o gângster cinquenta e cinco mil cruzeiros, não havia muito a perder.

— Viu? Você é inteligente, apenas precisa se revelar. — Seu sorriso demonstrou que a aposta fora certa. — Obrigada pelo elogio, mas você não tem medo das unhas de uma gata? — Ele olhou para suas mãos, suas unhas eram enormes, pintadas de um vermelho-escuro, dava para arrancar seu couro na primeira unhada.

— Claro que tenho, por isso é preciso domesticar a gata e aproveitar para esticar seu pelo com muita calma. Todo felino gosta de carinho e de ser dominado. — Agora estava dominando o espaço, já tinha demarcado o território. Ela sentiu-se molhar, era raro alguém a surpreender.

— Gostou do croissant? — desconversou para não perder o controle.

— Sim, o sabor dele está diretamente ligado ao entorno. — Ele sentiu que estava virando um poeta ou um idiota, mas estava gostando, sua ereção já durava cinco minutos.

— Tem razão, a vida é assim. Trouxe minha encomenda? — A ereção se foi, seu pênis foi se esconder dentro do saco escrotal.

— Sim, aqui está. — Entregou a ela um envelope. Ela conferiu discretamente e retirou dele duzentos e cinquenta cruzeiros, colocando-os em sua carteira e guardando o envelope na bolsa.

— Agora que acertou seu condomínio, já pensou como fará daqui a quinze dias? — falava séria, já seca e sem pensar em outra coisa que não fosse a vida dele.

— Não consegui pensar ainda, é tudo uma novidade para mim, preciso conversar com alguém a respeito. — Seu olhar era triste, aquela ereção perdida o fez sentir-se órfão de novo.

— E por que não me conta seus planos? — Ela era direta e colocou sua mão sobre a mão dele.

— Mas nem a conheço, nem sei seu nome, de onde é?

Ela o interrompeu:

— Se sou casada? Se tenho namorado? Onde moro? — sorriu de forma abundante.

— Sabendo as perguntas, podia muito bem respondê-las — disse ele, com a cara amarrada e séria.

— Nada disso importa, você tem um problema e precisa resolver. Alguém de fora, com uma visão mais ampla, pode ajudá-lo. Você não pode comer a "donzela" sem ter a certeza de que seus testículos estarão entre suas pernas daqui a quinze dias. — Agora seu pênis entrara nos testículos.

— Como pode achar que desejaria trepar com você assim? — respondeu grosseiramente.

— Olha o jeito que olha para meus seios e minha boca. Ou você quer me comer, ou é um maquiador homossexual querendo ser eu. — Agora ele dava uma risada gostosa, e o pênis conseguia sair do saco escrotal, mas ainda estava muito reduzido, talvez nem desse para urinar em pé.

— Desculpe, como homem, meus olhos não me obedecem. — Ele tentava afastar aquela imagem do maquiador e mostrar sua virilidade.

— Talvez hoje não seja o dia de pensarmos em coisas tão picantes, como em um encontro romântico. — Olhou seus olhos como quem diz "volte para a Terra; Houston, devolva nosso astronauta."

— Desculpe minha ousadia, acho que sua presença me fez esquecer de meus problemas — disse, todo acanhado e sem graça.

— Você tem dezoito anos, vai trepar muito nesta vida; claro, se conseguir manter seus testículos intactos. Tem o dinheiro ou não?

— Tenho metade dele, e é tudo o que tenho, não conseguirei pagar tudo em quinze dias. — Seus olhos lacrimejaram.

— Sabe, os pastores de ovelhas costumam toda noite deixar três ovelhas amarradas a trinta metros do curral. No curral eles têm mais de mil, e essas três alimentarão os lobos naquela noite; alimentados, eles irão embora. Mas se o pastor se esquecer de alimentá-los, eles com certeza atacarão o rebanho todo e, assim, em uma noite, matarão mais de cinquenta ovelhas.

— Ou seja, "alimente o lobo"! — Agora ele parecia inteligente.

— Mas não se esqueça, os pastores nunca amarram cinco ou dez ovelhas, eles colocam apenas três ovelhas mais velhas, pois sua lã já não é tão densa. — Se ela tinha vinte anos, era muito, porém sua sabedoria era de quem tinha muita experiência.

Assim que acabou de falar, ela terminou seu cappuccino, chamou o garçom, deu-lhe cinquenta cruzeiros, agradeceu, levantou-se e deu um beijo no rosto de Elias, agora com certa intimidade. Ele não resistiu e perguntou:

— Como poderei vê-la de novo? E como é seu nome? — falou sério e em tom de exigência.

— Me chame de Gláucia, mas por favor não me procure, vamos esperar até termos certeza de que terá testículos para usar comigo — sorriu com certa zombaria e saiu como se estivesse desfilando, com um andar suave como uma modelo na passarela, em seus sapatos de saltos bem altos e sem fazer barulho.

Ele ficou em pé, olhando-a sair, depois chamou o garçom e perguntou quem era ela. O garçom lhe respondeu secamente:

— Ela é quem lhe disse ser. — Ele ficou alguns segundos com cara de bobo e saiu na rua como um homem apaixonado, que acabara de encontrar o amor de sua vida. Quando chegou à loja, suas três funcionárias não conseguiam entender por que ele estava com cara de feliz, depois da cena que viram no dia anterior. Mas patrões são assim, quando parecem estar por baixo, dão a volta por cima.

De tudo que Elias ouviu, quando conseguiu se desprender daquele decote, ficou apenas uma chave a ser usada. *Se eu tenho vinte e cinco mil cruzeiros e der tudo ao Dr. Tobias, ficarei sem nada e devendo. Em vez disso, darei apenas metade e negociarei com ele. Se der mais do que isso, me afundo, tenho apenas uma chance de ficar vivo.* Elias gostava da vida que levava, do comércio e da cidade. Poderia fugir, mas não faria muito com o dinheiro que tinha e viveria fugindo de forma desonrada, jogando fora tudo o que conquistara até ali; não, essa não era uma opção.

Os quinze dias passaram rápido, a loja vendeu muito nesse período, e sua reserva aumentou. Já tinha decidido pagar quinze mil, quando se lembrou das palavras de Gláucia: "O pastor nunca amarra cinco ou dez ovelhas, são sempre três". Passava todas as tardes na Padaria Rezende, comia um croissant e tomava um café, na esperança de encontrar Gláucia. Mas isso não se repetiu. Ele se perguntava: *Quem de fato é ela?* Uma pergunta sem resposta.

Às dezessete horas da data marcada, Elias estava sozinho na loja, pois havia liberado as funcionárias mais cedo, elas imaginavam o porquê, então do nada apareceram na loja os três convidados aguardados, os dois seguranças de preto e Tobias Melchior, em sua breguice habitual, dessa vez usava uma gravata do Mickey.

— Boa tarde, meu amigo! — Esse cumprimento já soava zombeteiro. — Como você está?

— Não muito bem, Dr. Tobias, o comércio não está fácil. — Tinha que justificar os próximos passos.

— Não é o que dizem, pois só ontem entraram oitenta pessoas em sua loja.

Elias pensou: *Será que ele contou ou é um blefe?*

— Eu contei quarenta e duas, todas comprando coisas pequenas, de dois a cinco cruzeiros — disse isso, mas as oitenta eram reais.

— Sabe, isso não é importante. Vamos direto ao assunto que nos traz aqui. — Agora Elias sabia que era blefe.

— Dr. Tobias, eu não tenho o dinheiro todo. — Nisso, os seguranças puseram as mãos nas armas, e Tobias acendeu um charuto.

— Que pena, já havia me familiarizado com o senhor.

Elias tremia igual uma vara verde.

— Mas posso lhe pagar dez mil cruzeiros e, no mês que vem, conversaremos de novo, o senhor não acha mais interessante? São quase vinte salários de hoje. — O suor formava bicas em seu rosto.

— Entregue amanhã na Padaria Rezende, às dezesseis horas, uma mulher o esperará lá e lhe entregará um recibo assinado.

O rosto de Elias corou de novo, resolveria duas situações de uma vez só. Apertaram as mãos, e Tobias e seus jagunços foram embora.

Para Elias, ele queria o dinheiro, mas, na verdade, queria uma fonte segura de renda, que pingasse sempre, esse era o objetivo. E, nesse acordo, havia conseguido. Talvez se tivesse oferecido cinco mil cruzeiros, o resultado fosse o mesmo.

CAPÍTULO 5

ALIMENTE A GATA

Elias trabalhou a manhã toda feliz e cheio de expectativas, pois tinha certeza de que reveria Gláucia. No mundo nada mais tinha importância comparado a Gláucia. Às três e meia, chegou à Padaria Rezende, mas não viu a moça. Foi uma frustração. Ele pediu um café com leite e um pedaço de torta de frango, sentando-se na última mesa, de frente para a porta. Havia caprichado no visual, usava camisa de manga longa estampada, com os botões do peito abertos, calça boca de sino branca e um sapato de plataforma muito usado na época. Anos mais tarde, esse visual seria visto com Tony Manero no filme *Os embalos de sábado à noite*.

O tempo passava e nada de ela chegar. Ele já começava a suar, toda aquela produção para nada? Havia até esquecido o que tinha ido fazer ali. Faltando cinco minutos para as quatro horas, levou um susto quando viu aquela mulher linda entrando pela porta da padaria, e todos — até as mulheres — olhavam para ela. Em um vestido azul-marinho de alças finas, até os joelhos, com decote explorando seus seios bronzeados, usava um salto alto muito fino e uma bolsa de couro que nem era vendida naquela região. Os cabelos soltos iam até os ombros, com uma tiara prateada que combinava com seu bracelete e com o cinto trançado que usava na cintura. Usava batom vermelho. Elias teve aquela já comentada ereção na hora. Ela se aproximou sorrindo e perguntou, toda dengosa:

— Posso me sentar, moço?

— Claro! — E levantou-se para puxar a cadeira, esquecen-do-se da ereção. Ela percebeu e brincou:

— Gostei, você não perdeu os testículos — riu muito, ele ficou vermelho como um peru —, mas gostaria de me sentar na cadeira que está sentado. — Ele trocou de lugar na hora. — Garçom, por favor! Um cappuccino gelado e um croissant com morango.

— Nossa, você está maravilhosa! — Seus olhos novamente entravam em seu decote.

— Por quê? Eu não era? — Ela sempre o desconcertava.

— Não, não foi isso que eu quis dizer — tentou remediar —, é que hoje você está ainda mais maravilhosa! — e sorriu.

— Vejo que andou pensando em mim. Você costuma ir trabalhar com essa roupa?

— Não, é que hoje não fui trabalhar.

— Bom, agora que terminamos nossos cinco minutos suíços, podemos ir direto ao ponto.

Como ele é gostoso, pensou ela.

E ele pensava: *Que porra é essa de minutos suíços?*

— Mas assim? Já? — Ele não entendeu direito o que ela queria dizer. O garçom trouxe o pedido e ele pediu mais um pedaço de torta e um café.

— Claro, pode passar o envelope. — Lá se foi aquela ereção tão cheia de orgulho.

— Lógico! — disse, com uma voz de decepção. — Aqui está. — E entregou a ela o envelope.

Ela abriu discretamente e começou a conferir. Vendo que ele não tirava os olhos de seu decote, afastou-se um pouco da mesa e puxou a saia com as mãos, deixando as coxas à mostra e um pouquinho de sua calcinha, que era vermelha. Pronto. Lá estava a boa e velha ereção. Assim que terminou de contar, disse:

— Estão faltando cem cruzeiros.

Ela estava com olhar de cobrança, e ele todo concentrado naquelas pernas.

— Impossível, eu contei várias vezes — disse, todo preocupado com a cobrança. — Tem dez mil cruzeiros no envelope.

— Sim, tem dez mil, mas faltam os meus honorários, que são cem cruzeiros.

Ele ficou irritado:

— Como assim? O Dr. Tobias não me falou nada. — Estaria ela extorquindo-o?

— Esse é um acordo entre nós. Se não pagar o meu trabalho de vir até aqui receber, não poderei receber nem dar o recibo.

Puxa, tenho de pagar só para vê-la?, pensou ele. Nisso, ela cruzou as pernas, o garçom trouxe o pedido dele e quase caiu com a bandeja.

Ele abriu a carteira, tirou uma nota de cem cruzeiros e entregou discretamente para ela. Ela a guardou na carteira e pegou um recibo, entregando-o em suas mãos.

— Agora podemos falar de assuntos mais interessantes — e sorriu.

— Você cobra por tudo que faz? — Ele queria saber se ela era uma prostituta.

— Eu cobro pelo meu trabalho, mas fique tranquilo, não sou prostituta, se é isso que está pensando; jamais venderia meu corpo. — Olhou com seriedade, tocando o peito dele com a mão direita e segurando a medalha que trazia pendurada no pescoço —, porém sou uma mulher de gostos caros, e não é qualquer homem que me pode ter.

— Gostaria de tentar! — Agora ele fora direto.

— Bom, tentar não é o suficiente, tem de me fazer o convite certo. — Agora as coisas estavam começando a caminhar.

— Vamos sair daqui? Ir para um local mais agradável?

— Depende, o que você sugere? — ela testava seus nervos.

— Que tal irmos ao drive-in? — Era o que ele conhecia, e as mulheres com quem saía adoravam.

— Não, assim você me decepciona. Mas vou lhe dar uma chance. Aqui próximo acabou de ser inaugurado um hotel novo, se chama Itapuã, lá eu gostaria de ir com você. — Ele engoliu em seco, ela era mais cara do que imaginava.

— Eu topo, podemos ir? — Ansioso, e muito nervoso, agora estava preocupado com o estouro que faria em suas finanças.

— Então você se levantará, pagará a conta, irá lá fora chamar um táxi e me pegará na porta; enquanto isso, eu te espero aqui. — Ele foi dar um beijo no rosto dela, mas ela tirou o rosto, ele ficou a ver navios. Levantou-se e foi cumprir suas ordens. Ela discretamente foi ao banheiro e tirou a calcinha, colocando-a na bolsa.

Em minutos, o táxi encostou em frente à padaria. Ela saiu e entrou no banco de trás, onde ele a esperava; sentou-se ao lado, ele tentou abraçá-la, mas ela se afastou. A cabeça dele entrava em parafuso. Ela pediu ao taxista para levá-los ao Hotel Itapuã, porém não era para entrar pela frente, e sim pelo estacionamento. Então, olhou para o colo dele, sua ereção estava no máximo. Colocou a mão discretamente, sem o taxista ver, e abriu um pouco as pernas, então pegou a mão dele e a colocou entre suas pernas. Ele tocou-a bem devagar e ela se arrepiou. Ele quase gozou ao perceber que ela estava sem calcinha e molhadinha. O trajeto durou cinco minutos, mas a excitação fazia parecerem três horas.

O táxi parou ao lado de uma porta de metal no estacionamento. Eles desceram, Elias pagou o taxista e entraram. A porta ficava ao lado da escada. Ela segurou sua mão, tirou os sapatos e assim subiram pelas escadas, a suíte era no sétimo andar.

Ele suava frio e pensava: *Hoje vou perder um ano de serviço.* Ela chegou à suíte 79, abriu a porta e puxou-o para dentro. Abraçou-o e beijou-o em um beijo longo e gostoso. Os dois se entregaram e começaram a se despir. Ela era perfeita, bronzeada com marcas de biquíni apenas nas nádegas. Ele a pegou no colo e colocou-a com todo o cuidado na cama, que era enorme. Ela começou a beijar seu corpo, e ele delirava de excitação. Agora ele estava apenas de cueca, e ela sem nada. Foi quando ela tirou seu membro da cueca, e ele se arrepiou todinho, mas o imprevisível aconteceu.

Ele simplesmente broxou. Ela riu um pouco, e ele ficou arrasado, mas ela não se deu por vencida e começou a esfregar o corpo nele até sua vagina encostar em seu rosto. Ele, então, começou a lambê-la, e ela ficou muito molhada. Pegou seu pênis flácido e colocou-o na boca enquanto se contorcia de excitação. A ereção dele voltou, e ela sentou-se sobre ele e ali foram longos minutos de cavalgada, ambos inebriados de prazer. Ela era experiente e muito versátil. Ele parecia aprender com ela, e era isso que a excitava ainda mais. Naquela noite, transaram mais duas vezes, e cada vez foi melhor. Depois ele descobriu o que era uma banheira de hidromassagem, então se perderam nela em meio às espumas.

Ali pelas dez horas da noite, pediram comida no quarto. Ela só bebia água, e ele bebia cerveja; aquela noite não seria facilmente esquecida por ambos.

— Posso te fazer uma pergunta? — Ele queria muito saber dela.

— Pode, mas precisa estar preparado para a resposta — respondeu ela, beijando o peito dele e mordiscando seus mamilos com leveza.

— Receber para o gângster é seu trabalho?

— Não, esse é um trabalho extra que faço. Eu de fato trabalho na sede administrativa da Mineradora Fluminense, que é aqui no centro, sou secretária executiva.

— E quando faz isso? — Em sua cabeça, as peças não se encaixavam.

— De segunda a sexta, das sete às três.

— E as cobranças, por que faz? — perguntou, tentando entender sua vida.

— Eu não faço cobranças, apenas recebo pagamentos — disse, bem séria.

— E por que os recebe? — insistia ele de novo.

— A vida nos coloca em situações difíceis, veja você o buraco em que se meteu.

— Adorei esse buraco! — disse ele de forma abusada. Ela começou a rir, toda ruborizada.

— E nesses buracos que não são os meus, nos obrigam a reagir e buscar algo mais — falava sério agora, tornando-se pedagógica. — O Tobias Melchior é muito astuto. Se ele for pego dentro de um estabelecimento desses recebendo dinheiro ou pagando alguém, pode ser preso, e seria muito fácil para seus inimigos armarem uma arapuca dessas para ele. Então, ele sempre paga alguém para receber em um local público. Pode notar que, do lugar onde me sento, vejo todo o movimento da padaria; se houver qualquer atividade suspeita, eu me levanto e saio, como se nada tivesse acontecido. E os pagamentos eu deixo em um local seguro e discreto.

— E você faz isso por cem cruzeiros? É um bom dinheiro, mas me parece muito perigoso.

— Atravessar uma rua é perigoso, subir numa escada é perigoso, deixar uma mulher chupar seu pau é mais perigoso ainda — respondeu, cética. — Os cem cruzeiros eu cobrei de você, meus honorários são de duzentos e cinquenta cruzeiros, se o pagamento for inferior a um milhão de cruzeiros. — Ele ficou branco quando ela falou em um milhão.

— E tem gente que já pagou um milhão?

— Toda semana tem gente que paga, uma vez um cara me pagou vinte milhões — respondeu ela.

— Meu Deus! Não posso imaginar quem faria isso. E como recebeu?

— Ele me entregou um fogão aqui na porta da padaria, cheio de dinheiro dentro. Dois funcionários da padaria colocaram numa caminhonete de aluguel e entregaram num depósito de bebidas. Lá dois capangas do Tobias puseram o dinheiro no porta-malas de um carro, que ficou dois meses parado, sem ninguém mexer nele, como se estivesse esperando peças para um mecânico ir arrumar. Bom, agora você já sabe demais sobre mim, eu preciso ir, são quase duas horas e trabalho cedo. — Ela começou a se trocar, e ele também, ela o interrompeu: — Não se troque, fique na cama. Eu vou sair e, depois de meia hora, você sai, do mesmo jeito que entramos.

— Mas eu preciso pagar o hotel e as coisas que comemos — respondeu, intrigado.

— O hotel é uma cortesia que eu tenho; sempre que desejo, posso usufruir. — Ele não entendeu nada.

— E quantas vezes já veio aqui? — perguntou, querendo pôr ordem na casa.

— Acho que três vezes — e começou a rir.

— É, não foram tantas — disse, aliviado.

— Nesta semana, afinal ainda é quarta-feira — deu uma gargalhada, e ele ficou todo desconcertado. — Bobinho!

— Mas por que me disse que era cara e eu deveria bancar? — questionou com uma voz indignada.

— Porque queria saber quanto você me desejava e quanto poderia se sacrificar por mim — respondeu com um sorriso de orelha a orelha. — E você foi perfeito, comprou até roupas novas.

— Como sabe que são novas se não lhe contei?

— A cueca e a camisa estão com a etiqueta de preço por dentro. — Ponto para ela, ele ganhou outro sorriso. Já composta, deu um selinho em sua boca e disse: — Não me procure, e nunca, em hipótese alguma, ouse ir ao meu trabalho, nos veremos muitas vezes se você respeitar meu espaço. Outra coisa, não serei sua namorada nem sua esposa, não terei filhos, tampouco dividirei casa. — Ao terminar de falar, ela saiu pela porta.

Elias esperou vinte minutos, desceu pela escada, saiu de mansinho pelo estacionamento e teve que se esconder em uma moita de bambu, pois viu Tobias entrando em seu carro. Esperou o carro sair e foi para a rua, preferiu ir a pé para casa, precisava transpirar.

Depois dessa noite, Elias ficou sem chão, estava apaixonado por uma mulher que não queria ser sua nem compartilhar sua vida, mas o queria de vez em quando, e isso era delicioso. Nos meses seguintes, encontraram-se na mesma data, eram sempre encontros divertidos e muito quentes. Depois passaram a ser semanais, e depois do casamento de Elias, os encontros aumentaram para duas vezes por semana, até que o inesperado aconteceu, em junho de 1978.

CAPÍTULO 6

1978, O ANO QUE NUNCA TERMINOU

O escritório administrativo da Mineradora Fluminense era na Rua Pompeia, em um edifício novo, todo espelhado, algo muito moderno na época, e ocupava os dois últimos andares, o quarto e o quinto. No andar abaixo ficava o RH.

A empresa empregava algo próximo a três mil pessoas e tinha um faturamento anual superior a um bilhão de cruzeiros. No andar de cima era o centro administrativo, onde eram realizadas as reuniões e ficavam os escritórios dos diretores, passando pela entrada, onde havia uma triagem realizada por Zuleica, a recepcionista. Seguia-se por um corredor que separava os escritórios, e no fundo havia uma sala maior, que era a recepção da presidência.

A mesa de Gláucia era bem no centro, e ela era auxiliada por uma estagiária, Márcia. Era ela quem cuidava das demandas dos escritórios do gestor Isaías, que era de fato o administrador de tudo, e da sala do presidente.

O presidente era Arthur, que tinha a maior sala de toda a empresa, embora visitasse muito pouco a sede administrativa. Ele acabara de chegar de Portugal e naquela manhã fazia a primeira visita depois de três meses. Em suas mãos, carregava uma sacola com vinhos do Porto e outra sacola com pastéis de Belém, divididos em caixinhas de papelão. Passou por todos, cumprimentando-os com um sorriso muito carinhoso. Ao se aproximar de Gláucia, entregou as sacolas e deu as instruções:

— Entregue um pastel de Belém para sua estagiária e diga para ela entregar os vinhos aos diretores e ao Isaías, e os pastéis às demais mulheres do andar. Quando você estiver tranquila, venha à minha sala, preciso conversar com você. — Gláucia executou as ordens, mas ficou temerosa, ele nunca tinha olhado tão sério para ela assim em quase seis anos que ela estava na empresa.

Em pouco mais de meia hora, ela adentrou sua sala. Estava, como sempre, exuberante, com um sapato preto de salto para lá de alto e um conjunto de saia e blusa cinza. A blusa era de alças finas e era inevitável observar seu decote, a parte central de seu vestuário. Os cabelos estavam presos em um coque, e ela usava maquiagem discreta. Para falar com seu patrão, colocou então um casaquinho que a deixava mais elegante ainda e cobria seus ombros.

— Tudo bem, Sr. Arthur? Como foi sua viagem? — Havia adquirido com o patrão o hábito de sempre conversar coisas sem importância antes de ir ao assunto, o que chamavam de cinco minutos suíços.

— A viagem foi ótima! Fiquei mais em Lisboa dessa vez, mas fui também a Braga e Fátima; e você, como está?

— Estou bem, minha vida é casa, trabalho, trabalho, casa — e soltou um sorriso lindo.

— Sabe, queria falar sobre isso. — Ela achou que seria cortejada, ou melhor, assediada.

— Se fiz algo errado na empresa e o senhor não gostou, é só me falar, que estou disposta a reparar meu erro e ressarcir a empresa se causei prejuízo.

— Gláucia, você é a melhor profissional que já tive, e olha que tive muitos, mas o problema não é na empresa ou com relação à empresa — ele falava sério, e ela sentiu um frio na espinha. — Pegue dois copos de uísque com gelo, por gentileza, e sente-se aqui.

— Mas eu não posso beber no trabalho.

— Hoje você pode. — Ela pegou a bebida e sentou-se com ele à sua mesa, um de frente para o outro, então ele começou: — Eu sei o que acontece com você quando deixa as dependências de nossa empresa.

— Como assim? Eu vou para casa cuidar de minha mãe.

— Sua mãe não requer cuidados e adora a casa nova que você comprou para ela.

— Como o senhor sabe disso? Não contei para ninguém aqui na empresa.

— Informação é poder, e eu invisto muito em informação. Me conte o que faz então, ou eu contarei.

— Prefiro que o senhor me diga. — Poderia correr o risco de falar algo que ele não sabia.

— Você, por sua competência, é responsável pelos pagamentos realizados à organização do Tobias Melchior, e faz isso de segunda a sexta no período da tarde; você se desloca a diversos estabelecimentos comerciais, todos os dias, duas ou três vezes, para receber esses pagamentos, para que sejam todos eles realizados com segurança.

— Desculpe, Sr. Arthur, mas isso não interfere em meu trabalho aqui na empresa — respondeu, chocada e preocupada.

— Um dia interferirá em tudo na sua vida, e não só em seu trabalho aqui. Tobias enfraquece as pessoas, depois as atrai para seu lado, então tira delas a juventude e a dignidade, e as faz perder o sentido do que é certo e errado.

— O que o senhor quer que eu faça? Não posso sair agora, ele não deixará.

— Esse é apenas um de seus problemas. Há mais ou menos dois anos você tem um caso com um rapaz casado. Ele é boa pessoa, mais jovem que você, e não tem ideia do risco que está correndo. Desde que ele se casou, você o vê duas vezes por semana, sempre em um quarto de hotel, já foram a todos os hotéis bons da região.

— Mas isso não tem nada a ver com o Tobias Melchior — respondeu, irritada.

— A esposa dele é uma moça muito trabalhadora e sem família, metade desses hotéis é do Tobias.

— Mas qual é o perigo que ele corre? — Ela não entendia aonde ele desejava chegar.

— Você é uma das garotas da coleção de Tobias, ele hoje não te procura como procurava no início, às vezes duas ou três vezes por mês no máximo. Mas ele não vai gostar de saber que tem um galo novo comendo uma de suas franguinhas, e o pior: dentro de seu galinheiro.

Gláucia começou a chorar, sabia de tudo isso, mas, em seu íntimo, fingia não saber até então.

— Desculpe, Sr. Arthur, eu não tinha noção de tudo isso. — E virou o copo de uísque na boca, deixando-o marcado com seu batom de um tom rosa muito claro. De repente, aquela mulher forte e cheia de convicções via seu mundo desabar, tornando-se frágil como uma criança quando é pega fazendo algo errado. — Tudo foi acontecendo sem previsão. Primeiro as dificuldades em casa, e tivemos que arrumar dinheiro para não perdermos a casa e ficarmos na rua. Tobias foi a única solução encontrada, ele tinha a fama de benfeitor.

Arthur a olhava com ar de reprovação, mas também de piedade.

— Ele se encantou comigo, eu era apenas uma criança, minha mãe não sabia, mas ele foi me assediando e deixando a dívida sem cobrar, isso permitia termos o que comer. Depois me colocou em uma escola de etiqueta e em outra de idiomas. Era, para mim, uma oportunidade de mudar de vida. Eu continuei estudando à noite e fazendo esses cursos durante o dia, e logo ele patrocinou outros cursos. Com apenas quinze anos, fui aceitando: datilografia, música, moda, tudo isso foi me moldando, e eu dividia o meio período aqui como "pequeno aprendiz", que me ocupava das sete às onze horas, depois partia para os cursos e à noite o colégio. Quando completei dezesseis anos, tive um momento de muita tristeza, e ele pagou também a terapia. De repente, não me faltava nada, e o preço não era tão ruim. Ele foi meu primeiro homem, e era muito carinhoso, eu passei a gostar daquilo. A vizinhança toda já sabia que eu era uma protegida dele, e ninguém ousava comentar com minha mãe, ela morria de vergonha. Mas, ao mesmo tempo, tinha mais duas crianças menores para alimentar e nenhum marido para ajudar. Ela me via andando em um salto alto, toda elegante, com roupas caríssimas, e ficava orgulhosa da mulher que eu me transformara. Ele me convidava para jantar e passear. Passear com ele era muito complicado, pois todos o reconheciam, e ele percebeu que estava me colocando em perigo, então começamos a ter apenas encontros escondidos, a maioria no Hotel Itapuã.

Arthur olhava com os olhos cheios de lágrimas, enquanto enchia mais dois copos de uísque.

— Ele estava apaixonado por mim, enquanto sua esposa vegetava já há mais de cinco anos numa cama cheia de cuidadoras em sua mansão. E mentia dizendo que me levaria para morar com ele assim que ela falecesse. Eu fingia acreditar e não queria, de forma nenhuma, esse fardo para mim. Então, um dia ele me cobrou a dívida da casa. Eu achava que minha juventude já havia pagado, mas não, era apenas mais uma artimanha dele. Nessa época eu já era mulher-feita. Já era sua secretária e tinha meu salário, fazia apenas o curso de idiomas, no quinto ano. Então, resolvi morar sozinha, e ele mais uma vez foi o fiador do meu primeiro aluguel. Eu não o deixei pagar o aluguel, pois começava a pensar em liberdade. No dia em que falou do empréstimo, fiquei aterrorizada, nem dormi direito. No dia seguinte, ele me sugeriu que eu o ajudasse, eu fiquei branca com a ideia de participar de seus negócios, pois sabia o que eram, e ele fez a seguinte proposta: "Eu preciso de uma pessoa limpa, sem nenhuma ligação com meus negócios para receber meus dividendos todos os meses". Eu fiquei com mais medo ainda. "É um trabalho fácil, e ocupará umas duas horas por dia, e você é perfeita para isso". Entendi, nesse momento, que era apenas mais um mero brinquedo nas mãos dele e que tudo sempre foi para chegar a esse ponto.

"Perguntei a ele: 'Você quer que eu cobre as pessoas, que as intimide?' E meus olhos soltavam fogo com aquela proposta. 'Não, as pessoas que você vai encontrar para receber já estarão de acordo com o pagamento, e você só irá até o estabelecimento receber, é assim que trabalhamos'. A sua maior virtude, ou talvez a única, era justamente conduzir as negociações com extrema facilidade.

"'E isso será apenas em troca da dívida de minha mãe?', perguntei. Era uma cartada minha agora. 'Por que, você não acha justo?', perguntou ele com um tom desafiador. "Ele me viu crescer e adorava me ver falando de igual para igual com ele e o desafiando, isso apimentava nossa relação.

"'Eu farei o que você deseja, mas do meu jeito, e quero receber pelo meu trabalho e pagar a dívida a você com minhas mãos', falei. Ele ficou todo orgulhoso, a menina virou mulher e já impunha regras.

"Então, me perguntou: 'Como pretende receber?' Respondi: 'Você avisará aos seus devedores onde eu vou estar no dia seguinte ao da sua visita, e eu os esperarei, em um local comercial, sempre muito movimentado, onde eu possa fugir discretamente se algo der errado, sem a possibilidade de sofrer algum dano ou ser capturada com o dinheiro, e você não irá colocar nenhum vigia ou jagunço na minha cola.' Ele disse: 'E que garantias eu tenho disso dar certo e você não sumir com o dinheiro?' Respondi: 'A garantia sou eu, ou acha que não sou valiosa?' Eu sorri e ele suou um pouco, mas adorou a ideia. 'Outra coisa, nunca informe meu nome, isso é meu de mais ninguém.'"

Arthur, perplexo com a segurança e articulação de sua secretária, perguntou:

— E ele cumpriu o combinado?

— No início, não, sempre havia gente me vigiando nas marquises próximas, prontas para explodir a cabeça de alguém ou até a minha se necessário. Mas com o tempo ele passou a confiar, acabaram os problemas de recebimento, todos pagavam direitinho e eu fui conhecendo as pessoas, fazendo amizades e até as ajudando a se livrarem de seus problemas.

— E como faz para receber? E de onde tirou a ideia de frequentar os comércios? — disse Arthur, tomando mais um gole.

— Eu vi essa estratégia em um livro, era usada pelo assessor de um senador romano, para receber propinas para o Senado.

— E ele lhe paga os honorários?

— Não, seus parceiros comerciais pagam, eu estipulo o preço, a pessoa vem e entrega o envelope dele já sabendo que tem de pagar o meu separado. Em seis meses consegui pagar a dívida de minha mãe, ele quase não acreditou, pois seu dinheiro entrava sem ser mexido. No ano seguinte, comprei meu primeiro apartamento, pagando em espécie. — Ao dizer isso, Arthur entendeu que ela tinha mais de um.

— E o dinheiro? Como sai de você para ele? — Arthur já estava querendo saber demais.

— Isso não posso lhe contar, me desculpe, Sr. Arthur.

Arthur coçava a cabeça e demonstrava fascinação por aquela história, era digna de um livro de Agatha Christie. Então perguntou:

— Diante de tudo que lhe disse, e agora que sei de toda sua história, o que pretende fazer?

— Não sei, tenho de pensar, mas o que terei de fazer, e isso me preocupa há muito tempo, é me afastar dele e tentar começar algo novo, algo que supra meus luxos e preencha minha vida. O que mudará em minha vida na sua empresa a partir de agora?

— De imediato, apenas quero que encontre uma pessoa para substituí-la, pois não posso ficar sem uma secretária com sua competência.

— Pretende me demitir? Eu entenderei!

— Jamais faria isso, pois assim você só teria uma via para seguir.

— Me parece que o senhor quer dizer mais alguma coisa?

— Sim, para o seu bem e para o bem de uma família honesta, e também para não termos muitos velórios nesta pequena cidade, eu lhe peço que deixe de ver este rapaz, o tal de Elias.

— Essa é a parte mais difícil, mas prometo resolver isso. — Nisso, Arthur a abraçou como um pai abraça uma filha, querendo apenas o seu bem. Ela entrou em seu banheiro para consertar toda a maquiagem e depois foi em direção à saída. Na porta, disse:

— Eu gostaria de ter tido um pai como o senhor!

Ele sorriu e, assim que ela saiu, falou bem baixinho:

— Não, você não gostaria!

* * *

Os dias se passaram, e o ano de 1978 foi voando, era ano de Copa e, nesses anos, tudo mudava. Os negócios de Arthur seguiam de vento em popa, e sua empresa crescia de forma acelerada. Gláucia também crescia na empresa e era cotada no conselho para assumir a gestão de tudo, pois Isaías se aposentaria nos próximos anos. Isso tudo com apenas vinte anos. Em sua vida paralela, não conseguiu deixar Elias nem Tobias. Mas seu portfólio imobiliário não parava de crescer.

Passados três meses dessa conversa com Arthur, ela lhe faz uma ligação em um sábado de manhã, e ele ficou preocupado, pois não era de seu feitio ligar em seu apartamento, ainda mais no final de semana.

— Oi, Gláucia, tudo bem?

Quando ouviu a voz dela, sentiu que ela não estava bem.

— Bom dia! Sr. Arthur, eu preciso falar com o senhor e tem de ser pessoalmente.

— É mesmo urgente?

— Sim, o senhor é a única pessoa que pode me ajudar.

— Então pegue um táxi e venha para cá, traga roupas para um final de semana.

— Mas assim? — De repente lhe passou pela cabeça que isso seria uma proposta para um novo patrocínio e ficou receosa, porém o pouco que conhecia dele era suficiente para confiar.

— Sim, venha passear em Porto Belo, você vai relaxar um pouco.

A essa altura, seria realmente uma boa ideia, ela pensou.

— Em frente ao escritório tem um ponto de táxi, ali tem um taxista chamado Wilson, encontre-o e peça para ele trazê-la ao meu apartamento.

Ela, então, preparou sua pequena mala de mão e levou pendurado em um cabide um vestido preto de noite. Como sempre, estaria preparada para qualquer novidade.

Chegou de táxi ao escritório, subiu e pegou em sua mesa três pastas com alguns contratos, eles eram para ser assinados na segunda-feira pelo gestor, e este seria seu álibi: dizer que fora a Porto Belo porque Arthur queria fazer algumas alterações nos contratos. Depois desceu e foi direto ao ponto de táxi. Ao ver aquela mulher linda com um vestido pendurado na mão e uma pequena mala na outra, Wilson furou a fila dos táxis e foi direto a ela, dizendo:

— Bom dia! Por aqui, senhorita, por gentileza! — Era a primeira vez que alguém dizia isso para ela, e ela gostou.

— Bom dia, você é Wilson?

— Sim, seu criado, nossa viagem durará cerca de três horas. Gostaria que inclinasse o banco de trás para poder descansar nesse período? — Ele era profissional. — Que estilo de música gosta de ouvir?

Ela sorriu e respondeu:

— Se tiver Belchior, Elis ou Chico, eu adoraria, mas som baixinho.

— Seu pedido é uma ordem, senhorita.

E, assim, ele inclinou o banco de trás em quarenta e cinco graus. Era um Diplomata amarelo, um carro muito confortável, e ela se esticou no banco, aquela tensão que a viagem exigia era quebrada ali, devido ao bom serviço prestado por Wilson. Exatamente três horas depois chegaram ao destino: um edifício luxuoso em um bairro muito requintado de Porto Belo. Wilson se ofereceu para ajudá-la com a mala, mas ela não aceitou, então abriu a bolsa para pagar a corrida, e ele disse, com voz de satisfeito:

— Não, o Sr. Arthur já deixou pago, eu trabalho muito para ele. — Nisso ela pegou uma nota de cem cruzeiros e deu para ele, como gorjeta. Ele agradeceu e lhe entregou um cartão, dizendo:

— Em qualquer circunstância, se precisar, me ligue. — Ela ficou pensando se era uma cantada ou se, em caso de tiroteio, poderia chamá-lo. Entrou no edifício e cumprimentou o porteiro, que lhe indicou o elevador. Sem perguntar nada, ela chegou ao elevador e apertou o botão, chamando-o, mas foi em direção às escadas, retirou os sapatos de salto e subiu por elas — o apartamento era no nono andar, porém isso não a preocupou.

Ao chegar ao andar, Arthur, um perfeito cavalheiro, estava na porta, olhando para o elevador no hall, mas se surpreendeu por ela ter subido pelas escadas e estar com os sapatos na mão. Ele a abraçou e a aconselhou a não pôr os sapatos. Eram quase treze horas. Ao entrar, ela ficou deslumbrada com o bom gosto do apartamento. E, para sua surpresa, em uma mesa enorme, com doze cadeiras, em um canto havia um pequeno, mas muito delicado, almoço montado, com uma massa, salada, um filé à parmegiana, arroz e uma torta de morango como sobremesa; em um balde estava uma garrafa de vinho tinto, com rótulo francês, e algumas garrafas de água com gás. Um pouco à frente da mesa, um piano lindo com um abajur em cima se destacava. Ela olhou para tudo e comentou:

— Nossa, Sr. Arthur, achei que iríamos apenas conversar.

— E vamos, mas isso não nos impede de saborear a vida. Em todos os momentos e em todas as vezes em que nos vemos em situação de desconforto, devemos relaxar e colocar a cabeça em ordem, isso nos ajudará a escolher o caminho a seguir.

— Sabe, me senti melhor desde que entrei no táxi, foi uma viagem muito confortável e tranquila.

— Wilson tem uma fita do Belchior que adoro ouvir sempre que viajo com ele.

— Nossa, eu ouvi, é deliciosa, as músicas são pura poesia na verdade.

Assim, conversaram sobre música, teatro, um pouco de cinema, apenas coisas boas. Terminado o almoço, uma senhora muito simpática retirou a mesa e trouxe um café passado na hora, os dois sentaram-se próximos ao piano para saborear o café.

— Esse piano é francês? — perguntou Gláucia. — É muito bonito.

— Sim, trouxe da França, no ano passado, ele é uma relíquia de 1860, é um "Treuvi Tevz", você sabe tocar?

— Sim, eu sei. — Os olhos dele brilharam.

— Então toque um pouco para nós! — Estava entusiasmado com sua afirmação.

Gláucia sorriu e sentou-se ao piano com sua elegância já costumeira. Vestia um conjunto bege, com calça social, um bustiê dourado e um casaquinho complementando o conjunto e não expondo seu abdome. Então começou a dedilhar, aquecendo os dedos, e introduziu *O lago dos cisnes*, de Tchaikovsky. Arthur ficou impressionado e pediu para continuar. Ela suavemente começou a tocar *Primavera*, de Vivaldi, e encerrou seu momento de estrela tocando *Garota de Ipanema*, de Tom Jobim e Vinicius de Moraes.

A empregada entrou novamente, com os olhos cheios de lágrimas, e colocou sobre a mesa dois pratos pequenos com um pedaço de pudim em cada. Arthur estava feliz como há muito tempo ela não via, era um sorriso de redenção. Sentados à mesa, saboreando o pudim, ele indagou:

— Bom, agora que está mais descontraída, me conte o que a trouxe até aqui.

— O senhor sabe que não segui seus conselhos! — Ele a olhou com reprovação, mas sabia. — Então, agora surgiu algo que realmente será um problema. Eu estou grávida! — Seus olhos se encheram de lágrimas. Ele ficou pasmo, porém manteve a calma e perguntou:

— E quem será o pai?

— Quem será o pai eu não sei, mas eu engravidei do Elias — disse isso em um choro inconformado.

— E o que pretende fazer? Um aborto? Ser mãe sem pai?

— Eu não quero fazer o aborto, mas não queria ser mãe. Não desejo ser esposa nem construir um lar.

— E o que deseja de sua vida?

— Apenas ser livre, ser livre de todas as amarras. Acordar e poder amar sem compromisso, viajar sem dar satisfação, deixar de ser o objeto sexual de um gângster e a grande paixão de um homem casado.

— Bom, vamos curtir o dia de hoje, amanhã cedo voltamos a conversar, quanto tempo tem a gravidez?

— O médico disse que estou entre seis e nove semanas.

— Você trouxe os contratos que pedi? — disse, com cara de deboche.

— O senhor não pediu nenhum contrato, mas eu os trouxe.

— Tinha certeza que traria, é inteligente demais para visitar o patrão num final de semana sem ter um álibi — e sorriu satisfeito. — Quer ir à piscina?

— Quero, mas não trouxe roupa adequada.

— A Elsa vai encontrar algo que lhe sirva, que tal irmos agora? — Ela adorou a ideia; aliás, adorou tudo.

A empregada foi com ela até um quarto mais ao fundo que era menor que os demais. Lá chegando, pediu-lhe que tirasse as roupas. Encabulada, disse:

— Nossa, posso me trocar sozinha?

— Fique tranquila, só vou ajudá-la, não tenho pinto! — disse Elsa sorrindo.

— Mas uma língua pode ser mais perigosa que um pinto, não acha?

— Fique tranquila, só uso em coisas grandes e bem duras, mas tem de ser grande. — As duas riram com aquele momento de intimidade.

Gláucia ia tirando as peças e Elsa as pendurava em um cabide com muito cuidado, então escolheram um biquíni vermelho todo estampado. A empregada amarrou as costas, arrumou a parte de baixo e lhe disse:

— Você já foi ao médico?

— Por quê? — Ficou apreensiva.

— Seus peitos estão rosados e com os bicos inchados, logo terá uma criança para amamentar.

Gláucia começou a chorar, e Elsa a abraçou.

— Apenas não tire, as crianças não têm culpa de nossos erros e são uma esperança de cor num mundo todo cinza.

Foi aí que Gláucia realmente desabou a chorar. Elsa a levou ao banheiro e limpou seu rosto, tirando a maquiagem borrada e passando um batom vermelho em sua boca.

— Curta o passeio. Se tem alguém para ajudar você, é o Sr. Arthur.

Então, saiu para a sala. Arthur a esperava de camiseta, bermuda e chinelo de dedos. Entraram no elevador e foram à cobertura. Lá uma piscina enorme os aguardava. Ao fundo, um bar tocando bossa nova completava o ambiente. Gláucia tirou a saída de banho que Elsa lhe dera e começou a esticar uma cadeira para tomar sol. Nesse instante, os dois rapazes do bar se cutucaram:

— Olha o filé que o Sr. Arthur está pegando hoje!

— Esse cara só come carne de primeira — respondeu o outro.

— Mas essa é a melhor que ele trouxe aqui, com certeza. Deve ser filé mignon.

— Deve ser namorada, de compromisso e tudo.

Gláucia, de longe, conseguia ler seus lábios e começou a sorrir. Então Arthur se aproximou dos dois, pediu sua garrafa do clube do uísque e mais três garrafas de água com gás.

— E aí, gostaram da gata de hoje?

Um dos rapazes respondeu:

— Que gostosa!

Arthur olhou como se o repreendesse.

— Digo, muito bonita, Sr. Arthur.

— Concordo com você, ela é muito gostosa! — disse, sorrindo, e foi para perto de Gláucia. Quando se aproximou com as bebidas, ela o repreendeu:

— Como o senhor fala isso de mim? Assim, com esses rapazes?

Ele riu ainda mais.

— Mas o que eu falei? — perguntou, impressionado por ela ler os lábios.

— Que sou gostosa! Ora, sou sua funcionária.

— Hoje é apenas minha convidada, mas você não pode negar o adjetivo! — Ela ruborizou e sorriu como se concordasse, era muito bem resolvida com isso, apesar de ter apenas vinte anos.

Ali, entre alguns mergulhos, muitas risadas e olhares indiscretos de alguns condôminos, passaram a tarde. Não havia nenhuma sensação ou sentimento de atração ou mesmo desejo, era como se fossem pai e filha que não se viam há muito tempo. Quando foram para o apartamento, Arthur disse:

— Tem uma peça do Nelson Rodrigues que está em cartaz, eu tenho dois convites.

— Eu adoraria, mas que roupa devo usar?

— Coloque aquele vestido que trouxe no cabide. — Ela sorriu. — Sairemos às oito horas, a peça começa às nove, combinado? — Ela novamente sorriu, estava segura, voltava a ser forte, e ele era mais que uma boa companhia. Dizendo isso, ele entrou para sua suíte e foi tirar um cochilo. Elsa a conduziu à sua suíte e lhe disse:

— Às sete horas eu sempre deixo um pequeno lanchinho preparado para o Sr. Arthur, ele sempre come antes de sair, porque geralmente jantará perto da meia-noite.

Às sete horas em ponto, Gláucia, vestida com uma camiseta branca e um short preto, ambos sem nada por baixo, foi até a sala onde Arthur, com uma regata e bermuda listrada, a esperava. Comeram rápido e foram trocar de roupa para sair. Elsa foi até a suíte para ajudá-la. Com muito carinho, a maquiou e organizou os detalhes de sua vestimenta.

Pouco antes das oito horas, o som do piano se espalhou pelo apartamento. Arthur, sem o paletó do terno preto de listras que usava, estava sentado no piano e tocava magistralmente uma música clássica. Gláucia não definiu, mas parecia Beethoven.

Então ela entrou na sala, estava estonteante, em um vestido de noite preto, de alças finas, dando destaque ao seu decote generoso, e sapatos de salto alto também pretos. Seus cabelos negros, presos no alto da cabeça, destacavam sua nuca, e usava seus brincos de argola em prata. Na mão apenas uma pequena bolsa combinando com os brincos, com a pulseira e a corrente fina que trazia no pescoço. Arthur então tocou suas notas finais e lhe disse:

— Você já nasceu linda, mas hoje está maravilhosa!

Deram-se os braços e ela respondeu:

— Você está maravilhoso também!

De fato, ele estava muito elegante em seu terno preto de listras, com uma gravata vermelha com riscas quadriculadas e seu sapato preto impecavelmente polido. Ao descerem do elevador, um táxi os esperava, com o motorista ao lado da porta de trás já aberta, os aguardando.

— Nos leve ao Teatro Leopoldina e depois nos aguarde na porta, até o final da peça — disse Arthur ao entrar no táxi.

— Sim, senhor, Sr. Arthur — respondeu o motorista.

Na chegada, Arthur cumprimentou muita gente, inclusive o prefeito. Enquanto isso, apresentava Gláucia como uma sobrinha que estudava na Inglaterra. Muitas pretendentes de Arthur a fuzilavam com o olhar, uma ou outra com um olhar de quem queria comê-la.

Ela sorria e não descia do salto em nenhum momento. Um fotógrafo se aproximou e Arthur lhe pediu para fazer uma foto, mas tinha de ser exclusivamente para ele. Depois deu ao fotógrafo uma nota de cem dólares, este ficou entusiasmado, os chamou para perto da cortina e bateu várias fotos para não errar. Então continuou fotografando as celebridades ali presentes.

Perto do início da peça, fizeram aquela foto que estamparia os jornais. Arthur pediu para Gláucia esperar, deu a mão para uma de suas pretendentes, uma moça loira de cabelos bem lisos em um vestido amarelo, e a colocou ao seu lado na foto, com os braços entrelaçados. Na foto estavam, além deles, o prefeito, meia dúzia de empresários e o juiz da comarca. A loira ficou extasiada e durante a semana foi destaque em todos os jornais de Porto Belo e até da capital. Gláucia olhou a artimanha e pensou: *Como ele é inteligente, realmente diferenciado.*

A peça era um misto de musical com partes dramáticas e tinha jovens atores não muito conhecidos. Uma atriz chamada Lucélia era a mais famosa, um tal de Lauro e uma atriz loira que se destacava pela beleza, esta chamada Maitê. Contava a história de uma moça que se apaixonara por um padre, por isso acabou se tornando prostituta, e era assinada por "Nelson Rodrigues". A atriz que interpretava a protagonista deu um verdadeiro show de interpretação; anos mais tarde, uma novela sua se tornaria sucesso em todo o mundo.

Ao término da peça, o táxi os esperava, então Arthur perguntou a Gláucia:

— Você está bem? Gostaria de dançar um pouco e jantar?

— Estou ótima, adoraria, mas posso lhe perguntar uma coisa?

— Claro, você é minha convidada.

— Ao final desta noite, você pretende me comer ou me pedir em namoro? — perguntou séria. Ele deu um sorriso sarcástico e respondeu:

— Eu nunca comi uma mulher, eu sempre as fiz felizes por um tempo, seja social ou sexualmente, mas jamais desejarei tocar em você; mesmo que você queira, isso não vai acontecer.

Gláucia, que de fato estava encantada, mas não tinha por ele nenhum sentimento além daquela linda amizade, ficou indignada, nunca ouviu um fora tão bem elaborado. Sem entender o motivo, abraçou-o, beijando seu rosto, enquanto ele pedia ao taxista para levá-los ao "Faisão", um restaurante de alto padrão, onde havia boa gastronomia, música ao vivo e uma pista enorme de dança.

Quando chegaram, o local estava lotado. Mesmo assim, Arthur, de mãos dadas a ela, entrou acompanhado de uma hostess chamada Isabel, toda elegante em um vestido preto colado ao corpo, que desfilava no ambiente com seus sapatos de salto. Ela os encaminhou a uma mesa bem ao lado do palco e disse:

— Esta é sua mesa, senhor Arthur, as bebidas acabaram de ser servidas, e o garçom já fará o seu pedido, tenha uma boa noite!

Olhando como se visse uma princesa, disse para Gláucia:

— Quando desejar retocar a maquiagem, é só me fazer um sinal, que eu terei o prazer de acompanhá-la ao toalete.

Gláucia sorriu e agradeceu.

Os dois se acomodaram. A banda tocava grandes sucessos das décadas passadas, era grande, com muitos instrumentos de metais, sopro e cordas. Com mais de quarenta músicos, três cantores se revezavam, cada um em seu estilo musical. A pista de dança bombava, e naquela noite havia mais de duas mil pessoas na casa. Arthur aconselhou Gláucia a não beber nada de álcool nesse período, devido à sua nova condição. O garçom encheu a taça dele com um Bourbon gelado, ela aceitou o conselho e tomou sua bebida favorita: água com gás.

Ele sutilmente pegou sua mão e a levou para dançar. Ela, toda encabulada, adorou; dançaram rock, valsa, bolero e samba sem parar, por mais de uma hora. Gláucia estava radiante, nunca tivera uma companhia tão agradável, um homem educado, refinado, que a levava aos melhores lugares, a divertia, contava histórias, dançava e sempre a surpreendia com pequenos detalhes, como o happy hour no apartamento e a fotografia na entrada. Até então, tudo o que tinha conhecido era um homem rico, mais brega que o Chacrinha, que a comia muito mal, por sinal, sempre escondidos em seus hotéis de luxo, e um amante delicioso, mas casado, sem classe nenhuma, que também a comia, contudo muito bem, porém escondido e só quando sua agenda familiar permitia.

Dançando agarrada a Arthur, com a cabeça em seu peito, pensava em como era bom ser humana, ter vida social e ter alguém para cuidar dela e protegê-la de verdade. Ela, que nunca conhecera seu pai, mas sabia que sua mãe nunca o esquecera, via tudo isso como um sonho distante.

Quando retornaram à mesa, o garçom trouxe o jantar. Ela, mais uma vez, ficou surpresa. Um prato com salmão cortado em postas e camarões o decorando em volta com alcaparras e um molho de maracujá sobre ele, arroz à piamontese, uma salada com frutas exóticas, palmito, tomate-cereja e algumas folhas, era tudo o que desejava.

A banda tocava a todo vapor, então subiu ao palco um cantor americano chamado Mark Davis. Ela ficou impressionada com sua voz doce e cativante; se por Arthur não sentia desejo, pelo cantor era só desejo. Mas quando ele desceu do palco, agiu de forma antipática, saindo sem atender as pessoas que, eufóricas, o esperavam. Não disse sequer uma palavra, ignorando também os jornalistas. Ela comentou isso com Arthur, e ele respondeu:

— O Mark, assim como uma dúzia de outros cantores brasileiros, não consegue gravar ou registrar-se como profissional da música, por uma interferência da ditadura que vivemos, então grava e se apresenta em inglês, sabe cantar em inglês, mas não fala inglês, por isso a maioria não atende os fãs.

— Nossa, isso deve ser difícil — respondeu ela, indignada.

— Está havendo um movimento de anistia, que trará os exilados por este governo de volta ao Brasil, e isso pode mudar muito as coisas por aqui. Tenho um grande amigo, chamado Fernando, que ficou exilado por quatro anos. Ele é brilhante! Quando esta ditadura acabar, e não vai demorar, pois a economia que era seu grande trunfo está indo ladeira abaixo, ele se tornará nosso presidente.

— O que lhe dá essa certeza? — perguntou Gláucia, fazendo um leve sinal para a hostess.

— Existem homens e homens, mas existem homens que nascem líderes, e ele é um deles, uma das pessoas mais inteligentes que conheci, capaz de realmente fazer a diferença. Pode não ser fácil, mas, se tem alguém que pode, é ele.

A hostess chegou e foi com ela ao banheiro. Aguardou-a sair e a ajudou com a maquiagem. Então falou:

— Moça, você tem ideia de sua beleza?

Gláucia ficou assustada, seria cantada ou elogio?

— Como assim? Sou normal.

— Não, você tem uma luz que a faz brilhar mais, eu já acompanhei inúmeras moças, mas nenhuma causou o furor que você causou ao passar pelas mesas.

Gláucia sorriu, encabulada.

— Você gosta de cantar?

— Adoro, mas não me peça para fazer isso hoje.

— Você está sóbria, o Sr. Arthur me pediu para convencê-la, faça isso por mim. — Ela achou muito estranho ouvir isso, mas depois entendeu que o "por mim" eram os cem dólares de gorjeta. — Mas deixe para o final, assim o salão estará mais vazio.

No caminho de volta, Gláucia prestou atenção nos olhares das pessoas, mulheres com olhares de inveja a fuzilavam, e homens pareciam estar prontos para entrar em seu decote e arrancar suas roupas. Então, cochichou com sua nova amiga:

— Não me solta, e não deixe eles escaparem! — As duas pareciam duas crianças desfilando pelo salão aos risos.

Arthur conversava com uma moça bronzeada, ela era atriz e ia fazer uma novela, na Rede Globo, algo como *Pai amigo*, ou *Pai amor*, a música tema seria do cantor que se apresentara antes. Quando Gláucia se sentou, ela levantou-se e deu um beijo no rosto de Arthur, voltando à sua mesa. Gláucia comentou, sorrindo:

— Nossa, não posso ir ao toalete e você já está me traindo?

Rindo de orelha a orelha, ele deu um sorriso gostoso e a convidou para dançar mais um pouco, então foram para a pista, Arthur dançava todo tipo de música, e ela ficou curiosa:

— Onde aprendeu a dançar?

— Minha mãe dizia que o menino homem deveria aprender três coisas: tocar um instrumento musical, praticar um esporte olímpico e saber dançar, então educou-me para isso.

Embalados em um samba bem lento e gostoso, ela perguntou:

— E o esporte? Qual é?

— Eu nado duas horas por dia, quatro vezes por semana, e jogo tênis, amanhã vou jogar de manhã, quer me acompanhar?

— Olha, se for depois do almoço, acredito que consigo. — Ele deu um sorriso sarcástico.

Terminada a dança, o cantor que se apresentava disse:

— Agora sortearemos uma pessoa da plateia para cantar, e vocês julgarão; se cantar bem, vocês aplaudem; se cantar mal, vaiam, e ela perde o prêmio, que é este lindo colar de prata com uma pedra de rubi. — Então, colocou a mão em uma urna gigante, tirou um papel e completou: — Gláucia Mascarenhas, que é esta moça de preto aqui na mesa da frente, é a sorteada.

Gláucia não entendeu de início e disse:

— Como assim? Não pode ser, isso parece armação.

— Cante, e não se preocupe com a plateia.

Então a hostess a acompanhou até o palco.

Ao subir, o maestro a interpelou:

— O que a senhora deseja cantar?

— Tem uma música nova que ainda não está fazendo sucesso, se chama *Como nossos pais*.

— Eu conheço essa música, é daquele cearense de Sobral, que usa um bigode e tem nome de um dos Reis Magos. — Ela sorriu, como se dissesse "é esse mesmo".

Na introdução, a pista parou, todos na expectativa, as invejosas de plantão loucas para vê-la passar vergonha, e os marmanjos loucos para que tudo terminasse com um belo striptease. Então, a música começou, e ela introduziu sua voz:

"Não quero lhe falar meu grande amor

Das coisas que aprendi nos discos

Quero lhe contar como eu vivi,

E de tudo que aconteceu comigo

Sua voz forte e grave, se projetava muito alto, sua afinação era profissional, Arthur olhava para ela no palco, e pensava, "o que foi que eu fiz"?

"Viver é melhor que sonhar

Eu sei que o amor é uma coisa boa.

Mas também sei que qualquer canto

É menor do que a vida de qualquer pessoa...[1]"

Quando a música acabou, o salão aplaudiu em pé, e Arthur, com certa discrição, chorava, contendo suas lágrimas. Quando Gláucia se aproximou, olhou com muito carinho para ele e o beijou, dizendo:

— Esta com certeza foi a melhor noite da minha vida, obrigada por você ter me proporcionado tudo isso. — O termo senhor já havia sido deixado de lado no início da noite. — Acho que podemos ir.

Ele a abraçou bem apertado e deixou suas lágrimas molharem o seu ombro. Pediu e pagou a conta, dando cinquenta cruzeiros de gorjeta ao garçom. Então, levantaram-se, deram-se as mãos e saíram. Já próximos à porta de saída, a hostess os interpelou, com o colar nas mãos, devidamente acomodado em uma caixa aveludada preta. Entregou a Gláucia e, não resistindo, deu-lhe um abraço caloroso. Gláucia olhou para o colar, com muito orgulho, e o devolveu para ela, dizendo:

— Fique com ele!

Então, Arthur disfarçadamente entregou a ela uma nota de cem dólares, enrolada entre os dedos. Ela sorriu e piscou para ele, como se dissesse "deu tudo certo como o senhor desejou".

— Vocês se conheciam? — perguntou Arthur:

— Não, mas nesta noite as pessoas que cruzaram meu caminho parecem ser velhos amigos.

Arthur sorriu, e entraram no táxi que os esperava na avenida em frente ao restaurante. Ao sentarem-se no banco de trás, ela deitou com a cabeça em seu colo e ele começou a acariciar seus cabelos, logo adormecendo como uma criança no colo de seu pai. Ele olhava para ela também com o carinho de um pai. Talvez nesse dia ele fosse para ela o pai que ela nunca conheceu; e, para ele, ela era a filha que ele nunca teve.

---

[1] COMO NOSSOS pais. Intérprete: Belchior. [*S. l.: s. n.*], 1976. Disponível em: https://www.youtube. com/watch?v=206l2dJTECg. Acesso em: 2 jan. 2025.

CAPÍTULO 7

UM DIA DE MAQUIAVEL

Ao adentrarem o apartamento de Arthur, ele muito calado e Gláucia muito sonolenta, encontraram na mesa da sala de jantar duas cumbucas com caldo de mocotó, algumas fatias de pão caseiro e um queijo fresco em um prato. Arthur olhou para ela e disse:

— Coma um pouco, é muito bom para recuperar as energias e nos deixar alimentados para o sono.

Ela, toda sonada, pensava em como aquilo viera parar ali, quentinho, já eram quase cinco horas da manhã.

— Quem colocou isso aqui?

— Ora, a Elsa, ela sabe a que horas chego, ajusta o relógio para despertar, levanta e deixa sempre pronto para mim. — Ele era realmente uma caixinha de surpresas.

Assim que terminaram o pequeno desjejum, Gláucia deu um beijo no rosto dele e foi para seu quarto. Ele ficou alguns minutos apreciando um charuto cubano e logo retirou-se. Ela estava exausta, a noite fora muito movimentada. Entrou no quarto, tirando as roupas com certa rapidez, jogando tudo em cima de uma cadeira e, completamente nua, se esticou nos deliciosos lençóis de seda de sua cama.

Em menos de um minuto, caiu em um sono profundo e relaxante, que só foi quebrado por volta das sete horas da manhã, quando acordou assustada e com muita ânsia. Foi quando seus sonhos desapareceram e ela lembrou-se do que de fato estava fazendo ali. Ouvindo o barulho, Elsa, já de pé, lhe trouxe um chá de ervas bem quente, a fez tomar tudo e a levou ao banheiro para que realmente vomitasse. Depois a trouxe de volta para a cama, com um carinho de mãe, e limpou toda a sujeira que ela deixou no caminho do banheiro. Ela, agora com a cabeça em seus problemas, adormeceu de novo, já estabilizada pelo chá.

Às oito horas em ponto, Arthur, com uma camiseta polo e bermuda branca, roupas de tenista, sentou-se à mesa e tomou seu café muito bem preparado por Elsa, com ovos mexidos, muitas frutas e cereais. Quando terminou, levantou-se, pegou uma mochila e um conjunto de raquetes e, já saindo, disse a Elsa:

— Vou ao clube, cuide dela e prepare o almoço, pois almoçaremos aqui.

— O senhor quer algo especial?

— O de sempre, espaguete à bolonhesa, frango assado e maionese — e sorriu.

Gláucia acordou perto das onze horas, mas não quis se levantar, os lençóis de seda, em contato com seu corpo, pareciam lhe dar energia, estava muito relaxada e feliz, como se estivesse acordando em sua casa. Os enjoos tinham passado, porém seus seios ardiam, além de ficarem duros, como se estivessem empedrando. Perto do meio-dia, levantou-se e deu de cara com Elsa na porta, olhando-a.

— Venha, eu preparei a banheira do senhor Arthur para você tomar seu banho.

— Como assim? E ele? Vai ficar olhando?

— Ele foi para o clube jogar tênis, deve voltar só depois da uma hora. Está tudo bem? Você está se sentindo bem?

— Estou, sim, obrigada por cuidar tão bem de mim. — E deu-lhe um beijo no rosto. — A única coisa que me incomoda são meus peitos, eles ardem e parecem que estão empedrando.

— Quanto tempo tem sua gravidez?

— Acho que entre seis e nove semanas.

— Desculpe, menina, mas você deve estar entrando na décima segunda semana, é impossível isso acontecer antes dela.

Gláucia ficou sem chão.

— Será que o médico errou?

Elsa colocou a mão em seu seio esquerdo e apertou. Ela sentiu uma dor muito forte, estava muito empedrado.

— O que vou fazer doerá no início, mas depois vai aliviar. Posso?

Gláucia olhou e balançou a cabeça, aprovando e entrando na banheira.

Então Elsa colocou as mãos em seus seios e começou a apertá-los e a fazer um movimento parecido com o de ordenha. Gláucia sentiu muita dor e quase gritou, então de seus bicos saiu um líquido branco, bem transparente, e depois pequenas bolinhas brancas duras. Elsa ia lavando e apertando, então um pequeno jato de leite todo branco jorrou deles, e a dor cessou. Gláucia sentiu um misto de choque e, ao mesmo tempo, felicidade, pois aquilo era sinal de que era uma mulher completa, podendo gerar e alimentar a vida.

— Menina, esse leite também está muito adiantado, prova de que seu corpo é muito fértil e sua gravidez será tranquila.

Com os olhos cheios de lágrimas e vendo que seus seios voltaram ao que seria quase normal, macios e sem dor, Gláucia abraçou Elsa, até molhando sua roupa, agradecendo aquilo que ela lhe ensinara.

— Agora aproveite para curtir a banheira. Quando terminar, se precisar, eu a ajudo a se vestir. — Elsa agia com muita experiência, como se já tivesse passado por muitas coisas na vida. Ao mesmo tempo, possuía um toque materno. Ela foi preparar o almoço, enquanto Gláucia se perdia naquela banheira enorme.

Depois de seu banho relaxante, Gláucia se preparava para sair da banheira quando Elsa surgiu com uma toalha grande, enxugando-a com muito carinho. Ela se deixou cuidar e, enrolada na toalha, caminhou com Elsa até seu quarto. Então, colocou um agasalho rosa com uma camiseta branca por baixo e um tênis branco no pé. Elsa prendeu seu cabelo em um rabo de cavalo muito bem feito, fez uma maquiagem leve em seu rosto e voltou para a cozinha enquanto Gláucia aproveitou para comer algumas frutas que sua assistente havia deixado em uma bandeja sobre sua mesa de cabeceira.

Arthur chegou pouco depois das treze horas e foi direto ao banho. Depois, totalmente esportivo, em um agasalho todo verde, sentou-se à mesa já posta, esperando por sua convidada, que surgiu toda de rosa, contrastando com sua pele jambo. Andando com elegância pela sala de estar, ao se aproximar da mesa, deu um beijo no rosto dele e sentou-se à sua frente.

— Você dormiu bem? — perguntou Arthur, enquanto preparava seu prato.

— Sim, muito bem, tive um pouco de enjoo de manhã, mas Elsa me socorreu.

— Isso será muito comum, você é muito saudável e tirará de letra.

Ela se servia enquanto falavam de coisas banais. Ao terminarem, sentaram-se no sofá da sala de estar para Elsa tirar o almoço e trazer o café, depois voltaram à mesa.

— Precisamos resolver sua vida. O que pretende fazer?

— Acredito que devo pôr fim à relação com Tobias. — Ela era contundente.

— Mas como pretende fazer isso? E o que espera que ele diga?

— Pensei em dizer para ele que estou grávida. — Nisso, deu um suspiro forte e engoliu o nó na garganta. — E que ele é o pai. — Arthur arregalou os olhos. — Conheço ele, é certo que comece a me oferecer toda assistência, mas não aceitarei e direi a ele que não quero que essa criança seja filha dele. Que irei deixar Nova Aliança por uns tempos e aproveitar para fazer um curso que a empresa me proporcionou na Europa.

— Me parece uma mentira necessária, mas ele pode não gostar e ser impiedoso com você.

— Ele não me fará nenhum mal e logo me substituirá no trabalho. Tenho certeza disso.

— E para onde deseja ir? Já que irá me deixar também na empresa.

— Arthur, eu não tenho destino, pensei em sair do Brasil, até tenho recursos para isso, mas será muito difícil realizar um parto em outro país.

— Bom, fico feliz que não queira abortar a criança, mas e depois?

— Essa é a parte mais difícil, eu não pretendo ser mãe, não pretendo ter uma casa, tampouco um marido, isso não faz parte de mim, sou muito jovem e quero viver sem ter comigo o peso dessa responsabilidade.

— E o outro homem na história, aquele que você parece amar?

— Eu não o amo, eu tenho muito tesão por ele. Ele me ama e, se eu desse uma pequena oportunidade, ele deixaria a esposa para ficar comigo. Vou terminar nossa relação com a mesma desculpa de fazer um curso na Europa.

— Bem, agora você abandonou tudo o que te prende a Nova Aliança, mas seria melhor você não ficar por aqui também.

— Eu seria facilmente encontrada pelos dois, e Tobias pode mudar de ideia.

— Eu acho que seus passos estão agora predefinidos. Você conversará com o Isaías e deixará bem claro que conseguiu uma bolsa para estudar em Lyon, na França, e o tempo do curso será de três anos. Antes, pesquise o nome do curso e me informe, uma carta chegará para você da Universidade de Lyon, com a aprovação, disso eu cuidarei. Tem uma cidade no sul de Minas Gerais, chamada Poços de Caldas, é maravilhosa, com um clima muito ameno e gostoso, parece a Europa, com lindos jardins e muita história. Possui um local para banhos de água termal, e acredito que ninguém te procurará lá. Eu tenho uma casa bem no centro, com todo o conforto, cercada de muitas árvores e próxima a tudo, com muitos hotéis perto. Lá você poderá ter uma gravidez tranquila e também um parto seguro, a medicina de lá é muito boa.

— Nossa, Arthur, não sei nem o que dizer. Mas como vou me virar sozinha?

— Já conversei com Elsa a respeito, ela irá com você e cuidará de tudo.

— Isso será muito bom, mas e depois?

— Fique o tempo que precisar e pense em sua vida. Quanto à criança, eu sou provedor de um orfanato que tem uma estrutura muito boa. Se realmente não quiser ficar com ela, amamente-a até os seis meses e me entregue ela, eu a levarei a esse orfanato e logo será adotada, em geral por pais de classe média alta da Europa.

Gláucia levantou-se e o abraçou, agora tinha uma solução para seus problemas.

— E como poderei lhe ressarcir pelo aluguel de sua casa e o salário da Elsa?

— Não se preocupe com os custos disso tudo, cuide de suas economias e continue se estruturando. Não peça a sua demissão do emprego, proponha um acordo com o Isaías, assim poderá sacar seu fundo de garantia também, você tem mais de cinco anos na empresa, isso será muito útil para você. Já tem sua substituta?

— Sim, a Márcia, minha estagiária, está pronta — disse com certo orgulho.

— Outra coisa, quando tudo estiver pronto, compre uma passagem só de ida para Paris, em um voo comercial, noturno, saindo da capital. Você sairá de Nova Aliança rumo ao Aeroporto do Galeão, uma mulher muito parecida com você fará o check-in em seu lugar, e você entrará num carro rumo a Poços de Caldas. Assim, quando Tobias investigar, todos os detalhes confirmarão sua viagem.

— Pode deixar, eu cuidarei de tudo — disse ela, com um olhar sério de comprometimento.

— Outra coisa, em hipótese alguma mude algo nos nossos planos, seja muito disciplinada e não se deixe abater.

— Bom, agora que terminamos, é hora de voltar à minha realidade. — Abraçou Arthur com muito carinho, deixando as lágrimas escorrerem de seus olhos. Ele também chorou.

Foi para seu quarto e, com a ajuda de Elsa, preparou sua mala para voltar. Quando passou pela sala, Arthur não estava mais, e não pôde se despedir, Elsa disse que ele não gostava de despedidas e tinha programado de tomar um chá com a moça loira com quem tirou uma foto na porta do teatro. Gláucia sorriu e pediu para Elsa chamar um táxi para ela.

— Ele já está esperando você lá embaixo. — Elas se abraçaram e até choraram, Gláucia pelo carinho recebido, que praticamente não conhecia, e Elsa pensando no perigo que rondava aquela menina que tinha a mesma idade de sua filha mais velha.

Ao chegar à portaria do edifício, lá estava Wilson, todo sorridente, dando-lhe bom-dia e já pegando sua mala e o vestido para guardar no porta-malas. Ela quase não acreditou e o cumprimentou com um lindo sorriso de segurança e alívio, pois seria um retorno agradável.

CAPÍTULO 8

A CONTA CHEGOU

Na sexta-feira seguinte, Gláucia se encontrou com Elias no final da tarde, nessa ocasião em um pequeno hotel, muito simples, composto por vários chalés, entre Nova Aliança e Três Conchas. Era um ambiente modesto. Sobre a mesa havia uma tábua de frios preparada por ela e um balde com sua água com gás e uma garrafa de vinho branco, isso ela tinha conseguido mudar naquele "homem gostoso, mas bronco".

Ela estava deitada na cama e usava apenas uma camiseta branca, sem maquiagem e com os cabelos soltos. Ele encostou seu Passat branco ao lado do chalé e entrou. Abrindo a porta, viu-a magnificamente sensual com a camiseta cobrindo só até as virilhas e quase pulou em cima dela, beijando sua boca sem parar. Em instantes o cheiro de sexo tomou conta do ambiente, e eles não conseguiam se soltar, até que, ao tocar seu seio direito, um líquido branco transparente escorreu, ele parou e perguntou, perplexo:

— Você está doente? O que é esse líquido que escorre de seu peito?

Então ela olhou, percebeu, levantou-se e correu para o banheiro, trancando a porta. Lá dentro, fez o ritual que Elsa havia lhe ensinado e logo seus seios secaram. Ela tomou um banho e, muito sutilmente, voltou, respondendo à pergunta, enquanto ele, preocupado, a esperava deitado na cama:

— Estou com uma inflamação na glândula mamária, mas já fui ao médico e ele me medicou, não é nada, apenas não toque neles. — Então voltou a beijá-lo e tudo seguiu seu rumo como sempre acontecia. Depois de muito amor e muitos gemidos, os dois adormeceram por uns quarenta minutos.

Ao acordar, Gláucia ficou olhando para ele, essa seria a última vez que eles se encontrariam e tinha de ser primeiro bom, porque não sabia como seria depois. Ele acordou com ela sentada à sua frente em uma cadeira de vime, apenas com a camiseta em seu corpo, havia uma pequena mancha úmida em volta de seus mamilos que se destacavam no branco da camiseta, e ela, com as lágrimas escorrendo, lhe disse:

— Lembra-se do que lhe falei em nosso segundo encontro?

Ele confirmou com a cabeça, ela continuou:

— As coisas mudaram muito em minha vida e, de uma hora para outra, a mineradora me promoverá em breve para o cargo de gestora, mas para isso eu terei de fazer um curso em Lyon, na França, esse curso pode durar até três anos.

Os olhos dele encheram-se de lágrimas, e ele começou a chorar compulsivamente.

— Não precisa ser assim tão triste, mas é real, este será nosso último encontro. Além disso, sua esposa não merece essa situação, é uma mulher honesta e muito íntegra, vocês são felizes e devem continuar assim.

— Eu não conseguirei viver sem você! — disse ele, quase gritando. — Você não pode fazer isso comigo!

— Amantes não comem à mesa em público, não dançam em festas, não passeiam no parque de mãos dadas. Elas só existem por algumas horas e por uma ou duas vezes por semana, não trazem problemas e não querem saber de seus problemas. — Era didática. — E, no final, nem sequer existem. Acabamos aqui, foi ótimo, você foi meu segundo homem e o melhor que tive, mas eu tenho de seguir minha vida. Apague tudo que sou para você, volte para sua esposa e passe a viver para ela, tenha filhos com ela, construa um patrimônio sólido e torne a vida de vocês algo muito melhor do que ambos sonharam.

Ele parecia uma criança abandonada de tão triste. Ela se vestiu e, abrindo a porta, lhe disse:

— Adeus, Elias! — Ele quis lhe dar um beijo, ela virou o rosto e saiu.

Ele, vestido apenas de cueca, ficou na porta observando-a entrar em um táxi que a esperava.

Na mesma noite, na suíte presidencial do Hotel Itapuã, Tobias Melchior entrou e deu de cara com Gláucia sentada à mesa, vestida com um macacão escuro e seu habitual salto alto, cabelos presos no alto da cabeça, sem batom ou pintura. Ele não a esperava naquela noite, então pegou o interfone e ligou na recepção, pedindo para levarem mais gelo, essa era uma senha para o recepcionista segurar a garota da noite lá embaixo.

— Boa noite, Tobias! — disse ela em um tom desafiador.

— Boa noite, linda, não a esperava esta noite, mas parece que você precisa de alguma coisa.

— Sim, preciso conversar com você. — Olhou-o fixamente e lhe disse: — Estou grávida de você! — Ele engasgou com o uísque que acabara de preparar.

— Como assim? Eu sempre trago preservativos, e nunca transamos sem. — Era um fato real, mas ele estava sempre bêbado, então a certeza não existia.

— Naquelas duas vezes que você chegou muito bêbado e praticamente me estuprou, você não colocou, eu nem consegui impedi-lo, de tão bêbado que estava.

— Sabe, até gosto da ideia de ser pai novamente. — Ele sempre negociava tudo. — Vou te ajudar com tudo, não se preocupe, para você e a criança não faltará nada, será uma rainha.

— Mas seu bastardo nunca deverá sentar-se próximo a você na mesa e ficará longe de seu testamento, certo? — agora ela o encurralara.

— Bom, como eu disse, não faltará nada a ele.

— Não, eu não quero ser mãe de um filho seu, uma criança indo para a escola com seguranças, sem poder andar sozinha nas ruas. Você se esqueceu do sequestro de seu filho? E das duas emboscadas à sua esposa? E que os traumas acabaram colocando-a numa cama pelo resto da vida? Quando seus inimigos quiserem te atingir, virão atrás daquilo que você ama.

— Mas o que você pretende fazer? — Estava indignado, ninguém até então tinha recusado sua ajuda, o que ele acreditava ser uma honra.

— Eu recebi uma proposta para assumir o cargo de gestora na mineradora assim que o Isaías se aposentar, que deve ser dentro de três anos, e me ofereceram um curso em gestão empresarial de grandes incorporações em Lyon, na França. — Sua voz era mais do que convincente.

— Você não pode me abandonar, eu fiz de você uma mulher rica!

— Eu retribuí, dando a você o dobro do lucro que seus intermediários lhe davam, e fiz você feliz como nenhuma mulher o fez, lhe dei minha juventude, você abusou de mim muito antes de eu deixar de brincar de boneca. E sempre me proibiu de viver minha vida. Me bancou inúmeros cursos, que no fundo eram parte de seus planos. — Suas lágrimas corriam por seu rosto, ele não costumava assimilar uma derrota, mas essa era iminente.

— Eu vou pensar em nossa conversa, em três dias você terá minha resposta.

— Eu já tomei minha decisão, você pode me deixar ir ou me matar, ficar ou morrer seriam, para mim, a mesma coisa. — Ela se levantou e saiu sem dar um beijo ou um abraço. Na porta, olhou e disse: — Adeus, Tobias!

Ele ficou na suíte. As palavras dela foram duras, e ele, como todo bom ditador, tinha certeza de que sabia o que era o melhor para as demais pessoas; ela deveria ser grata e fazer exatamente o que ele dissesse.

No domingo de manhã, Gláucia aproveitava para tomar um banho de sol na piscina do Hotel Itapuã, um hábito que mantinha há uns dois anos. De hora em hora, ia ao banheiro secar, como ela dizia, seu leite dourado. Então Osvaldo, advogado e conselheiro de Tobias, entrou vestido de terno e gravata na área da piscina, sentando-se ao seu lado.

— Oi, Osvaldo! Como você está? — disse Gláucia, usando sua arma fatal, o sorriso.

— Eu estou ótimo, e melhor, como você sabe, a cada vez que a encontro.

— Conversei com sua esposa ontem, ela continua linda! — Ele ficou vermelho. — Pelas roupas, você não veio tomar sol. — Ele então sorriu.

— O chefe está inconformado e me contou a situação, não sabia o que fazer e me perguntou o que eu achava disso tudo, sugeri um aborto!

— Você veio me convencer disso? — perguntou ela, irritadíssima.

— Bom, eu sou o conselheiro dele; pela lei, essa criança pode um dia requerer na Justiça direitos sobre os bens legais dele, como parte deste hotel, por exemplo.

— Osvaldo, essa criança nascerá e nunca saberá quem foi seu pai.

— Sabe, eu nunca lhe disse isso, mas sei que tem outro galo no galinheiro dele. Como você tem certeza que é dele o filho? — Ela não imaginava que ele teria uma arma tão poderosa apontada para ela.

— E se você tem a certeza de que outro homem frequenta meus lençóis, por que não contou para ele?

— Sabe a vida é uma roda, que fica o tempo todo girando, mas sempre voltando ao ponto de partida. Estou com ele há dez anos, ele é genial e incomoda gente demais. Fora isso, não consegue controlar seus vícios, jogo, bebida e, claro, mulheres. Um dia acordará em uma cama de hotel com o pescoço cortado, o cerco contra ele está maior a cada dia. João, seu filho, será seu herdeiro no comando, mas ele não tem a ousadia e a genialidade do pai. Ainda menino, quer matar pessoas para vê-las gritarem. Eu tenho certeza de que, após a morte de Tobias, os outros grupos virão para cima de nós. Ele responderá no olho por olho, dente por dente. E não durará um ano. Bom, ninguém vai querer meus serviços, pois todos sabem que informação é poder, e isso eu tenho de sobra. — Ela sacou aonde iria chegar. — Então, estou começando a organizar minha aposentadoria. Você é a pessoa mais genial que encontrei neste trabalho, e tenho quase certeza que, depois de sair, nunca mais voltará ao Brasil.

— Estou impressionada com você, achei que chuparia o pau dele para garantir o emprego.

— Olha, dele jamais, mas você eu até pediria em casamento. — E soltou uma gargalhada.

— Fico lisonjeada, mas não poderíamos transar, porque ele arrancaria seus testículos antes, e esse corpo merece sexo — disse isso gargalhando.

— Bem, ele lhe oferece duzentos mil dólares para você tirar a criança e continuar trabalhando para ele. — Osvaldo tinha certeza de que ela não aceitaria.

— Você sabe que não quero o dinheiro dele, que, aliás, ele nunca me deu.

— Bom, é o seguinte, aqui tem duas declarações de cartório, você assina as duas e ele lhe dará em troca um bônus de cem mil dólares. E você poderá livremente gastá-los na França. Você só precisa assinar.

— E qual é o conteúdo?

— Na primeira, você declara publicamente que nunca teve relação sexual com ele. E na segunda você declara que nunca trabalhou em nada ligado às empresas e aos negócios dele.

— Mas você blefou quando disse que eu teria outro homem.

— O nome dele é Elias, seu pênis mede dezesseis centímetros, é dono de uma loja de armarinhos. A esposa dele se chama Maria dos Anjos e é costureira. Vocês se encontraram aqui no último mês três vezes, todas elas na suíte 79, e em mais três hotéis da região. Você disse para ele, certa vez, que não faria por trás, por respeito à mulher dele; até hoje queria entender essa fala — ele terminou e riu, acabando com o sorriso e a condição dela de argumentar.

— E o que deseja com essas informações?

— Quero uma chupeta bem gostosa, aqui nesta piscina, feita por você! — Ela empalideceu, e ele começou a rir. — Fique tranquila, é brincadeira! O preço de meu silêncio é uma doação de cinquenta mil dólares para minha aposentadoria, apenas isso, dividiremos o bônus, você será mãe de uma criança francesa, e eu seguirei aqui de boca fechada, amarrando as pontas deixadas pelos meus superiores.

Ela apertou a mão dele, pegou uma caneta dourada do bolso de seu paletó e assinou as duas declarações. Porém, curiosa, perguntou:

— Que valor tem uma declaração em que uma mulher diz que nunca trepou com um homem? Ela pode mudar de ideia e desmentir a qualquer momento.

— Nesse caso, cometeria dois delitos graves: um de perjúrio e um de falso testemunho, e poderia pegar de três a sete anos de cadeia. Com a nossa influência, no presídio teria visitas inesperadas no meio da noite, já pensou no que aqueles presos enjaulados há mais de um ano fariam com seu corpinho lindo e gostoso? — Ela até respirou fundo. — Esta é a chave de um cofre da agência central do Banco do Brasil em Porto Belo, lá você encontrará cinquenta mil dólares em cédulas já rodadas, nada em série, e várias fitas com suas conversas com Elias, só existem elas.

— O que lhe dá tanta certeza assim de nosso acordo?

— Informação é poder. Se por acaso pensar na chupeta, você tem meu telefone — disse, em um tom de brincadeira. — Adeus, linda! que Deus ilumine seu caminho. Saiba que todos que conhecem você na organização lhe desejariam o mesmo. Com lágrimas nos olhos, ele saiu.

Tobias pediu para investigar se ela realmente iria para a França, e Osvaldo recebeu a informação de que, entre as correspondências do administrativo da Mineradora Fluminense estava uma carta da Universidade de Lyon na França, endereçada a Gláucia. Mas informou ao chefe que confirmaria dia, hora e local do embarque, e colocaria homens no aeroporto para comprovar se, de fato, ela embarcaria.

Sábado, às sete horas da noite, um táxi encosta no estacionamento do Aeroporto do Galeão, no Rio de Janeiro, e Gláucia desce toda elegante em um conjunto de calça e blazer verde-claro, cor quase fluorescente, permitindo ser identificada de longe. Usava salto alto e o cabelo bem solto, cobrindo parte de seu rosto.

Ela entra no aeroporto com duas malas grandes e pesadas, ajudada pelo taxista que a levara. Ao se aproximar da fila do check-

-in, pede para ele segurar o lugar, pois irá ao banheiro. Entra no banheiro e, dentro de dez minutos, uma mulher idêntica a ela, com as mesmas roupas, sai do banheiro, se aproxima da fila e dispensa o taxista, que percebe uma diferença na voz, mas não nota que não era mais Gláucia. Enquanto isso, ela, vestida em um conjunto de moletom preto, um boné também preto na cabeça e com os cabelos bem presos, usando um par de óculos com lentes neutras, anda discretamente no estacionamento, em direção a um Diplomata preto estacionado a pouco mais de vinte metros de onde o táxi a deixara.

Ela entrou no carro e cumprimentou Wilson, já se acomodando no banco de trás. Ele colocou a fita de que ela gostava e seguiram viagem. No caminho, fizeram uma parada em Aparecida do Norte, e ela fez questão de ir à Basílica Velha assistir a uma missa, Wilson a acompanhou. Depois lancharam em uma padaria próxima à Basílica e voltaram para a estrada. Agora o destino seria Poços de Caldas, no sul de Minas Gerais.

CAPÍTULO 9

RETIRO EM POÇOS DE CALDAS

Assim que passaram pela entrada da pequena cidade de Caldas, sul de Minas Gerais, o clima começou a esfriar. Começaram uma leve subida pela serra, algo próximo de vinte quilômetros, era uma estrada de pista única e bastante esburacada. Wilson dirigia em silêncio enquanto Gláucia dormia um sono profundo, embalado por seus sonhos, muitas tragédias e muita amargura. Começou a sentir frio, Wilson notou e parou próximo à Polícia Rodoviária, em uma bifurcação que levava à cidade, seriam mais dez quilômetros pelo menos. Então, abriu o porta-malas, retirou uma manta bem grossa e cobriu Gláucia, que sorriu diante de tanta gentileza.

— Já estamos chegando, eu conheço bem aqui, e a casa é bem no centro.

— Que ótimo, vou cochilar mais um pouco. — E se acomodou no banco toda coberta e com um travesseiro na cabeça.

Perto das dez horas da manhã, o carro encostou de frente a uma garagem, a casa ficava em uma esquina, a entrada era pela Rua Paranaguá, e fazia esquina com a Rua Padre Cícero, à altura do número 72. Dali até a praça central eram apenas cem metros. Como era domingo, Wilson teve de dar muitas voltas para conseguir chegar até ali. Em volta da praça, onde era realizada a feirinha de artesanato, havia muitos ônibus e muita gente na rua, na Rua Paranaguá ele contou mais de dez ônibus estacionados em fila. Poços de Caldas recebia muitas excursões e possuía muitos hotéis.

O portão automático, um luxo nessa época, se abriu, e na porta Elsa os esperava. Ele entrou e descarregou todas as malas, enquanto Elsa e Gláucia se abraçavam muito felizes, esse reencontro lhe dava mais segurança e confiança nessa nova etapa.

Assim que entrou, Gláucia recebeu uma ligação no telefone, que na época era apenas fixo. Era Arthur, querendo saber se estava bem. Ela ficou muito feliz em ouvir sua voz e lhe agradeceu muito. Elsa ajudou Wilson a levar a bagagem dela até seu quarto, ela trouxera pouca coisa. Os três se encaminharam para a sala de jantar, onde um café da manhã muito bom os esperava, e ali conversaram muito; logo Wilson se recolheu a um dos quartos para descansar.

Terminado o café, Elsa levou Gláucia ao seu quarto, que era voltado para a Serra de São Domingos, e dali se via a imagem do Cristo Redentor bem no alto do morro. Ela ficou encantada com a casa. Era enorme, tinha quatro suítes na parte de cima, uma sala enorme de estar — que seria ideal para festas —, uma sala de jantar muito grande, uma cozinha com área de serviço anexa e, na parte de baixo, onde seria um porão, uma miniacademia. Saindo para o jardim, havia uma piscina de aproximados cinquenta metros quadrados. Tudo muito limpo e bem cuidado, parecia uma colônia de férias para Gláucia.

— Menina, se quiser, amanhã cedo poderemos sair para comprar roupas novas, pois acredito que você deveria mudar seu estilo. Em uma cidade turística e pequena, seria muito fácil te identificarem. — Isso parecia até um elogio.

— Estive pensando nisso também, vou descansar um pouco, podemos passear após o almoço?

— Claro, aqui é muito gostoso, tudo traz muita paz, e esse friozinho é ótimo para dormir. — Nisso Gláucia se recolheu à sua enorme suíte. Sentia um pouco de enjoo, mas estava feliz. O mundo podia parar e deixá-la descer ali.

Elsa preparou um macarrão ao alho e óleo com filé de frango grelhado, uma bela salada e algumas frutas cortadas, tudo pensando na alimentação especial de Gláucia. Esta ficou muito feliz e sentou-se à mesa usando uma calça no estilo bailarina, uma blusa de linho toda cheia de detalhes e um casaco rosa de lã por cima, estava muito frio.

Elas almoçaram em paz e logo saíram para a rua. O movimento de gente e dos ônibus as incomodava, mas, assim que atravessaram a Rua Amoreiras para a praça, viram um prédio de arquitetura belíssima, era o Thermas Antônio Carlos, um balneário de águas termais lindo, todo requintado, com belos vitrais coloridos. Entraram para conhecer, e na recepção tinha uma moça informando os horários e o preço dos banhos. As duas se encantaram, mas a moça lhes aconselhou a virem durante a semana, já que moravam ali perto.

Desceram as escadas das termas e entraram na feirinha, onde havia muito artesanato, blusas de lã, roupas de malha e até uma senhora vestida de baiana, vendendo acarajé. Ao fundo, destacava-se o maravilhoso Palace Hotel, uma obra magnífica dos anos 1930, todo rosa, com janelas e telhados coloniais. Elas entraram para conhecer, e um guia fazia as honras, contando os fatos pitorescos e mostrando a suíte onde o Presidente Getúlio Vargas se hospedava quando vinha a Poços, algo que fazia muito, pois adorava os cassinos que ali funcionavam nas primeiras décadas do século. Contou também a história das seleções de futebol, como a de 1958, com Pelé e Garrincha, que fizeram a pré-temporada para a Copa da Suécia ali.

Depois mostrou a piscina de água termal que era inspirada nas termas romanas, uma obra linda, os olhos de Gláucia brilhavam. Assim que acabaram a visita, o guia lhes mostrou o Palace Casino, que ficava a cinquenta metros dali, na praça de trás, e contou do glamour que era, nas décadas de 1920 e 1930, quando recebia os maiores nomes da música brasileira, como Carmen Miranda, Orlando Silva e Vassourinha, e grandes atrizes e vedetes do cinema.

Em frente ao Palace Casino, viram o teleférico, que levava até o Cristo, em cima da Serra de São Domingos, uma subida de mais de mil metros. Gláucia levou quase uma hora para convencer Elsa a subir com ela. E lá foram elas, Gláucia, fascinada com o percurso e a vista, e Elsa, com os olhos fechados, rezando. Quando chegaram, ela quase pulou para fora, desesperada.

Era muito alto o topo da serra, e ali havia um restaurante em um prédio redondo, logo na saída do teleférico. Muita gente andava ali, então subiram mais um pouco até o Cristo, onde havia uma escada que levava até o pé da estátua, uns doze metros acima do chão. De lá a vista era maravilhosa, via-se a cidade toda com perfeita nitidez, era toda concentrada em um eixo leste-oeste, cercada por morros verdes. Dali, conseguiram identificar o Hotel

Excelsior, que ficava atrás da casa de Arthur, o prédio de baixo, na mesma quadra, encobria a visão da casa.

Ficaram sentadas em um banco de madeira por mais de uma hora. Era um local mágico e as deixou deslumbradas. Depois desse tempo, desceram e se puseram a caminhar pelas ruas do centro, só retornando para casa após as seis horas. Com muito frio e exaustas, Elsa preparou um caldo verde e depois foi à padaria que ficava na Rua Amoreiras, a duzentos metros dali, para comprar pães frescos. As duas sentaram-se perto das sete horas para comer.

— Nossa, nunca provei um pão tão crocante e gostoso como este.

— O pão daqui é bem melhor que o nosso, dizem que é o clima que faz a diferença. Amanhã cedo virá uma moça para cuidar de seu condicionamento físico. E temos que visitar o médico que cuidará do pré-natal.

— Sabe, nem tinha pensado nisso, mas, de fato, tudo deverá ser feito aqui.

— Tem um envelope em seu quarto que o senhor Arthur disse ter os documentos que utilizará aqui.

— Nossa, ele pensa em tudo, me sinto como se fosse sua filha.

— Talvez ele goste de ter essa sensação, e ninguém chega aonde ele chegou sem ser diferente da maioria das pessoas, tenha certeza. — Gláucia sorriu e ficou feliz em sentir a presença de alguém que pudesse cuidar dela como se fosse o pai que nunca tivera.

Após o jantar, Elsa foi lavar a louça, enquanto Gláucia enxugava e guardava, eram duas mulheres e assim seria mais rápido, então se recolheram. À noite o frio aumentou, e o sono se tornou ainda mais agradável. O silêncio do local impressionava, era um mundo diferente daquele que conheciam e no qual ambas cresceram, as praças lembravam e muito, a Europa.

Elsa acordava muito cedo e às sete horas já estava com o café na mesa. Wilson levantou e tomou seu café, depois se despediu da empregada e voltou para o Rio. Gláucia acordou ali pelas oito horas, sentindo-se uma rainha. Aquela paz era muito gostosa. Tomou seu banho e vestiu um agasalho que, se fosse preciso, poderia usar para fazer ginástica. Sentou-se à mesa, era uma menina muito mulher, mas tinha vinte anos apenas. A barriga começava a se modificar, seus seios estavam enormes, e várias vezes ao dia tinha de esvaziá-los. Era estranho no início, porém foi prazeroso com o tempo, pois aquele leite simbolizava vida, e isso era divino para ela.

Perto das nove horas, chegou Cristina, uma mulher de uns trinta e cinco anos, muito magra e muito elegante, mesmo em seu macacão de educação física. Fez sua apresentação e, em seguida, saiu com Gláucia para a rua, foram caminhando até o Parque Municipal, que era maravilhoso, com muitas árvores, pista de corrida e caminhada, quadras poliesportivas e dois minicampos de futebol com um gramado lindo. Lá fizeram vários exercícios de alongamento e alguns de força, estes localizados nas pernas e panturrilhas. Ela dizia que as panturrilhas eram nosso segundo coração e que o fortalecimento das pernas facilitaria toda a gravidez.

Depois de mais de uma hora ali, as duas voltaram andando. Era um trajeto de mais ou menos mil e quinhentos metros pelo calçadão da Avenida João Pinheiro, que margeava o ribeirão que cortava a cidade na direção oeste. Na volta, beberam água mineral em uma das bicas que ficavam ao longo do calçadão. Gláucia fora entregue; e a programação, definida. Toda segunda, quarta e sexta Cristina viria e acompanharia seu treinamento, tudo dentro de suas possibilidades de grávida.

Após o almoço, Gláucia, que agora se chamava Ana Maria Silva, e Elsa foram até o médico obstetra que faria seu pré-natal. Havia muitos exames para fazer, mas tudo muito normal com ela e o bebê. Ele aproveitou para agendar o primeiro ultrassom da criança, dali a trinta dias. Ela ficou muito feliz com tudo.

Era gostoso sair daquela vida corrida de dois empregos e poder cuidar apenas de si. Assim que saíram do médico, foram a pé até a Rua Assis Figueiredo, ali era o centro nervoso do comércio, e então compraram muitos agasalhos e muitas peças de roupas, além de pares de tênis e sapatos baixos, tudo ao contrário do que a menina sempre usou. Ela era agora informal e esportiva, e não sexy e requintada, mas até isto ela estava curtindo: o anonimato. E, para todos, Elsa era sua mãe.

Seguindo as orientações da personal que a acompanhava, todos os dias após as cinco horas, ela e Elsa faziam uma pequena caminhada pela calçada da Avenida João Pinheiro, isso se tornou um hábito muito saudável, inclusive para Elsa. Tudo correu tranquilo e, quando Gláucia chegou ao quinto mês de gravidez, receberam uma hóspede inesperada por ela, mas esperada por Elsa.

Em uma segunda-feira à noite chegou à casa Isadora, que era conhecida de Elsa e anônima para Gláucia. Ela ficou encantada com aquela mulher bronzeada de pele clara, olhos verdes e cabelo preto bem liso, devia ter uns trinta anos, muito elegante, com salto alto e um decote enorme.

— Você deve ser Gláucia, muito prazer, eu sou Isadora, e temos um amigo em comum.

— O prazer é todo meu, o Arthur seria esse amigo?

— Sim, ele me pediu para passar uns dias aqui com vocês para dar um apoio e também relaxar a minha cabeça.

— Tenho certeza que iremos adorar sua companhia — disse Gláucia, sorrindo.

— Que tal sairmos para jantar? Tem um restaurante Português ali no centro que é maravilhoso.

— O que acha, Elsa? — perguntou Gláucia.

— Vão vocês, que são mais jovens, eu quero ver a novela das oito horas.

As duas sorriram, e Gláucia colocou um agasalho vinho que já destacava sua barriga muito redonda. Isadora mantinha sua blusa decotada e sua calça social sobre seus sapatos de salto alto. As duas foram a pé até o restaurante, que, como sempre, estava quase lotado. Sentaram-se e aproveitaram para pedir uma massa, Gláucia bebeu apenas um suco, e Isadora aproveitou para tomar duas taças do vinho da casa. Ali conversaram muito, riram muito, e Isadora lhe contou do orfanato e do trabalho que lá executava. Então, Gláucia, muito séria, lhe perguntou:

— É para lá que meu bebê irá?

— Apenas se você quiser, pois tem tempo para pensar e decidir.

— Eu já decidi e não quero mesmo ser mãe, esposa ou dona de casa.

— E por que você fez essa escolha?

— Seu casamento é bom?

— Sim, temos duas filhas lindas, meu marido é muito trabalhador, não posso me queixar de nada.

— Então, isso não me completa, eu quero do homem apenas sua masculinidade, fora isso eu tenho tudo. Não quero ninguém para cuidar de mim, e sim alguém para me satisfazer.

— Isso não é um pouco do Império Romano?

— Não, isso é minha essência. Estou amando este restaurante.

— É muito estilizado e aconchegante, viu as fotos de Portugal na porta de entrada? Achei o máximo.

— Também gostei! E você, como preenche esse espaço?

— Como sabe que não tenho isso com meu marido?

— Seus olhos não brilham quando fala da família.

— Eu compenso em outros braços, sem cobrar ou exigir nada de ninguém.

— E nunca teve um grande amor? Um de tesão, avassalador.

— Tive, ele é o homem mais educado, gentil, engraçado, amigo e tesudo do mundo, mas isso foi há muito tempo.

— E por que você e o Arthur não ficaram juntos?

— Eu não disse que era o Arthur, nem sequer pensei nele.

— Seus olhos dizem todas as vezes que fala ou ouve o nome dele. Fora isso, o homem mais charmoso, delicado, amigo, engraçado e elegante que conheço é ele, pode ser que seja da Terra toda.

— É ele, sim, o conheci um mês antes do meu casamento, e foi amor e tesão à primeira vista, mas ele não quis mudar o rumo de minha vida. Depois nos tornamos amantes, e foram os melhores anos da minha vida, ele me completava. Eu fui estudar fora, e ele aproveitava para viver comigo em outros países. Lá éramos só nós dois, e o mundo parava. Além de tudo isso, ele gosta de arte, música, teatro, cinema, sabe dançar de tudo, era a companhia que toda mulher merece ter. Quando adotei as meninas, resolvi que tínhamos de parar, pois a vida mudaria. E não mais nos vimos como homem e mulher, apenas grandes amigos, o melhor amigo que tenho, e acho que é o melhor que você tem também.

— É engraçado, eu sinto por ele um afeto especial, como se ele fosse meu pai, o pai que sonhei ter e nunca tive — disse Gláucia.

Logo chegou o café e as duas acertaram a conta e saíram caminhando pela rua deserta e muito fria; à noite realmente a temperatura caía muito. Mas sair para jantar fora fez muito bem para Gláucia, a energia de Isadora era muito boa, era fácil defini-la como uma pessoa do bem.

Nos dias que se seguiram, Isadora praticamente cuidou de Gláucia, foi com ela fazer os exames em seu carro, foi fazer caminhadas e aproveitou para levá-la para conhecer os pontos turísticos. Foram às cristaleirias, onde compraram muitos cristais, Isadora era o consumo em pessoa, e visitaram a Cachoeira Véu das Noivas e a Cascata das Antas, o Mercado Municipal, o Recanto Japonês, que era recém-inaugurado, a Pedra Balão e a Fonte dos Amores. Divertiram-se muito e até dançaram no bailinho em volta do coreto da Praça Pedro Sanches, um dos atrativos noturnos imperdíveis da cidade aos finais de semana. Na quinta-feira, foram a uma boate que se chamava Caprichoso, ali dançaram e conheceram dois rapazes muito simpáticos. Ao final da festa, Isadora a deixou em casa e saiu a pé.

— Aonde você vai? — perguntou Gláucia, indignada.

— Bom, sabe aquele gatinho que estava na mesa quase me beijando? Ele está hospedado ali no Hotel Continental e me disse que sofre de insônia, vou cuidar dele.

Gláucia entrou rindo. O problema do rapaz era sério, e Isadora precisou de cinco noites seguidas para conseguir curá-lo, saía depois das onze horas da noite e retornava às seis horas em ponto, no dia seguinte ela era só sorrisos.

Passadas duas semanas, Isadora retornou para Nova Aliança, e a vida ali continuou, a gravidez foi se encaminhando com muito leite jorrando dos seios de Gláucia, muitas cólicas de rim e dores na coluna. Na medida do possível, ela continuava com as atividades físicas acompanhadas e logo chegou o dia.

* * *

Era março de 1979, precisamente dia 13, Gláucia acordou e percebeu que estava molhada, entrou em desespero. Gritou por Elsa, que já estava com o café na mesa e entrou correndo em seu quarto. De fato a hora chegara, ela sentia muitas dores e a bolsa estourara. Levaram eternos cinco minutos para o táxi chegar e elas entrarem. Gláucia sofria muito, mas a Santa Casa era perto e, assim que o táxi encostou, dois enfermeiros rapidamente a colocaram em uma maca e a levaram para a sala de partos, lá a equipe que acabara de fazer um parto já se posicionou para esse novo.

Ela teve de fazer muita força, mas estava muito saudável, enfim vinha ao mundo um serzinho lindo, uma menina parda como a mãe, com cabelos cacheados muito negros, olhos negros e muito saudável, pesava três quilos e meio. O médico ficou impressionado com a aparência da menina. Não demorou nem uma hora e trouxeram a menina já para a primeira mamada. Gláucia ficou hipnotizada com a volúpia com que ela mamava e chorava sem parar, era uma experiência divina, não dava para descrever de outra forma. Elsa não saiu de perto das duas e chorava, também emocionada.

Ficaram no hospital até o dia seguinte, quando Isadora apareceu para ajudar e conhecer a criança. Também chorou de emoção ao pegar a pequena Anita no colo, esse era o nome que a mãe queria dar, em uma referência a Anita Garibaldi. Assim, foram para casa no carro de Gláucia, um lindo Monza branco. Ao chegarem em casa, encontraram o quarto todo arrumado, com o bercinho à espera da pequena. Então, Isadora indagou Elsa, se ela deixaria mesmo a criança.

— Agora não sei mais, está apaixonada por essa criaturinha.

— Convença-a a amamentar pelo menos até os dois meses.

— Vou tentar, dona Isadora — disse, com um olhar triste, isso seria muito cruel com uma criança tão indefesa.

Mas foi exatamente o que Gláucia fez, amamentou até os dois meses e avisou Arthur que de fato doaria a criança. Fez isso chorando muito, porém entendia, em seu íntimo, que era o certo a ser feito.

No dia seguinte, Isadora, acompanhada por um motorista, veio e pegou a pequena Anita dos braços de Gláucia. Ela, então chorando, deu a Isadora um colar de prata com um pingente bem grande com a imagem de Nossa Senhora Aparecida e disse:

— Dentro está algo que pode ajudá-la, e muito, no futuro. Nunca deixe que ela se desfaça desse colar.

Isadora a olhou sério nos olhos e disse:

— Ainda pode voltar atrás, é sua filha.

— Eu a gerei dentro de mim, mas não é minha filha, me garanta que escolherá a dedo seus pais verdadeiros.

— Eu lhe prometo! — Assim, pegou uma bolsa com todos os apetrechos da criança e três mamadeiras com o leite de Gláucia, para as primeiras mamadas durante a viagem. Entrou no carro se despedindo das duas mulheres, com as lágrimas escorrendo pelo rosto. Elsa e Gláucia não paravam de chorar.

Então o carro saiu e nunca mais Gláucia teve contato com a pequena Anita, pelo menos não que ela soubesse. No caminho, Isadora parou em um posto na Rodovia Anhanguera para avisar Arthur do desfecho. Ele, de forma bem autoritária, disse:

— Não coloque a menina para adoção, garanta que ela cresça no Orfanato.

Isadora não entendeu o porquê dessa ordem, mas acatou, ele com certeza teria algum motivo especial.

Os meses seguintes foram tristes, parecia que o objetivo de Gláucia havia sido concluído. Graças a seu condicionamento físico, ela logo estava recuperada do parto; o fato de ter sido normal ajudou, e muito, na recuperação. Continuou tendo acompanhamento da personal trainer e em três meses era novamente a mulher sarada e elegante de antes da gravidez.

Ela agora estava com uma nova energia e muito preocupada com o que faria dali para a frente, pois não queria mais trabalhar na mineradora, mas desejava voltar para Nova Aliança. Aquele período ali em Poços de Caldas a amadureceu muito.

Quando o inverno começava a dar sinais de vida e a cidade se transformava realmente em parte da Europa, Arthur do nada surgiu para visitá-las. Chegou em uma manhã de domingo, acabara de chegar da França.

— Oi, linda! — disse ele, entrando na garagem e vendo Gláucia na porta. Ela correu ao seu encontro e deu-lhe um abraço muito forte, ele retribuiu.

— Oi, meu grande amigo, que saudade de você, está tudo bem?

— Sim, e vendo você, bem melhor ainda.

— Sabe algo da menina?

— Sim, ela foi adotada por um casal de dinamarqueses que mora em Copenhague, quinze dias após dar entrada no orfanato.

— Que bom, ela merece ser feliz. — Seus olhos se encheram de lágrimas. Eles entraram e ficaram conversando muito na sala, enquanto Elsa fazia um café e servia para os dois. Depois de ele se instalar, saíram pelas ruas da cidade passeando e até foram ao Cristo Redentor de teleférico. Foi um dia diferente, eles eram muito próximos, além de ele ser um ótimo parceiro de viagem.

À noite, Arthur a convidou para jantar, e resolveram ir ao restaurante português que ela adorava. Chegando lá, Gláucia ficou impressionada quando o dono do restaurante veio cumprimentar Arthur como um grande amigo. Então, pediram um filé à parmegiana, que estava divino, e dividiram um vinho português do Alentejo. Muitos risos e muitas conversas depois, Arthur perguntou:

— O que pretende fazer daqui para a frente?

— Eu fiz um acordo na mineradora, então não devo pedir para ser reintegrada, isso seria desagradável, eu não me sentiria bem.

— Mas tem alguma coisa em mente? Precisamente?

— Pensei em montar um restaurante com música ao vivo, algo que não temos naquela região, e aqui tem vários.

— Gostei desse seu lado empreendedor. Bom, eu comprei aquela boate que fica no centro.

— A boate Apple? — Seus olhos ficaram estalados.

— Sim, mas ninguém pode saber disso, é um investimento sigiloso.

— Mas ali é um puteiro, um local promíscuo. — Gláucia fazia cara de nojo. — Por que comprou?

— Se eu não comprasse, o Tobias compraria e transformaria aquilo em mais um antro de drogas e prostituição, que é o que ele sabe fazer, a cidade perderia ainda mais.

— Você pretende fazer o que lá?

— Nessa viagem a Paris, estive no Moulin Rouge e nas casas de espetáculos ao redor, e notei que lá essas casas são arte, as pessoas visitam, casais visitam, apreciam os shows e stripteases e se divertem. Acho que dá para fazer algo assim, mas tenho um problema grande para resolver.

— Olha, a ideia é legal, mas, se houver meninas vendendo prazer, você terá de tirar os quartos. E qual é o problema?

— Eu preciso de uma pessoa para cuidar dessa casa e ser, assim, uma espécie de testa de ferro.

— E pensou em mim, de secretária executiva da segunda maior mineradora do estado do Rio de Janeiro para dona do bordel?

— Na verdade, não pensei em você dessa forma, e sim em uma pessoa que poderia emprestar seu bom gosto para cuidar de minha empresa.

— Sabe, adorei a ideia de ser dona do bordel, mas coloco uma condição: autonomia total; e faremos um bordel de luxo, ou melhor, uma casa de diversão adulta.

— Fala sério? — Ele ficou indignado com sua frase.

— Sim, eu quero ser livre e quero algo que me preencha; ao mesmo tempo, posso, com esse negócio, fazer a diferença na vida de muitas mulheres que hoje não têm nenhuma esperança nesta vida. Acredito que, se tiver um grande investimento, conseguiremos atrair muitos clientes de alto padrão e fazer um trabalho profissional. O que acha?

— Sabe, agora você me surpreendeu; e o que espera ganhar com isso?

— Que tal quarenta por cento do líquido? Porém, investiremos dez por cento em ajuda social. Nesse caso, dividiremos noventa por cento do lucro, certo?

— Um pouco alto, mas pode ser um bom começo. Você acredita que conseguiríamos bater mais de um milhão por mês?

— Em seis meses poderemos ter um faturamento superior a dez milhões por mês.

— E o investimento inicial seria de quanto?

— Olha, o retorno é sempre compatível com o investimento. Se investir pouco, não atrairá mais do que os pés de porco que já frequentam a casa; se investir bem, poderemos atrair juízes, prefeitos, atores e empresários. No mínimo trinta milhões para começar, mas devem ser colocados em parcelas de dez milhões por vez.

— Você realmente dará conta disso?

— Já me deitei com o chefe do crime, já jantei com o homem mais elegante e mais gentil do planeta, já dei à luz e entreguei minha cria; não se preocupe, eu cuido de tudo e serei a estrela da companhia.

— Quem é esse cara? — perguntou Arthur, sorrindo.

— É o meu ex-patrão e agora sócio. — Ele ficou todo orgulhoso.

— Bom, você pretende voltar quando para Nova Aliança?

— Posso voltar com você, o que acha?

— É melhor ninguém saber de nossa ligação, o Wilson vem te buscar assim que você desejar.

— Amanhã, então, pode ser?

— Ótimo, fique no Hotel Paraíso, em Porto Belo, assim nós trataremos de todos os detalhes dessa nova empreitada. Eu tenho certeza que será um verdadeiro sucesso. — Nisso olhou para o garçom, pediu uma garrafa de champanhe e duas taças, para comemorarem o fechamento do negócio.

Nessa noite, naquele restaurante português, no sul de Minas Gerais, nasceu a mais famosa e requintada casa de diversão adulta do Rio de Janeiro, quem sabe do Brasil.

CAPÍTULO 10

ADEUS, MEU AMOR

Elias nunca conseguiu esquecer Gláucia, aquele agosto de 1978 o deixou marcado e profundamente amargurado, conseguia trabalhar bem, quando chegava em casa tudo era normal e divertido, era bom marido. Mas sofria a falta daquela mulher forte e independente, pronta para surpreendê-lo. Maria dos Anjos era muito bonita, se cuidava muito bem e era sempre prestativa, a mulher dos sonhos de todo marido, porém não tinha o glamour de Gláucia, ele manteve seu ritual de sair duas vezes por semana, agora de fato para beber.

Conhecia muita gente e era querido pela vizinhança do comércio. E foi assim que alguns amigos o convidaram para festas escondidas nos arredores da cidade. Lá havia muitas garotas e muita bebida, além de jogo. Ele, aos poucos, se tornou um bom jogador de pôquer, um jogo em que saber blefar é mais importante do que ter boas cartas.

As garotas, em sua maioria prostitutas, não o empolgavam, tinha em casa uma excelente amante, e sua cabeça não esquecia aquela que de fato o fazia suspirar. E foi assim que sua vida seguiu. Em meados de 1979, ele descobriu que seria pai, e isso mexeu muito com sua vida, passou a se dedicar mais à família e pensava muito pouco em Gláucia. Sua loja prosperou e logo conseguiu até comprar a casa em que moravam, quando a pequena Ana completou um ano.

Em setembro de 1981, conheceu um argentino chamado Diego Armando, que sempre jogava pôquer com ele e o convenceu a participar de jogos mais caros, jogos que lhe dariam muito mais dinheiro e satisfação. Ele demorou a aceitar, mas, com Ana já andando pela casa, Maria dos Anjos trabalhando muito e sempre cansada, começou a frequentar um pequeno cassino clandestino nos arredores de Jacutinga, uma cidade que ficava a uns cinquenta quilômetros dali. Esse cassino era de propriedade de Tobias Melchior.

Durante uns seis meses, Elias foi o rei do pôquer, começou a ganhar muito dinheiro e, quando perdia, perdia pouco. Muita gente ficava em volta da mesa de carteado apenas para vê-lo jogar. Um dia o próprio Tobias perdeu para ele cinquenta mil cruzeiros em uma rodada alta. Ele se sentiu o máximo ao praticamente recuperar o dinheiro que havia pago ao gângster.

Uma semana depois, foi criada uma mesa de jogadas altas, e Elias ficou todo empolgado, o jogo lhe tirava a saudade de Gláucia e a ausência de Maria dos Anjos em sua cama, e devolvia a ele a alegria. Ele bebia bastante, mas sempre após o jogo.

Isso foi algo que durou cerca de cinco anos, Elias perdia cinquenta mil em uma noite, ganhava cem mil na outra, o dinheiro nem saía do cassino. Em janeiro de 1986, sua sorte começou a mudar. Tinha na casa um crédito de mais de trezentos mil cruzeiros. Seus amigos mais próximos o aconselhavam a pegar o dinheiro e parar de jogar, mas ele não dava ouvidos. Maria dos Anjos nem fazia ideia dessa vida paralela e da existência desse dinheiro. De uma noite para outra, Elias passou a perder, perdia vinte mil em uma noite, trinta mil na outra, até que, um dia, perdeu cem mil em uma rodada, exatamente para Tobias Melchior.

Não demorou muito para os trezentos mil desaparecerem e ele começar a assinar promissórias. Quando ganhava, a casa abatia, mas a sorte ou a casa mudaram de lado. Aos poucos, ele acumulou uma dívida de meio milhão de cruzados. A casa começou a cobrar, e ele prometia pagar, dizia que a sorte mudaria, até que parou de visitar a casa.

Três semanas depois, em uma segunda-feira à tarde, quando acabava de fechar a loja, um Diplomata preto parou bem em frente ao local. Nestor e Olavo, seguranças pessoais de Tobias Melchior, o agarraram à força na calçada, amarraram suas mãos ali mesmo, com todas as pessoas vendo, enfiaram um saco preto em sua cabeça e o jogaram no porta-malas. Ninguém se prestou a ajudá-lo ou mesmo a ligar para a polícia.

Levado dali para uma chácara nos arredores de Jacutinga, o colocaram sentado em uma cadeira, todo nu, com mãos e pés amarrados. Sem dizer uma palavra, ele suava frio e tremia muito, estava completamente rendido. Então, tiraram o saco preto de sua cabeça, e ele deu de cara com Tobias Melchior.

— Sabe, Sr. Elias, sempre achei que o senhor um dia negociaria comigo novamente, e aqui estamos — falava, e nas mãos tinha um envelope grande que continha as promissórias.

— Calma, Dr. Tobias, podemos conversar sem precisar de tudo isso. — Sua voz era fraca e demonstrava o terror que tinha dentro de si.

— Eu estou calmo, mas o senhor tem uma dívida comigo, eu vou agora cobrar os juros.

— Como assim? Não tenho dinheiro aqui — argumentou, já imaginando o que aconteceria.

— Dinheiro não é tudo na vida. — Nisso chamou Nestor, que entrou com uma soqueira em uma mão e um sarrafo de madeira na outra.

Socou Elias, fazendo um corte bem na maçã do rosto. Ele gemeu de dor e de desespero. Então, Nestor bateu com o sarrafo nos testículos dele, que estavam expostos na cadeira. Ele desmaiou e foi acordado quinze minutos depois, quando jogaram um balde de água fria em seu rosto.

— Agora que uma parte dos juros foram pagos, vamos ao que interessa. O senhor deve ao meu cassino exatamente quinhentos e cinquenta mil cruzados.

Enquanto falava, Nestor esquentava com um isqueiro um pedaço de arame bem fino, que segurava com um alicate.

— Eu vou lhe pagar — disse Elias, sentindo muita dor nos testículos e na nuca. — Só preciso de um tempo.

— Eu quero o dinheiro todo!

— Eu consigo lhe pagar um terço, e o restante no próximo mês — falava quase gemendo de tanta dor. — Pode confiar em mim.

— Bom, você tem dois dias para pagar esse um terço, e mais sete dias para pagar o restante. Agora o Nestor vai cobrar o restante dos juros.

Nestor se aproximou, pegou com uma mão seu pênis e foi introduzindo na uretra o arame vermelho de tão quente. O grito de

Elias foi devastador, seguido de um desmaio. Acordou somente à meia-noite, jogado totalmente nu dentro de seu carro, estacionado próximo à sua loja. A dor o atordoava, e não sabia para onde ir. Colocou a roupa que estava no banco de trás com muita dificuldade. Por sorte, a rua estava deserta. Ele foi para casa sem saber o que dizer para sua esposa.

Quando entrou em casa, Maria dos Anjos e a pequena Ana dormiam em sono profundo, então foi até a cozinha e, sentado na cadeira, começou a colocar gelo na região afetada. Quando foi ao banheiro pela primeira vez, quase desmaiou, a dor da urina passando pela uretra queimada era horrível. Deitou-se e cochilou um pouco na sala. Às seis horas da manhã, acordou e tomou um banho com muita dificuldade, sua genitália estava inchada, não conseguia nem tocar nela. Trocou rápido de roupa, e nisso Maria dos Anjos acordou, enquanto Ana, já perto de completar seis anos, dormia como um anjinho, toda encolhida sob as cobertas.

— Aonde você vai a essa hora? Não vai tomar café?

— Um fornecedor vai entregar uma encomenda antes do comércio abrir. — Olhou para ela com um olhar triste, como se fosse a última vez que a veria, deu um beijo no rosto dela e de Ana.

— Nossa, você andou brigando? O que é esse corte em seu rosto?

— Eu bati o rosto ontem naquela estante do escritório, mas não é nada.

— A estante só deixou a marca de quatro dedos, devia estar calma — disse, olhando-o com reprovação. — Quando quiser me contar, estou a seu dispor para ouvir.

— Não me espere, chegarei tarde.

Ele, muito envergonhado, saiu, tinha um plano em mente. E seria tudo ou nada. Entrou na loja e foi direto ao cofre, pegou lá todo o dinheiro, aproximadamente trinta mil cruzados, depois escreveu um bilhete para a funcionária que o auxiliava a cuidar da loja, dizendo que viajaria e voltaria em dois dias. Instruiu-a a cuidar de tudo, e se alguém viesse receber, pagaria na próxima semana. Quando a funcionária leu o bilhete, achou muito estranho, pois ele nunca atrasava pagamentos.

Entrou no carro e saiu rumo ao Rio de Janeiro, sua estratégia era ir a um cassino clandestino na Barra da Tijuca e ganhar todo o dinheiro no pôquer, sabia que tinha sido vítima de uma armação em Jacutinga. Seus planos poderiam até dar certo, mas os capangas de Tobias seguiram seus passos e ligaram para o chefe assim que ele pegou a rodovia sentido Rio.

— Dr. Tobias, ele está fugindo! — disse Nestor.

— Apague! — falou sério e irritado. — E sem pistas.

Elias seguia correndo muito, sem perceber que era seguido, dois carros o seguiam em seu Passat, seus algozes em dois Diplomatas pretos, e não demorou para ser alcançado. Quando um deles o ultrapassou, ele se apavorou e notou outro em sua traseira. Eles não o deixavam passar, ele pisava, e eles freavam, fazendo seu carro perder a estabilidade. Em uma curva sinuosa na Serra de Porto Belo, Elias perdeu o controle e o carro atravessou o acostamento e caiu na ribanceira, capotando mais de dez vezes serra abaixo.

Elias, todo arrebentado, conseguiu se desvencilhar do cinto de segurança e, pela janela do passageiro, rastejava para fora do veículo, então sentiu algo molhado em suas costas. Em pé, à sua frente, estava Nestor, com um galão de gasolina que o ensopava todo. Rapidamente Nestor saiu correndo, o fogo que se alastrava do motor incendiou todo o corpo de Elias, e o carro explodiu.

— Dr. Tobias, a carne ficou torrada! — Olavo disse ao telefone para o chefe.

— Pegaram o dinheiro que estava na gaveta da churrascaria?

— Não deu tempo; se tinha, assou junto com a picanha.

— Que droga, mas está bom, voltem para o armazém.

Maria dos Anjos só ficou sabendo da morte dois dias depois, pois o sumiço foi notado, e ela, desesperada, correu a todos os lugares possíveis, polícia, hospitais e nada. Enquanto isso, a pequena loja de armarinhos na Rua Regente Feijó continuava vendendo muito.

Até que, no segundo dia, uma viatura de polícia encostou em sua casa, e um policial a informou que deveria ir com eles até o IML reconhecer o corpo. Ela desabou a chorar, deixou a pequena Ana com a vizinha dona Eustáquia e foi com eles, levando todos os documentos e exames que poderiam ajudar.

Lá chegando, viu sobre a mesa um espectro reduzido a pura fuligem, nenhuma parte da pele se salvou. Ela então olhou seu braço esquerdo, e em um dos dedos ainda estava a aliança de casamento. Era, de fato, ele, sem dúvida a vida havia lhe pregado mais uma peça. Só restava voltar para casa e tentar contar para Ana, o que foi realmente uma tortura, pois a menina amava aquele pai e chorou por quase toda a noite, até adormecer nos braços de dona Eustáquia.

O velório foi triste, de poucas horas, pois pessoas de posses pequenas não poderiam alugar o espaço por muito tempo. O caixão estava lacrado, e Ana, ao lado, sem exatamente saber que seu pai estava lá, chorava muito nos braços da vizinha. Maria dos Anjos recebia os sentimentos de todos, muitos vizinhos vieram prestar solidariedade, os comerciantes vizinhos de sua loja vieram em peso.

O enterro foi rápido, sem pompas, nenhuma coroa de flores, apenas tristeza. A terra vermelha cobriu o caixão de Elias, e os coveiros taparam tudo como quem tapa um simples buraco. Sem ainda se recuperar do choque, Maria dos Anjos teve de ouvir de um dos funcionários do cemitério que logo ligariam para ela autorizar a exumação e a retirada dos ossos, pois a família não tinha terreno naquele cemitério.

Quando saía do cemitério arrasada e com todas as preocupações da vida na cabeça, dois homens de terno chegaram perto dela, um todo de preto e outro com um terno amarelo e uma gravata laranja, parecendo um palhaço de circo. Ela não os conhecia, eram altos e muito fortes, usavam chapéu e gravata, um fumava um charuto malcheiroso e usava correntes de ouro que se destacavam, o outro parecia ser o segurança.

Sem saber de nada, Maria recebeu os sentimentos deles. O que fumava lhe disse que precisaria falar com ela e que a procuraria na loja, assim que ela a reabrisse. Maria tremeu. O que será que eles poderiam querer com ela, agora viúva? Assim que se foram, dona Eustáquia lhe falou:

— Esse mal-educado que falou com você é o bandido Tobias Melchior.

— O que será que ele quer? — Ela parecia ter saído de um mundo lúdico para uma realidade para a qual não estava preparada.

— Coisa boa não é, tenha certeza. Olha, pegue tudo o que tem e vá para bem longe de Nova Aliança, pois onde esse homem põe a mão tudo apodrece, e quem nos garante que a morte de Elias não teve a ver com ele? — disse isso com muita tristeza.

Então, o Sr. Alfredo se aproximou e abraçou a pequena Ana e Maria dos Anjos.

— Hoje enterrei um filho e tenho a certeza que ele não morreu num acidente. — Suas lágrimas rolavam pelos olhos. — Pegue todo o dinheiro que tem, Maria, e leve também minhas economias. Quando esses bandidos matam, é porque tem uma dívida na história, e eles vão cobrar. O Brasil é muito grande; se precisar, eu a acompanho até estar em segurança.

— Desculpem, mas não consigo pensar agora, vou me recuperar mais uma vez da morte que sempre está à minha volta e depois decido. Não posso jogar as coisas assim para o alto.

— Qualquer que seja sua decisão, eu a apoiarei, mas pense em sua filha — disse ele. Dona Eustáquia havia se afastado com a menina, para protegê-la da conversa.

As três entraram em um táxi e seguiram para casa.

Chegando lá, Maria dos Anjos desabou em sua cama e só acordou no dia seguinte, por volta das cinco horas da manhã. Ana dormiu na vizinha, muito triste e sem nenhum consolo.

O dia seguinte seria o pior, pois precisava decidir o que fazer com a loja. Não pretendia ficar com ela, pois seu ateliê era seu negócio, e era onde se realizava. Preparou o café e colocou um aviso na porta com a frase: "Fechado por luto". Tomou o café junto com dona Eustáquia e conversou com ela sobre o que fazer com a loja. Ela lhe sugeriu propor uma sociedade com a ajudante de seu marido, e assim a moça cuidaria da loja e Ana entraria apenas com o capital. A loja era um bom negócio, mas novamente disse que o certo seria ela sumir daquela região.

Maria dos Anjos disse que ficaria e consertaria o que tivesse que consertar, não viveria fugindo. Dona Eustáquia ficou com Ana, que não tinha acordado. Ela foi até o centro e, quando chegou à loja, esta estava fechada, com o cartaz de "Fechado por luto" no vidro. Então, abriu a porta e foi verificar o cofre. Em uma pequena agenda estava a combinação, e ela levou um susto ao ver que não tinha dinheiro algum dentro, pois sabia que Elias guardava o dinheiro do comércio ali, para sempre pagar os fornecedores à vista e, assim, garantir descontos atrativos. A loja estava toda arrumada e bem estocada. Ela pegou uma prancheta e começou a relacionar e anotar todo o estoque, considerando o preço de venda, para depois tirar a margem de lucro aplicada.

Ela passou a manhã fazendo isso. Perto das duas horas, um homem bateu na porta e pediu para entrar. Ela hesitou em abrir, mas, vendo que era Tobias Melchior, inocentemente abriu, estavam em três dessa vez.

— Boa tarde, Maria dos Anjos! Vejo que já está assumindo o que era de seu marido.

— Boa Tarde, Dr. Tobias! Em que posso ajudá-lo? — falava com seriedade e não demonstrava medo.

— Bom, eu sinto muito pelo acidente de seu marido, mas ele tinha negócios conosco, que agora ficarão sob sua responsabilidade.

— Eu nem imagino do que está falando, pode ser mais claro?
— Os dois seguranças ficaram na porta, sob os olhares dos comerciantes vizinhos.

— Ele era assíduo frequentador de uma de minhas casas de diversão adulta e acumulou uma pequena dívida conosco.

— Como assim? Eu não posso ser responsável pelas putarias que meu marido fazia em seus prostíbulos. Nem tinha conhecimento delas.

— Eu não tenho prostíbulos, mas, se tivesse, você seria uma de minhas melhores putas, com certeza. — Agora a conversa desandara. Maria era toda puritana, nunca imaginou que seu marido era um devasso e nunca fora ofendida assim.

— Por favor, o senhor me respeite! Acabei de perder meu marido, o senhor não pode provar essa dívida, tenho certeza. — Ela nitidamente não fazia ideia do monstro que estava à sua frente.

— Aqui estão as promissórias assinadas por ele. Com elas, posso retirar de você sua casa e sua loja, além de deixar seu nome inabilitado para qualquer operação de crédito. — E mostrou as promissórias. Ela chorou.

— E de quanto é essa dívida?

— Quinhentos e cinquenta mil cruzados! — Ela nunca imaginou esse valor.

— Eu tenho algumas economias e posso lhe pagar um pouco por mês, se o senhor aceitar. — Em sua inocência, começou a bolar um plano.

— E quanto você pode me entregar amanhã?

— Cem mil cruzados, mas entrego apenas em sua mão e em um local público.

— Combinado, eu receberei de você no meio da praça, em frente à matriz, amanhã, às dez horas, logo depois da missa terminar, mas não ache que pode me enganar.

Antes de sair, ele fez um sinal para os seguranças. Eles a cercaram, ela ficou desesperada e sentiu um frio enorme tomar conta de seu corpo. Eles seguraram seus braços sem ela poder se defender. Ele, então, abriu sua blusa, rasgando todos os botões e deixando seus seios expostos. Ela ficou completamente indefesa, chorando, angustiada. Ele, então, riu, olhando seus seios expostos.

— É... você daria muito lucro em uma de minhas casas. — Eles a soltaram, e ela caiu no chão aos prantos, humilhada e sentindo-se abusada.

Ali começou a pensar em um jeito de resolver tudo de uma vez por todas. Ela se encontraria com ele em uma praça, avisaria a polícia e cravaria nele um punhal, assim não seria detida e ele seria preso por a estar extorquindo com dívidas de jogo.

Disfarçando a blusa rasgada, foi a uma loja ao lado, comprou outra, voltou e se trocou. Depois fechou a loja e seguiu para o Banco do Brasil. Lá conversou com o gerente, que era seu amigo, e conseguiu agendar um saque de cento e cinquenta mil cruzados para o dia seguinte. Era tudo o que tinha juntado em uma caderneta de poupança. O gerente questionou o saque, mas ela disse que daria entrada em outro imóvel. Ele questionou o fato de não terem feito o inventário, porém ela argumentou que essa poupança fora aberta antes do casamento, portanto não seria contada em inventário. Ele, na realidade, liberou, mas com um certo jeitinho. Feito isso, ela inocentemente foi direto à delegacia, sem saber do poder de Tobias.

Um investigador chamado Oscar Petrulho a recebeu e conversou com ela:

— Em que posso ajudá-la, senhora?

— Eu perdi meu marido nessa semana, e um bandido local está tentando me extorquir.

— Qual o nome dele?

— Tobias Melchior. — O investigador cresceu os olhos, logo teria dinheiro em caixa.

Nisso, ela contou para ele tudo o que planejara, inclusive que enfiaria uma faca em seu peito. Ele tentou convencê-la a não fazer isso, mas ela queria lavar sua honra com sangue. Ele deu-lhe todas as instruções e lhe disse que o único jeito de dar certo seria ela levar o dinheiro, pois assim teriam uma prova evidente; disse que estavam loucos para pegar o Tobias. Ela o agradeceu e foi para casa, toda orgulhosa do que havia tramado e de ter sido tão bem recebida na delegacia, com a certeza de que o investigador realmente a protegeria.

Nessa noite, Maria dos Anjos fez o jantar e ficou agarrada com Ana, a menina continuava inconformada e muito triste. Depois do jantar, deitaram-se juntas e dormiram rápido. Maria dos Anjos só acordou às cinco horas do dia seguinte, então perdendo o sono e começando a reorganizar seus passos.

Ali pelas oito horas pediu para dona Eustáquia ficar com a menina, que não tinha acordado ainda, e, com um punhal fino, daqueles usados para matar porco, guardado em sua bolsa, partiu para pôr seu plano em prática. Às nove horas, horário que o banco abriu, foi até lá e sacou o dinheiro em um caixa destinado exclusivamente a esses saques maiores. Colocou o dinheiro dentro de uma sacola, daquelas de feira; eram muitas notas. Foi até a loja sem ser percebida e guardou cinquenta mil cruzados no cofre. Se houvesse necessidade, o dinheiro da fuga estaria ali.

Às quinze para as dez da manhã, saiu para seu encontro de vida ou morte. As pessoas saíam da missa enquanto ela se aproximava. De longe viu os carros de polícia nos cantos da praça. Foi se aproximando devagar e, quando passou atrás de uma banca de revistas, no canto da praça, Nestor a rendeu por trás e, com um pano umedecido de clorofórmio, a fez desmaiar. Rapidamente Olavo se aproximou dela e a jogaram dentro de uma perua Kombi parada ali em frente, com ela totalmente inconsciente.

Dali foram para um galpão que ficava próximo à entrada da cidade, todo isolado, ele era uma espécie de ponto de descarte de corpos e outras especiarias. Quando ela acordou, estava completamente nua, com a boca amarrada, os braços amarrados a uma trave, e as pernas abertas, amarradas aos pés da trave. Ela chorava como uma criança e entrou em desespero. Conseguiu ainda ver o investigador saindo pela porta com um envelope nas mãos, dando risada com Tobias.

Tobias sentou-se em uma cadeira a uns cinco metros dela e disse:

— Você acreditou mesmo que me prenderia e me mataria? Minha criança, eu sou indestrutível, podem começar.

Nisso Nestor a agarrou por trás e ela, indefesa, sem conseguir gritar, sentiu sua carne ser violada de forma brutal e sem piedade. Suava e urrava de dor, e ele não parava. Quando acabou, Olavo fez o mesmo ritual; eram bestas, não seres humanos. O sangue descia por suas pernas, e ela estremecia, era como se deixasse de ser humana. Havia dor, ódio e humilhação. Quando Olavo acabou sua parte, Tobias mandou jogarem água nela. Ligaram, então, uma mangueira com muita pressão, a água quase cortava sua pele.

Quando pararam, ela estava quase desfalecida, já não tinha lágrimas e não emitia sons, então Tobias se aproximou dela e lambeu seus mamilos. Não satisfeito, colocou sua aréola esquerda na boca e mordeu com toda a força, arrancando sangue. Ela urrou de dor e ficou com um rasgo sangrando embaixo da aréola. Ele deu a volta e também a penetrou com toda violência, ela desmaiou.

Deixaram-na ali, amarrada, até perto das dez horas da noite, naquela posição, sem comida, sem água e sem nenhuma proteção. Ela só pensava na pequena Ana, pois não queria mais viver depois disso. Então a desamarraram e ela caiu ao chão. Amarraram suas mãos e a jogaram dentro da Kombi, levando-a até sua loja. Lá, abriram a porta com sua chave e a colocaram deitada no chão, bem no fundo da loja, tirando dela as amarras e a deixando livre, suas roupas e sua bolsa foram jogadas ao lado. Tobias percebeu que ela estava imóvel, mas acordada, e disse:

— Quero meu dinheiro, e vou voltar para buscar! — Então saiu rindo, como se tivesse adorado aquela selvageria toda.

Ela ficou ali, não se sentia humana, não se sentia em condições de levantar e olhar para outras pessoas. O sentimento de nojo e dor a corroía, então, em um último esforço, abriu sua bolsa. Eles não haviam retirado o punhal, se foi de propósito ninguém sabe. Pegou o punhal e, com sua ponta, cortou o pulso da mão esquerda e, com mais esforço ainda, o cravou em seu pescoço. Agora a morte não passaria novamente em sua vida, ali acabariam seus sofrimentos; se houvesse uma nova vida, que ela fosse poupada dela. Seus pensamentos a levaram a um delírio louco, e em pouco mais de uma hora as hemorragias fizeram efeito e Maria dos Anjos enfim descansou!

De manhã, os vizinhos estranharam a porta aberta e foram verificar, então se depararam com aquela cena horripilante, aquela mulher toda ensanguentada, nua, com um dos seios dilacerados e o pulso cortado, com um punhal cravado na garganta e muito sangue no vão de suas pernas. Após os exames do corpo no IML, o laudo apontou que ela havia sido estuprada e que estava drogada quando se suicidou.

CAPÍTULO 11

UM NOVO LAR

Maria dos Anjos foi enterrada sem velório e com o caixão lacrado, apenas dona Eustáquia e Sr. Alfredo estiveram à beira da mesma cova que há pouco recebera seu marido. Dona Eustáquia, desconsolada, abraçava Alfredo e chorava muito.

Em meio a tanta tristeza, começaram a conversar sobre o que deveriam fazer com a menina e com o patrimônio de Elias e Maria dos Anjos.

— Não posso cuidar da menina por muito tempo, minha idade já está avançada. E se quiserem também eliminar a pequena?

— Eu também não posso, tenho ainda mais idade que você, você conhece aquela moça que cuida da boate Apple?

— Sim, ela comprou uma vez trinta vestidos pretos de tubo do ateliê, tivemos que ir até lá e tirar as medidas, ficamos muito apreensivas, mas as meninas e ela eram um doce.

— Acredito que ela possa nos ajudar. O que acha de falar com ela? Deixe a menina comigo — disse Alfredo.

Essa era a parte mais difícil, pois, desde que soubera da morte, Ana não comia e não falava, não chorava mais, estava em um estado muito estranho e muito difícil de se lidar. Alfredo ficou em desespero ao ver aquela criaturinha, como se o mundo tivesse parado e ela caído dele.

Pouco antes das quatro horas, Gláucia, sentada em sua mesa de fundos na Padaria Rezende, como sempre, saboreava as novidades e seu cappuccino gelado. Observou a entrada de uma senhora pela porta e notou seu rosto de tristeza. Dona Eustáquia entrou e foi direto a ela, se aproximou sem jeito.

Gláucia, como sempre radiante, deu um sorriso e lhe pediu para sentar-se. Sempre elegante, usava um vestido azul-marinho até os joelhos, com o decote sempre generoso, os cabelos presos e sua marca registrada: os brincos de argola e o colar de prata, sempre combinando.

— A senhora não me parece bem, dona Eustáquia, e eu imagino o porquê — disse de forma séria e com olhar de piedade.

— É, a senhora já deve imaginar o que me traz aqui... — E começou a chorar. — Foi uma tragédia o que fizeram com a minha menina, não dá para descrever.

— Quem fez? A senhora sabe? — Ela sabia, mas queria averiguar se todo mundo sabia também.

— Foi aquele monstro do Tobias Melchior — falou de forma certeira.

— E como a senhora sabe?

— Ele a procurou no velório do marido e disse que iria à loja falar com ela; ele matou os dois, ela e o Elias. — Gláucia, nesse momento, deixou suas lágrimas escorrerem pelo rosto, manchando a maquiagem. O nome Elias a desconcertou.

— Bom, o leite, quando derramado, não volta para a caneca, então tem algo mais importante que o crime em si, que agora a senhora quer resolver?

— É a pequena Ana, ela está em estado de choque, eu gostaria de cuidar dela, mas ela precisa de algo melhor, minha idade não me permite cuidar dela por muito tempo. Além disso, aquele lugar lhe trará muita tristeza, e isso não será justo com ela.

— Vamos fazer o seguinte: eu irei com a senhora até lá, pegaremos a menina e a levaremos ao Orfanato da Estrada Serrana, lá ela terá todo o atendimento e logo será adotada, quem sabe até por uma família europeia.

— É aquele orfanato das meninas cantoras?

— Esse mesmo, é lindo ver aquele coral delas aos domingos.

— Eu sempre choro quando vou lá ver. A pequena Ana adorou ver, uma vez que o Elias levou nós três lá na missa, num domingo de manhã.

Então, Gláucia levantou-se e pediu ao garçom para usar o telefone, fez duas ligações, uma para o Wilson e outra para a boate, avisando que chegaria mais tarde. Voltando à mesa, perguntou a dona Eustáquia:

— O que a senhora acha?

— A minha preocupação é que a menina está muito abalada.

Gláucia a confortou:

— Lá eles têm acompanhamento psicológico e toda uma estrutura, não há melhor local. Fora isso, ela terá a convivência com outras meninas, o que será ótimo.

Em minutos, Wilson encostou o táxi na frente da padaria e acolheu as duas. Dona Eustáquia foi lhe dar um endereço, mas ele disse que conhecia o ateliê, pois muitas de suas clientes iam lá tomar o café da Maria dos Anjos e fazer suas encomendas de vestidos. Ao ouvirem isso, as duas caíram em lágrimas.

Quando chegaram à casa de Maria dos Anjos, Alfredo abriu a porta do ateliê e recebeu as duas. Gláucia o abraçou como a um velho amigo e perguntou:

— Onde está a menina? — Ele apontou a escada. — Ela delicadamente começou a subir. — Dona Eustáquia, separe apenas coisas simples numa mala bem pequena, e também os brinquedos dela.

Ao entrar no quarto, ficou desolada ao ver aquela menina linda de olhos e cabelos castanhos, muito saudável, em um vestidinho todo bonitinho de bolinhas amarelas, deitada em estado quase de hipnose. Então, sutilmente disse baixinho:

— Oi, Ana! Eu sou a tia Gláucia.

A menina, então, percebeu a sua chegada e lhe respondeu:

— Quando eu crescer, eu posso ser chique como a senhora? — Seus olhos estavam inchados; e sua voz, doce e muito fraca.

— Por quê? Você gostaria de se vestir assim?

— Sim, e será que vou ter peitos grandes como os da senhora? — A inocência fez Gláucia chorar.

— Meu anjo, você terá tudo o que desejar, desde que se dedique a ter. Poderá ter, sim, peitos iguais aos meus ou até mais bonitos. Me dê um abraço. — E abraçou a pequena.

— Você vai ser minha mãe agora? Eu queria muito minha mãe de volta. — E começou a chorar.

— Infelizmente eu não posso ser sua mãe, mas gostaria muito; na verdade, eu vou te levar para uma escola onde você vai estudar e aprender muitas coisas novas, logo você terá uma nova mãe.

— Mas será que ela vai ser bonita e chique como a senhora?

— Isso não é importante, o importante é que ela te ame muito e você a ame muito.

Ana começou a chorar sem parar.

— Eu quero minha mãe de volta!

Gláucia a abraçou e foi descendo as escadas com ela. Antes, pegou um porta-retratos com uma foto dela bebê e guardou-o em sua bolsa.

Assim que desceram, dona Eustáquia as esperava com as malas, uma de roupas e outra com os brinquedos. Ana olhou e disse:

— Deixem os brinquedos, eu não quero mais brincar.

Gláucia insistiu, mas ela continuou firme na decisão. Eustáquia colocou só a mala de roupas no táxi e falou:

— Dona Gláucia, eu posso ficar aqui? Não tenho forças para isso.

— Sim, pode. Outra coisa: eu vou resolver todo o problema da herança dessa menina. Ela nunca ficará desamparada.

— Nossa, dona Gláucia, não sei como agradecer! — Abraçou-a e, depois, chorando muito, abraçou Ana, que também chorava com muita tristeza no olhar. Alfredo também as abraçou, e assim o táxi saiu levando as duas, Ana e Gláucia.

No caminho, Gláucia buscava distrair a menina, mas ela era reservada e ficava curiosa apenas com Gláucia.

— Você é casada, tia?

— Não, eu não sou, pequena.

— Por que você não casou? Se casasse, poderia ter uma filha como eu.

— Por quê? Bem, o único homem que amei se casou com outra mulher. — Seus olhos encheram-se de lágrimas.

— Ela devia ser muito especial. — Ana tentava imaginar se existia uma mulher mais especial que Gláucia.

— Sim, ela era uma mulher muito especial, como sua mãe era uma mulher mais especial do que eu.

— Minha mãe era linda e elegante como a senhora, eu queria ser igual a ela, mas com os seus peitos... — Nesse instante, deu um pequeno sorriso. Gláucia a abraçou.

Logo chegaram ao orfanato. Quando viu o táxi se aproximar, sem nem sequer ser parado na portaria, Isadora, que já se preparava para ir para casa, esperou, pois já sabia do que se tratava, o crime estava na boca de todos.

As duas desceram do táxi bem em frente à porta de entrada, enquanto Wilson pegava a mala no porta-malas e as acompanhava até lá dentro. Gláucia e Isadora se abraçaram como grandes amigas que eram, e então começaram a conversar, enquanto Isadora pegou a menina no colo. Nisso Irmã Paulina se aproximou, deu um beijo muito forte em Gláucia e levou a menina com sua mala para dentro.

— Então essa é a filha da Maria dos Anjos e do Elias? E você se sente responsável por ela?

— Me sinto apenas na obrigação de resolver um problema que outros provocaram de novo, e estou acostumada a ajudar. Mesmo se ela não fosse filha do Elias, eu faria a mesma coisa.

— Vamos entrar.

Assim, sentaram-se na cozinha, a uma mesa enorme, e Wilson voltou para o carro, ele era a discrição em pessoa.

— E você está bem? — perguntou Gláucia.

— Sim, o trabalho me realiza, minhas filhas me realizam e meu marido me dá status, não posso dizer que estou mal.

— É, a vida nem sempre é um conto de fadas completo, provavelmente a Cinderela nunca foi comida direito pelo príncipe. — As duas riram, enquanto a cozinheira trazia um café que acabara de passar.

— Se fosse completo, seu negócio ficaria às moscas e você não teria a visita de meu marido semana sim, semana não, gastando uma fortuna por não saber cuidar do que tem em casa.

— As meninas adoram as gorjetas dele — disse Gláucia. — Dizem que é muito rápido, isso multiplica o lucro. — E soltou um sorriso.

— Você continua venenosa. A menina ficará bem, mas acho melhor segurar sua adoção, pois aqui tem a possibilidade de se preparar mais para a vida, e com todo o acompanhamento. Amanhã cedo a psicóloga iniciará sua orientação, no início o dia todo, depois apenas com sessões semanais. E o patrimônio, como ficarão a loja e a casa?

— Eu vou organizar tudo e dar um jeito para a menina receber todo o valor em dinheiro.

— Nunca consegui entender de onde você tira toda essa articulação.

— Um dia desses poderíamos passar uns dias em Poços de Caldas, o que acha?

— Nossa! Adorei a ideia. Foram tão bons aqueles dias, os banhos e até nossas noites de solteiras.

— Você já está pensando em trepar, eu pensei apenas nos banhos e no ar da montanha — riram muito.

— Tenho que cuidar da pele, eu não sou tão jovem como você.

— Mas está perfeita. Sem você, naquele momento minha vida seria um tédio. Bem, agora que a menina está segura, eu preciso voltar ao trabalho.

— Minha amiga, venha mais vezes aqui me visitar.

— Eu gostaria, mas você sabe que as pessoas podem achar que venho aliciar meninas ainda pequenas, e isso não seria bom para nenhuma de nós. Mas Poços de Caldas está de pé. — E, assim, se abraçaram e deram aquele beijo sempre afetuoso no rosto. Isadora entrou no carro para voltar aos braços de sua família e Gláucia entrou no táxi com destino à boate Apple. A noite seria trabalhosa e muito tensa.

Ana foi conduzida para o seu quarto, que era o vinte e três. Lá, deitou-se na única cama que estava desocupada, enquanto as outras três meninas a olhavam, curiosas. Duas eram loiras e a outra era parda, eram de idades próximas, ou com um ano no máximo de diferença. Ana deitou-se, não falou com ninguém, não quis jantar e, no dia seguinte, não desceu para tomar café da manhã.

Gláucia chegou à boate pouco antes das sete horas. Estava tudo muito bem organizado, devido à competência de Cláudia, sua secretária. Ela tinha a pele negra muito escura, era uma mulher muito bonita, com olhos negros, boca carnuda e um quadril muito largo, que emoldurava o vestido rosa que usava. Desfilava pela casa sempre em uma elegância com o padrão de Gláucia. Esta lhe pediu para ficar até onze horas, pois tinha um assunto para resolver e não teria como observar a casa.

Às dez horas, como de costume, Tobias Melchior entrou na boate. Sempre com Nestor e Olavo a tiracolo, cumprimentava as pessoas sorrindo como era rotina, mas essas respondiam de forma séria, com um olhar de condenação. Logo ficou sem graça, as garotas nem se aproximavam dele.

Sentindo essa exclusão, resolveu falar com Gláucia e pediu para Cláudia a chamar. A secretária disse que ela também queria falar com ele, e que ele deveria ir ao escritório sozinho. Muito a contragosto, atravessou o salão e foi ao encontro de Gláucia no escritório. Ela o recebeu de forma fria e, assim que ele entrou, fechou a porta e sentou-se à sua mesa. Ele, meio sem jeito, sentou-se em frente a ela. Ela pegou dois copos de uísque com uma pedra de gelo em cada e deu um para ele.

— Gláucia, o que está acontecendo? As pessoas estão todas me boicotando, nem suas meninas se aproximam de mim — teatralmente ele começava seu joguinho.

— Seu filho da puta! Que merda foi essa que você fez?

— Como assim? Eu não fiz nada — disse, fazendo uma cara de desentendido.

— Você passou de todos os seus limites, matou o marido e a mulher em questão de dois dias, e a mulher de forma animal! Como pôde fazer isso? Era uma pessoa do bem, trabalhadora, já costurou roupas até para sua família, não tinha um parente vivo aqui! E, ainda por cima, largou uma criança órfã.

— Bem, ela é que se matou.

— Não, o que sobrou dela "se matou", ela morreu naquele seu galpão nefasto, pelas suas mãos. Não duvido que aquela mordida nojenta no peito dela tenha sido feita por você.

— Jamais faria isso, você sabe. — Até então ele não tinha notado a proporção do estrago que fizera.

— Sei que poderia ter feito coisa pior, isso, sim. E se achava que ganharia prestígio, perdeu o pouco que tinha, nem as pessoas que você costuma ajudar querem ficar perto de você.

— Ela planejou me matar, eu respondi à altura. Meus inimigos têm de saber o que sou capaz de fazer para punir quem me desafia.

— Você é louco! Já tinha matado o pai, a mãe e o marido dela.

— Como assim? Não matei o pai dela nem a mãe.

— Matou o pai naquele massacre do bar há uns dez anos, e a mãe morreu de desgosto. Com quem ela planejou isso?

— Com um investigador de polícia. Ia me atacar no meio da praça, e eu seria preso.

Ele não tinha feito a ligação dessas mortes, afinal matou e mandou matar tanta gente, que esquecia os nomes e os locais das mortes.

— Já sei quem é, e como? Ela não tem metade de sua força, pegar ela e conversar já seria mais que suficiente.

— Olha! Eu não posso ressuscitar os mortos, então não posso fazer mais nada; o que está feito, está feito.

— Você pode amparar a menina, resolvendo o espólio de seus pais.

— Como assim? Eu já perdi muito dinheiro nisso.

— Perdeu por pura burrice, precisava rasgar a blusa dela? Ali você estragou todo o seu negócio com ela e perdeu sua razão.

— Ele não fazia ideia de como ela sabia.

— Como você sabe disso? — perguntou, indignado e assumindo o que fizera.

— Ela saiu segurando a blusa na rua e comprou outra. Quando jogou aquela no lixo da loja, as funcionárias reviraram o lixo, essas coisas chegam aos meus ouvidos.

— Bom, o que você acha que devo fazer?

— Deve comprar os bens deles, "ainda em vida", e transferir para pessoas próximas a ela. O dinheiro será guardado para a menina retirar quando for adulta.

— Mas você sabe que isso é impossível?

— O Osvaldo faz isso numa manhã, e até a escritura sai perfeita, pensa que não sei da sua capacidade e influência?

— Acho que você tem razão. Amanhã o Osvaldo vai procurá-la, mas deixe essa conversa em segredo e nunca me ligue a esse dinheiro.

— Agora você está voltando a ser aquele homem inteligente que eu conheci em 1975. Outra coisa: o pagamento tem de ser em dólar ou ouro.

— Combinado, agora vou aproveitar um pouco do show.

— Vou lhe dar uma cortesia hoje, certo?

— Gostei.

É realmente um mentecapto, depois desta conversa ainda quer trepar, pensou ela.

No dia seguinte, sentada à sua mesa de sempre, no fundo da Padaria Rezende, e apreciando uma torta holandesa com um café vienense, Gláucia observa a entrada de Osvaldo, sempre em seu terno impecável. Era um homem vaidoso, de uns trinta e cinco anos, muito bem-apessoado e muito refinado, muito diferente daquela figura brega de seu patrão.

— Boa tarde, minha linda. — Ela se levantou e o abraçou, dando um beijo em seu rosto.

— Boa tarde, meu amigo, como você está?

— Ainda estonteado com sua beleza e elegância.

— Obrigada, mas não vou fazer a chupeta, ok? — os dois caíram na risada.

— Faça seu pedido.

O garçom se aproximou, e ele pediu um chocolate quente com conhaque e um pão de queijo recheado com ricota e espinafre.

— Este ainda não experimentei — observou Gláucia.

— Eu adoro! — Ambos eram muito refinados e gentis. — Bem, minha amiga, eu fiz o seguinte: preparei a documentação com datas de um mês atrás. Nela, a loja foi comprada por um valor em cruzados que, em dólares, dá cinquenta mil, e a casa foi comprada pelo valor de trinta mil dólares.

— E quem foram esses compradores que pagaram assim, no ato? — Ela já imaginava, mas preferiu perguntar.

— A loja foi comprada por aquela moça que ajudava o Elias a cuidar, ela sabe tudo da loja e progredirá; além disso, os donos gostavam muito dela. — Bebericou o chocolate e comeu um pedaço do pão de queijo.

— E a casa?

— Essa seria comprada por dona Eustáquia, porém ela não aceitou, então o Sr. Alfredo comprou, ele queria até pagar, mas não deixei.

— Bom, e como a moça conseguiu o dinheiro para comprar a loja?

— Um bilhete de loteria premiado será sacado com seu nome e CIC. Como o sorteio já tem dois meses, o negócio foi realizado na confiança.

— Você é bom nisso! — Gláucia ficou impressionada.

— O dinheiro foi guardado num daqueles cofres permanentes, a chave é a senha para ter acesso ao cofre.

— Em dólar? — Ela precisava dos detalhes.

— Metade coloquei em dólar, e metade em barras de ouro, de cinco gramas cada uma.

— E você? O que ganhou nisso?

— Dessa vez nada, é serviço meu limpar a sujeira de meus superiores. E tenho a expectativa de ganhar aquela chupeta um dia — disse, rindo, em tom de gozação.

— Sabe, estou começando a pensar nessa possibilidade — ela sorriu e passou a faca na língua de forma provocativa.

— Minha linda, a chave que abre o cofre é esta. Se perder, não tem cópia. Vá ao banco e verifique se está tudo certinho. Eu me vou, se cuida. O chefe ficou arrasado pela forma como o tratou.

— Ele fez por merecer! — Os dois se levantaram e se abraçaram muito forte.

Agora a justiça começava a ser feita. E Gláucia, mais uma vez, conseguia ajudar alguém vítima de Tobias Melchior. Então, pegou um envelope que continha uma foto e uma carta pequena, colocou a chave junto e escondeu dentro do porta-retratos da pequena Ana.

Uma semana depois, em uma quinta-feira, por volta das dez horas da noite, Oscar Petrulho, o investigador, desceu do carro para abrir a sua garagem. Morava em um bairro de classe média alta e vinha da apresentação da filha no coral da escola, a menina tinha seis anos, e antes passaram para comer uma pizza, formavam uma família muito feliz.

Sua esposa, uma mulher ruiva de pouco mais de vinte e cinco anos, e a menina esperavam no carro. Quando ele se aproximou do portão, dois homens encapuzados surgiram do nada e começaram a disparar tiros de metralhadora com muito gosto. Aos poucos, a mãe e a filha, desesperadas dentro do carro, sem poder fazer nada, viam seus pedaços sendo arrancados com as balas. Ao término, os homens entraram no meio de um bosque em frente à casa e sumiram. Os vizinhos encheram a rua, curiosos, e sua esposa caiu na calçada aos prantos, abraçada à criança.

No dia seguinte, o crime virou notícia nacional, sendo apresentado em todos os canais de televisão e tendo destaque na maioria dos periódicos. A imprensa realçou a vida corrupta do investigador, que tinha várias ligações com o crime organizado. Nunca descobriram quem foi o mandante ou quem foram os executores.

CAPÍTULO 12

RECOMEÇO

No dia seguinte, no orfanato, Ana era só tristeza. Ali pelas nove horas, Ana Lúcia, a psicóloga, chegou, pediu para desmarcarem todas as outras meninas agendadas para aquele dia e foi direto conhecer a pequena Ana, que estava deitada no quarto e quase imóvel. Ana Lúcia chegou na porta, olhou para ela e disse:

— Você é a pequena Ana, que chegou ontem?

A menina, que estava aérea, olhou-a de cima a baixo e respondeu:

— Sim, e a senhora, quem é? — Estava admirada com a elegância da sua tia nova.

— Eu sou a tia Ana Lúcia e vou ficar com você por uns dias. O que acha de descermos para o meu consultório?

Ana levantou e lhe deu a mão, as duas desceram levemente as escadas até a sala onde ela atendia. A sala era composta de uma mesa com duas cadeiras. No chão havia muitos brinquedos e uma caixa de areia. Muitos dos brinquedos eram pequenos bonecos, então Ana Lúcia colocou a menina sentada no chão em frente à caixa de areia. A irmã Paulina entrou na sala com uma bandeja com pães de queijo, frutas e suco, havia também geleia. Colocou a bandeja no chão, perto da criança que, calada, começava a arrumar a caixa, sempre respondendo a perguntas leves de Ana Lúcia.

Mexendo com os bonecos, ela aos poucos foi criando um cenário. E ia, devagar, comendo os pães de queijo, esse processo durou a manhã inteira. Ana Lúcia se impressionava com a dedicação da menina em arrumar tudo direitinho, não tinha ainda completado seis anos. Por volta das onze horas, ela olhou para Ana Lúcia e disse:

— Tia, terminei!

A psicóloga olhou a construção e tentou traduzir o que a menina havia exposto das entranhas de sua mente.

Em um canto ela fez um monte de areia e colocou um casal de bonecos em cima. No meio fez um palco com areia molhada, e em cima uma boneca com um palito na frente, que parecia ser um microfone. Atrás oito bonecos em meia-lua. Embaixo, colocou todos os outros bonecos que havia ali, todos em pé, na frente do palco. No canto de baixo, fez detalhadamente três caixões de defunto com areia molhada, colocou uma cruz em cada um deles e três bonecos em cima. O boneco do meio era um palhaço, e os outros dois eram bonecos de roupa preta.

— Agora explica para a tia o que é tudo isso.

— Aqui nesse monte é minha mãe e meu pai, olhando do céu para mim, orgulhosos. Essa aqui no palco sou eu, cantando para essas pessoas aqui embaixo; esses atrás de mim são a minha banda.

— Mas e esses três bonecos aqui embaixo, sobre essas mesas?

— Não são mesas, são caixões de defunto! Esses são os três homens que mataram meus pais.

— Como você sabe que são eles?

— O palhaço e o da direita falaram com minha mãe no dia que meu pai foi enterrado, lá no cemitério; e o outro estava no carro esperando eles. — Ana Lúcia quase se desesperou, isso era muito forte para aquela criança tão nova.

— E por que eles estão deitados nos caixões?

— Porque aqui eu matei eles! — respondeu a menina, sem piscar ou tremer a voz.

— Mas você sabe que não pode matar nenhum ser humano?

— Eu vou matar eles; eles não são seres humanos, são monstros, por isso alguém precisa matá-los. — A psicóloga nunca tinha ouvido algo assim nem de um paciente adulto. Agora que estava quebrada essa amarra, Ana Lúcia resolveu mudar o rumo, pois a menina demonstrava muito ódio no olhar.

— Vamos conhecer o orfanato? — perguntou de forma sorridente.

— Vamos, sim, tia, aqui é muito bonito, gostei de vir para cá, sem minha mãe eu não teria o que fazer lá em casa.

Então as duas saíram, Ana Lúcia fez um sinal com o olho para Isadora olhar o que a menina tinha feito.

Isadora ficou perplexa e rapidamente entendeu tudo. A representação dos caixões com os três foi chocante, ainda mais que o palhaço lhe dava a certeza de ser o Tobias Melchior, com sua breguice habitual.

Durante três dias Ana Lúcia acompanhou a pequena Ana. Aos poucos a menina foi se soltando e voltando a sorrir, até começar a interagir com as outras crianças. Na próxima semana já começaria a estudar e fazer as atividades extracurriculares.

Sua desenvoltura impressionava seus cuidadores, e ela começava a criar uma amizade muito forte com Angélica, uma menina parda que dormia no mesmo quarto que ela e era um ano mais velha que Ana, mas isso não fazia diferença.

Nas primeiras aulas, Ana surpreendeu ao descobrirem que já lia, escrevia e fazia as operações básicas de matemática muito bem-feitas. Então, realizaram um teste com ela. Prestes a completar seis anos, sua avalição tanto didática quanto psicológica a colocaria direto no terceiro ano do primário. Mas preferiram deixá-la no segundo, para não perder o momento de socializar com as crianças de idade próxima, ela era algo raríssimo.

Sua mãe a ensinava tudo em casa, e ela aprendia com muita facilidade. Quando começou o contato com as matérias extras, ficou apaixonada, principalmente por interpretação e canto. O mundo que começava a se abrir para ela era fantástico, alegre e muito, mas muito rico em cultura.

CAPÍTULO 13

BRINQUEDO NOVO

Ana gostava de música e era vidrada no piano que ficava na sala central, em um espaço elevado, parecendo um palco, era de cauda e todo branco, encantava todos que visitavam o orfanato. Ele sempre estava trancado com chaves, só era usado em aulas de canto em que a professora, ou melhor, a maestrina Gonçala Amarante, o tocava. Ela era uma mulher muito bela, de aproximados sessenta anos e muito elegante, falava de música e ensinava o canto como se isso fizesse parte de sua alma.

Um dia, esqueceram-se de trancar o piano. Ana percebeu, esperou um momento em que não havia ninguém por perto e, em sua inocência, abriu-o com muito esforço. Sem saber como tocar nem como eram os sons das teclas, começou a dedilhar e sorrir sem parar, afinal era um brinquedo novo. A irmã Paulina, que era uma das cuidadoras, viu e interveio, tirando a menina de seis anos do piano e a levando para o quarto.

— Você não pode mexer em nada sem ordem, por isso ficará o resto da tarde no quarto, sem participar da recreação e das atividades de hoje.

— Mas, irmã, eu só queria tocar o piano. — Seus olhos se encheram de lágrimas, inconformada por não ser compreendida.

— A vida exige disciplina, só saia do alojamento quando eu autorizar.

Foi uma tarde longa, deitada em sua cama sem ninguém por perto. Já estava ali há seis meses e, em sua cabeça de criança, tudo era muito complicado, pois de um dia para o outro perdera seus pais, ficara sem casa, sem amigos de infância e sem saber o que seria de sua vida, antes muito modesta. Agora, como imaginar o que o futuro lhe reservava? Em sua cabecinha ainda tão vazia de experiências, a frase da irmã se repetia: "A vida exige disciplina".

Depois de uma hora deitada chorando, levantou-se e caminhou até a porta, sem perceber que Isadora a observava pela câmera de segurança do corredor, nessa época ainda em preto e branco, era o ano de 1986. Olhou para os lados e não viu ninguém; havia, no meio do corredor, uma estante cheia de livros. Parou em frente para olhar, ela nunca havia lido um livro inteiro. Estaria cometendo mais uma infração, pois os livros só poderiam sair dali com autorização de uma das irmãs, e isso ela não tinha.

Ficou encantada com um livro que tinha a foto de uma raposa, uma cobra e um menino loiro com um pano enrolado no pescoço. Isadora não tirava os olhos da cena. Pegou o livro, colocou-o enfiado em sua calça de elástico e voltou pé ante pé para o quarto. Ali ficou lendo sozinha por mais de uma hora, era algo muito raro para uma criança de apenas seis anos.

Duas horas depois, Isadora subiu as escadas e se dirigiu ao quarto. A pequena Ana estava ali, sentadinha em uma pequena mesa no canto, lendo com seus olhos brilhando.

— Oi! Ana, está tudo bem? — perguntou Isadora com voz carinhosa.

— Oi, tia Isa — era assim que as crianças se referiam a ela —, está, sim.

— E por que está aqui? — Isadora sabia, mas queria ouvir da boca dela.

— Eu mexi no piano, e a irmã Paulina não gostou — respondeu com uma carinha bem triste.

— E por que você mexeu no piano? — Algo ali despertava curiosidade.

— Eu queria tocar piano, adoro o som das teclas, mas não sei — novamente falava com voz de tristeza.

— Vou ver se posso ajudá-la, mas não prometo nada. — Ana vibrou e começou a sorrir.

— Sério, tia Isa? — Seus olhos brilhavam.

— Sério! O que você está lendo? — Ela despertava em Isadora uma curiosidade grande, lembrava muito suas filhas pequenas.

— O livro se chama *O pequeno príncipe* — respondeu de forma concreta.

— E sobre o que ele fala? — Nessa idade, poucas crianças seriam capazes de descrever o enredo do livro.

— Tia, ele fala sobre um príncipe de um planeta pequeno e de suas amizades. — Isadora quase chorou quando ouviu isso.

— Você poderia ler para mim? — Achava que ela não conseguiria.

— Sim.

A menina abriu o livro na página 63, e novamente Isadora ficou deslumbrada. Começou a ler com extrema perfeição. Nunca, em todos os seus anos na educação, tinha ouvido uma leitura tão bem executada, interpretando os personagens de forma perfeita e interagindo com as pontuações. Tinha um pouco de dificuldade com as palavras em outros idiomas, como dizer o nome do autor, por exemplo, mas isso já seria demais. Isadora a colocou no colo, e ali ficou por mais de uma hora. A menina leu mais trinta e sete páginas, e sua voz a confortava, seus olhos praticamente sorriam. Depois ela a deixou ali, deu-lhe um beijo no rosto e ia saindo, quando Ana lhe perguntou:

— Tia, o que é disciplina? — Pergunta estranha.

— Em qual frase você viu isso? — Isadora imaginava quem dissera essas palavras e em que circunstâncias.

— "A vida exige disciplina" — respondeu com convicção.

— Disciplina é respeitar as regras e fazer tudo de forma organizada e, às vezes, repetitiva. Só assim conseguiremos alcançar nossos objetivos. — *Como essa criança vai entender isso?* — pensou Isadora.

— Como assim, tia? Pode me explicar melhor?

— Veja bem, um jogador de futebol tem que treinar muito, se alimentar bem e fazer muitas repetições de seus fundamentos. Se ele não acordar todo dia na mesma hora, tomar seu café da manhã devidamente preparado por um nutricionista, não treinar na hora certa e pelo tempo certo, não repetir com exaustão seus fundamentos, não fazer as outras refeições na hora certa e com os alimentos certos, ele nunca sobressairá. Na vida, você encontrará muitas pessoas talentosas e muitas pessoas esforçadas. Se ambas tiverem disciplina, a talentosa sempre será melhor; mas, se a esforçada for mais determinada e disciplinada, igualará o talento, podendo até sobressair a outra.

— Agora entendi. Obrigada, tia, a senhora me fez lembrar da minha mãe. — Seus olhos se encheram de lágrimas. — Ela sempre me colocava assim no colo para eu escrever ou ler.

Isadora saiu realizada pelo corredor, com os olhos cheios de lágrimas, era um momento raro em seu trabalho. Depois, lembrou que aquela menina de seis anos havia lido cem páginas de um livro em uma tarde. Nem pensou na nova infração que ela acabara de cometer, talvez fosse importante liberar os livros.

CAPÍTULO 14

A MÚSICA TOCA A ALMA DAS CRIANÇAS

Na semana seguinte da conversa com a doce Ana, Isadora combinou com as irmãs que os livros da estante do corredor poderiam ser lidos por qualquer criança a qualquer momento, mas apenas um livro por vez. Na terça-feira eram as aulas de música, e a maestrina Gonçala Amarante chegava sempre uma hora mais cedo para organizar tudo. Eram quatro aulas, com as meninas divididas em quatro grupos. Isadora pediu para chamá-la, e ela chegou preocupada, era raro conversarem.

— Pois não, Isadora, de que precisa? — Estava curiosa para saber qual era o assunto.

— Dentre os instrumentos que você leciona, você ensina também piano?

— É minha especialidade, aqui nunca incluímos, por serem muitas crianças.

— Tem uma menina de seis anos que tentou tocar piano outro dia, eu conversei com ela, e ela estava muito interessada — Isadora parecia falar da própria filha.

— Se desejar, posso fazer um teste com ela hoje depois das cinco horas, mas lhe adianto que nessa idade é difícil, e se outras crianças se interessarem também?

— Se isso acontecer, voltaremos a conversar — Isadora falou, radiante.

— Qual o nome da menina?

— É Ana, uma menina de cabelos castanho-escuros.

— Eu sei quem é ela, se dá muito bem com a música e decora tudo muito rápido, parece ter uns nove anos. Tem uma menina que dorme no mesmo quarto que ela, de pele parda, que também é um show, tem voz aguda, parece soprano — ela falava com certo orgulho de suas alunas.

— Combinado, então! — disse Isadora. As duas deram as mãos, e Gonçala voltou para seus afazeres.

Quando as aulas terminaram, a maestrina chamou Ana e Angélica, ela estava sentada ao piano.

— Oi, tia, a senhora quer falar com a gente? Nós fizemos algo de errado? — Ana falava de forma comovente.

— Não, meu amor, eu queria saber se vocês gostariam de aprender a tocar piano. — Olhou-as de forma carinhosa. Os olhos de Ana brilharam.

— Eu gostaria, sim, tia. Adoro o som, é meu maior sonho! — Sua alegria emocionou a maestrina.

— E você, Angélica?

— Eu gostaria de assistir apenas, não tenho vontade de tocar. — Sua resposta foi bem sincera.

— Tudo bem, você pode apenas assistir à aula experimental da Ana hoje. — Colocou Ana sentada ao piano e começou a explicar as notas e as combinações. A menina foi pegando muito rápido e, assim, iniciaram-se as suas aulas de piano. Logo outras meninas maiores quiseram aprender também, com isso foi necessário criar mais um dia de aula de música. Gonçala adorou e formou um grupo de dez meninas pianistas. Nesses dias, o ambiente do orfanato se iluminava, pois era invadido pelo som do piano a tarde inteira.

Em poucos meses, Ana já dominava várias músicas e já conseguia tocar coisas simples sem partitura, como *Atirei o pau no gato*, *Marcha soldado* e *Dona Barata*, todas do repertório infantil. Na primeira apresentação, que foi seis meses após o início das aulas, tocou *Marcha soldado*. Um ano depois de iniciar, tocou *Roda viva*, de Chico Buarque, acompanhada por um coro de seis meninas, emocionando a todos.

Na terceira apresentação, tocou e cantou *Let it Be*, dos Beatles. Depois tudo foi ficando natural e, com oito anos, já tocava grandes clássicos da música. Isadora quase chorava quando a ouvia tocar.

No orfanato, muitas meninas gostavam de cantar, e era muito gostoso ver as aulas. Isadora, sempre que podia, sentava-se atrás, próximo ao refeitório, para assistir. Trabalhavam muito o canto, tinham até um coral que se apresentava na missa aos domingos, era formado por mais de trinta meninas e dava um verdadeiro show. Muitas pessoas vinham de longe só para ver o coral, com a desculpa de assistir à missa.

Ana e Angélica começaram a se destacar também no teatro e na dança, suas interpretações chamavam a atenção. Ana não parecia ter oito anos, todos achavam que tinha dez ou doze. Era alta para a idade e se igualava às meninas de dez para cima. O mesmo acontecia com Angélica, estavam sempre juntas, embora Angélica fosse um ano mais velha.

No quarto de Ana, todas as meninas se dedicavam e liam muito, pois pegaram o hábito vendo Ana praticamente devorar livros. Além disso, sempre ensaiavam muito o que aprendiam e faziam verdadeiras disputas de conhecimento na preparação das provas. No quarto dormiam Ana, Angélica, Flávia e Déborah, que conviveram no mesmo espaço dos seis aos nove anos, sem conflitos e se ajudando mutuamente. A limpeza dos quartos ficava a cargo das crianças, e cada grupo tinha de manter o seu quarto sempre limpo. Elas se dividiam e, enquanto duas arrumavam e limpavam o quarto, as outras duas lavavam o banheiro; em meia hora estava tudo pronto.

As duas se destacavam muito nos grupos de leitura, "davam aula" quando iam ao púlpito. O balé tiravam de letra e tinham notas acima da média nas matérias escolares. Angélica sofria com as exatas, mas Ana a ajudava e ela sempre conseguia ficar na média. Já Ana tinha uma memória fotográfica, era raro não tirar nota máxima. Esse destaque começou a criar um certo ciúme nas meninas mais velhas.

Ana passou para as aulas de judô e de esportes junto com Angélica, embora não tivesse nove anos. E era nessas aulas que as mais velhas começaram a descontar o ciúme. Toda vez que faziam lutas de preparação, usavam golpes completos que elas não tinham domínio. Resultado: começaram a jogar Ana e Angélica no chão e, sempre que podiam, davam cotoveladas que machucavam as duas.

Depois de três aulas apanhando, Angélica começou a chorar no quarto, mas, aconselhada por Flávia, não desistiu do judô.

Ana encontrou um livro de judô na estante e começou a ler, criando mais noção, então convenceu as meninas a treinarem com ela no quarto. Elas colocavam os quatro colchões no chão, imitando um tatame, e à noite começavam os treinos e separavam golpe por golpe, treinando cada movimento exaustivamente. O livro continha também defesa pessoal, e logo começaram a fazer lutas treino com as portas fechadas, ninguém ouvia o barulho.

Duas semanas depois de começarem os treinos, durante a aula de judô, Angélica foi colocada frente a frente com uma menina de doze anos que era uns trinta quilos mais pesada que ela, chamava-se Rita. As outras meninas mais velhas riram. Mas, no primeiro passo, Angélica colocou o pé no meio das pernas dela e deu um gancho com a perna, empurrando o tronco. A menina caiu de lado, Angélica puxou seu braço e fechou-o em uma chave, a menina começou a gritar. O professor as separou e chamou a atenção de Angélica pela chave, que não fazia parte do judô. Ela saiu toda orgulhosa, sob os olhares apreensivos das meninas mais velhas.

Três lutas depois, foi a vez de Ana. A menina era mais velha, mas da mesma altura, chamava-se Cássia. No primeiro golpe dela, Ana se defendeu sem a deixar concluir. No segundo deu uma jogada com o quadril e a arremessou de costas no chão, ippon perfeito de Ana, o professor não conseguia entender como elas tiveram essa evolução, porém gostou de ver como as duas reagiram à ação das meninas maiores, que ele já havia notado nas primeiras aulas. Desse dia em diante, as meninas mais velhas passaram a respeitá-las e acabaram as provocações.

Aqueles anos de orfanato tinham tudo para ser difíceis, mas, na realidade, foram deliciosos para a maioria das meninas. As atividades preenchiam o tempo, e as crianças se desenvolviam. A frustração de não serem adotadas foi perdendo a importância, e os esportes e as competições foram ganhando espaço. O orfanato era um local de muita alegria e muito orgulho, tanto para quem trabalhava nele quanto para quem contribuía financeiramente com ele.

Nas matérias escolares, as classes andavam de acordo com o desenvolvimento, e não era possível seguir o calendário escolar. Elas estavam fora de uma escola convencional e, com isso, as meninas de oito anos já estavam vendo matérias de dois anos à frente. Quando chegavam aos doze anos, a matéria já era a do último ano do primeiro grau e já tinham conhecimento das línguas estrangeiras. Era um trabalho muito bem desenvolvido, e as férias eram curtas, de quatro semanas no ano apenas, divididas em julho e dezembro. Dessa maneira, as crianças tinham um ano letivo quase quarenta por cento maior que a escola convencional.

Quando Ana e as meninas de sua turma começaram a praticar esportes, as aulas de natação a cativaram, bem como a Déborah, mas eram só duas vezes por semana e com mais de vinte meninas por vez, isso atrapalhava quem gostava realmente de treinar. Um dia, Déborah, que era muito introvertida, comentou com Ana:

— Nós podíamos treinar escondido, o que você acha?

Ana ficou novamente com os olhos brilhando.

— Mas que horas poderíamos fazer isso? A piscina sempre fica fechada com a lona quando não estão usando.

Déborah começou a articular, ela era muito meticulosa.

— Se nós descermos escondido às quatro da manhã, os seguranças do portão estarão dormindo e as irmãs também, é uma hora supertranquila e ninguém se interessará em olhar as câmeras. O que temos a perder?

— Mas será que não vamos ficar com muito sono durante o dia? — Ana era toda preocupada.

— Você acorda todo dia nessa hora e fica lendo no corredor, não vai mudar muito.

— E como você sabe disso? — perguntou, curiosa, pois havia sido pega em flagrante.

— Eu tenho o sono leve. Quando você levanta, eu acordo. Depois, a cada folha que vira, eu acordo de novo — Déborah falou com certo desabafo.

— Nossa, não sabia disso, por que nunca me falou nada?

— Nossa vida é cheia de atividades e eu durmo muito antes, não me irrita ou incomoda, fique tranquila.

— Vamos começar amanhã? — Agora iriam para a execução. Era curioso, pois, nos outros quartos, as meninas brincavam de boneca e se divertiam assim, mas nesse tudo era coisa mais adulta, sempre buscando algo novo. Não havia bonecas e tinham poucas coisas pessoais. Ana tinha apenas um porta-retratos com sua foto tirada quando bebê, era tudo o que sobrara de sua família.

No dia seguinte, às quatro horas da madrugada em ponto, as duas se levantaram, colocaram os maiôs e as toucas, se enrolaram em duas toalhas e desceram de modo bem sorrateiro, enquanto Flávia e Angélica dormiam profundamente. Passaram pelo corredor em silêncio pleno, pisando descalças para não acordar ninguém. Ao chegarem à piscina, puxaram a lona, era um galpão enorme, coberto e bem fechado, o único acesso era por dentro, onde não havia porta. Não acenderam a luz, pois logo o sol nasceria.

Entraram na piscina, que devia estar com a água perto dos trinta e cinco graus, e pegaram as pranchas, até então só haviam feito pernas, era a iniciação. Os seios de Déborah já começavam a se formar, e Ana era reta, ficava inconformada por dentro por ainda não ter seios e morria de medo de não os ter quando fosse adulta, não percebia a diferença de idade entre elas. Então, começaram a se deslocar na piscina com as pranchas, indo de um lado ao outro, cada ida era de vinte e cinco metros, assim executaram o nado de pernas nos quatro estilos e nadaram felizes até pouco mais de cinco horas, às seis horas começaria o movimento na cozinha, e às seis e meia tocava a sirene de despertar. Nenhuma das duas imaginava que se exercitar durante a madrugada seria um hábito que carregariam pelo resto de suas vidas.

Angélica e Flávia gostaram da novidade e, no dia seguinte, as acompanharam, era muito gostosa aquela atividade na madrugada, e caprichavam no cuidado para conseguir deixar tudo intacto. Ana ficou muito frustrada quando viu Flávia colocando o maiô, seus seios eram como laranjas grandes, chegavam a incomodar nas atividades físicas, pois balançavam muito. Um dia, Flávia entrou no quarto e tirou a blusa, mostrando a novidade, ganhara seu primeiro sutiã, Ana ficou ainda mais arrasada.

Às oito horas da noite, o quarto 23 fechava a porta, e as quatro meninas dormiam um sono profundo, pois acordar às quatro horas da manhã não era para qualquer um. Passados alguns meses do início desse treinamento, o zelador notou essa atividade na piscina e comentou com a irmã Paulina, que rapidamente foi falar com Isadora.

— Isadora, eu preciso contar uma coisa que está acontecendo e é muito grave — falou com a voz aborrecida.

— O que aconteceu, irmã? — Isadora olhou-a de forma preocupante.

— Tem quatro meninas todos os dias nadando na piscina de madrugada, parecem ser as meninas do quarto 23.

Isadora riu.

— Ufa! Já estava preocupada! Na verdade, isso acontece há seis meses. No primeiro dia, foram duas; no segundo, quatro; e teve uns dias que eram seis, mas essas duas não continuaram.

O rosto de Paulina se desfigurou, enquanto Isadora ligava a televisão e colocava uma fita VHS no videocassete.

— Como você sabia? — perguntou Paulina, indignada.

— Todos os dias eu corro a fita que grava o movimento no corredor na madrugada, com o objetivo de ver se está acontecendo algo de errado. No dia que elas começaram, vi as duas saindo do quarto, depois olhei as outras fitas e vi o que fazem. Olhe essas imagens. — A gravação mostrava as quatro meninas nadando em ritmo de treinamento, sempre organizadas e sem parar, disciplina total. Irmã Paulina ficou impressionada.

— Mas e agora? O que vamos fazer? — perguntou, apreensiva.

— Vamos fingir que não vemos, a disciplina delas inspira novos talentos. Se barrarmos ou falarmos a respeito, poderemos cometer o pecado de interromper uma carreira promissora, elas estão treinando e com total dedicação. Olhe a Ana, tem apenas oito anos e já parece um peixe, olhe como o corpo da Flávia está fino e moldado, ela era um pouco gordinha e sofria muito com seus seios precoces.

Depois, Isadora chamou o zelador e repetiu a ordem, pedindo para ele guardar segredo. Ele sorriu, olhou-a nos olhos e disse:

— Dona Isadora, a senhora sabe que segredos é algo que sei guardar muito bem!

Ela sorriu, o abraçou e deu-lhe um beijo carinhoso no rosto. Os dois estavam a sós no escritório.

Quando ele saiu, ela parou um tempo, pensando em algo de alguns anos atrás, algo que foi bom e movimentou sua vida. Bem, agora era hora de voltar para a Terra.

CAPÍTULO 15

PASSEIO AO ZOOLÓGICO (1981)

Uma vez por mês, Isadora organizava um passeio para as crianças fora do espaço do orfanato, era sempre um parque temático ou um dia na praia. Nessa quarta, em especial, a visita seria a um zoológico na vizinha cidade de Porto Belo. As irmãs acordavam bem cedo para ajudar a cozinheira a preparar os sanduíches, encher as garrafas de suco gelado e preparar as saladas de frutas, todas em pequenos potes pequenos, para assim as meninas terem o que comer durante o passeio. Às seis horas da manhã, o ônibus encostou em frente à sede do orfanato, e dois motoristas desceram para tomar café, aproveitando que as meninas estavam já todas à mesa; no máximo às sete horas sairiam, pois até o zoológico levariam aproximadamente três horas. Como no berçário estava apenas a pequena Angélica, com apenas dois anos à época, irmã Paulina convenceu Isadora a deixá-la levar a pequena. Isadora protelou, mas concordou no final.

As meninas, todas de conjunto de moletom cinza, de tênis branco nos pés e com os cabelos muito bem-arrumados, fizeram fila para entrar no ônibus após o café. Assim, acomodaram-se as irmãs, o zelador, Sr. Manoel, e sua esposa, Ana Elisa, que também foram junto, ficando no orfanato apenas Celinha, a secretária de Isadora, e André, filho do zelador, que pretendia estudar à tarde, pois fazia faculdade de Engenharia Elétrica em Jacutinga, uma cidade vizinha, à noite. E, se precisassem de algo, estaria ali para atender.

Isadora chegou por volta de oito horas e ficou cerca de uma hora com Celinha, conferindo balancetes e assinando os cheques para os pagamentos do dia. Ali pelas nove horas, desligou a câmera que vigiava a piscina, pegou uma mochila e disse para Celinha:

— Vou nadar um pouco; se me procurarem, diga que não estou — sorriu e deu uma leve piscada.

— Pode deixar, dona Isadora, eu cuido de tudo!

Então, saiu rumo à piscina. Lá chegando, tocou o ramal da secretaria e pediu para Celinha chamar o André da zeladoria para tirar a lona da piscina para ela poder nadar. Enquanto isso, foi ao vestiário e lentamente tirou o moletom que vestia. Já estava com um maiô azul-marinho por baixo, bem justinho, que destacava o contorno de seus seios, e bem cavado, realçando seu bumbum e suas pernas bem torneadas. Colocou a touca e, descalça, rumou para a piscina, enquanto André puxava a lona. Ele usava uma bermuda jeans e uma camiseta regata branca. Ao puxar a lona, Isadora ficou impressionada com seus bíceps e seu peito forte e peludo, era muito bem-apessoado, com os cabelos lisos e a barba por fazer.

Assim que acabou de enrolar a lona, percebeu a presença de Isadora apenas de maiô e touca na cabeça. Ela tinha uma pele clara e olhos verdes, nunca a tinha visto sem sua vestimenta-padrão. Uma mulher belíssima, com aquele corpo exposto, ficava muito sedutora.

— Obrigada, André, o que tem para fazer agora? — Seus olhos se mantinham firmes, direcionados aos olhos dele.

Ele, sem disfarçar, olhou para ela com igual desejo:

— Eu ia estudar, mas acredito que devo ficar por aqui para ajudar em algo de que possa precisar.

Ela abriu um leve sorriso.

— Você sabe nadar?

— Sim, nado desde pequeno.

— Gostaria de nadar comigo? É muito solitário nadar sozinha.

— Adoraria, mas não trouxe sunga — riu.

— Bom, nade de bermuda mesmo.

— O tecido dela pode danificar a lona da piscina, que pena.

Ela, então, não resistiu:

— Olha, somos só nós dois, pode nadar de cueca.

— Este é o problema: eu não uso cueca. — Agora algo esquentara entre os dois.

— Já somos adultos, pode nadar nu. - Ela estava louca para vê-lo sem nada, com o pênis balançando.

— Bom, praticamente só estamos nós dois aqui, pode ser, mas com uma condição: a senhora também nada nua, como eu. — Eles se entreolharam, agora era xeque-mate.

Ela, olhando para ele, começou a tirar o maiô, ficando apenas com a touca na cabeça. Ele, ao mesmo tempo, tirou a camiseta, olhando-a fixamente, com o coração acelerado. Ficou impressionado com a beleza e a firmeza de seus seios, e com o formato triangular do corte de seus pelos pubianos.

Ela mordeu os lábios ao vê-lo tentar disfarçar a ereção, então ele se jogou na água, e ela mergulhou atrás em um nado de peito; assim, começaram a nadar, ela sempre no estilo peito, o que o deixava mais excitado, quando a via impulsionar as pernas, e ele em estilo livre, depois passando para o borboleta. Ela inverteu para um nado de costas, que destacava seus seios, ele ficou ainda mais nervoso. Nadaram livres assim por quase uma hora. Então, Isadora se encostou na parte mais rasa da piscina, onde a água atingia apenas seu peito, e ficou olhando-o nadar. Ele foi ao final da piscina e voltou, parando em frente a ela; então, antes que ela se movesse, a abraçou, e ela ficou imóvel, entregando-se àquele homem forte e másculo. Foi um beijo arrasador, forte e intenso, ele muito ereto e ela muito molhada, em todos os sentidos, então ele a ergueu e se encaixou entre suas pernas. Ela estava em puro êxtase e se entregou a um sobe e desce frenético que os levou ao clímax em poucos minutos. Era muita entrega, e a água abençoava a relação. Então, após esse clímax, ele se abraçou a ela sem parar de beijá-la, ela se realizava com aquela língua explorando sua boca.

Depois ela pediu para ele sentar-se na beira da piscina, pegou seu membro flácido depois de tanto trabalho, colocou-o na boca e começou a alisá-lo com a língua até ele ficar ereto novamente. Apoiou-se em seus braços e sentou-se sobre ele, cavalgando de forma feroz. Ele, não se fazendo de rogado, a tirou de cima dele, colocando-a de quatro, e a penetrou com todas as forças. Ela gemia e gritava em uma explosão de prazer.

Celinha ouviu os gemidos e, por curiosidade, ligou a câmera. Ficou pasma e não tirava os olhos. Começou a suar, colocou a mão por dentro da calça que usava e começou a se tocar com muito tesão.

Então, Isadora, acabada, tendo gozado mais de uma vez, pediu para ele se deitar. Ele se deitou e ela encerrou aquela segunda sessão com a boca, pois já não estava mais aguentando aquele homem forte que não gozava. Celinha chegou lá rapidamente e ficou desolada na mesa. Então desligou a câmera.

Os dois deitaram-se assim, nus, e relaxaram por quase duas horas. Então André acordou, beijou-a na boca, pegou sua bermuda e a vestiu, ela ficou ali, nua, linda e realizada. Ele esticou a lona novamente e saiu, dando apenas um sorriso. Ela ficou ali, em estado de graça, parecendo estar em outro planeta. Depois foi para o vestiário, ficou embaixo do chuveiro quente por quase meia hora, ensaboou-se e terminou seu banho. Assim que se enxugou com delicadeza, colocou seu moletom e se direcionou à cozinha, lá preparou um omelete, fez uma salada e cortou um queijo branco. Celinha entrou na cozinha e sentou-se ao seu lado para almoçar.

— Gostou do que viu, Celinha? — perguntou enquanto enchia o copo da moça e o seu com suco de laranja.

— Como assim? Do que a senhora está falando?

— Do que você viu na piscina. Ou pensa que não vi a câmera ligar e desligar depois?

— Me desculpe, dona Isadora, mas ouvi um barulho e fiquei preocupada, então liguei a câmera e logo desliguei.

— Depois de trinta minutos? Mas eu perguntei se gostou. — A garota, que tinha no máximo dezoito anos, ficou muito vermelha e respondeu.

— Desculpe, mas eu adorei e não resisti em me tocar, nunca tinha visto uma cena tão forte e real.

— Aproveite sua vida. Quando tiver vontade, se entregue, e de forma completa; às vezes isso nos faz renascer, nem sempre a vida de casada é o que esperamos, e nem sempre o marido nos dá o devido valor.

A menina começou a chorar e garantiu que não contaria nada a ninguém.

— Disso eu tenho certeza, mas não precisa ter medo, pense que viu apenas uma pequena aventura de duas pessoas com muito tesão, não imagine nada além disso e, se desejar viver algo com o André, não se faça de rogada.

— Achei que eram amantes! — disse a menina, com os olhos vermelhos, enquanto saboreava o omelete.

— Não, isso foi sem programação e foi apenas hoje, talvez nunca se repita.

A menina ficou com os olhos brilhando, pois vivia paquerando André e ele nem percebia. Logo terminaram o almoço. Às duas horas Celinha terminou seu expediente e foi para sua vida; Isadora ficou na secretaria lendo um livro, e André em seu quarto, na casa de zelador, estudando. Dali em diante o dia seguiu na maior tranquilidade, como um feriado em cidade grande.

As crianças chegaram às sete horas, todas felizes e encantadas com o passeio, já haviam lanchado, e todas se recolheram para tomar seu banho e dormir. A pequena Angélica foi colocada em seu berço já adormecida, e no céu as estrelas brilhavam em uma noite de outono.

André chegou em casa por volta da meia-noite e deu de cara com seu pai na varanda. Fato muito raro.

— Boa noite, filho, tudo bem?

— Tudo, meu pai, o que aconteceu?

— Nada, eu estava sem sono.

André sentou-se ao seu lado, e o pai começou a contar uma história:

— No meu outro emprego antes desse, eu já era casado, então um dia acabei me deixando levar pelo charme de minha chefe, sabe? Nós começamos a nos encontrar do nada e de repente nos víamos todos os dias, era uma paixão louca, trepávamos como adolescentes. Ela era lindíssima, tinha um corpo fantástico. Foi uma aventura, durou quase dois anos, sua mãe nunca desconfiou de nada. Nesse período, para compensar, eu procurava sua mãe quase todos os dias e vivia dividido em satisfazer as duas. Foi muito bom, mas só isso, eu era empregado e ela minha patroa, e ela estava prestes a se casar com um cara de família muito rica. Um dia acabou do nada, nos olhamos, nos beijamos e foi isso, acabou, eu segui minha vida.

Ela era bem mais jovem que eu, casou-se e teve duas filhas — disse isso, deu boa-noite e foi dormir.

Por que me contou essa história assim, justamente hoje, que foi um dia tão saboroso?

No dia seguinte, durante o café, André perguntou à sua mãe:

— A senhora sabe onde o papai trabalhou antes daqui?

— Seu pai começou a trabalhar aqui aos doze anos com o pai dele, nunca trabalhou em outro lugar, como eu também estou aqui desde que nasci, mas trabalho desde os doze anos.

Ele entendia agora a história que o pai contara e lembrou-se de que Isadora tinha duas filhas.

CAPÍTULO 16

A BOATE APPLE

A cidade de Nova Aliança era pequena, mas tinha bons atrativos noturnos, a juventude se reunia em volta da praça central, onde ficavam o cinema, o teatro, as lanchonetes e sorveterias. A graça dos jovens era sentar-se em bandos nos bancos e ficar ali, paquerando e papeando, era algo bem interiorano.

Mas, para os adultos que procuravam uma diversão mais picante, havia algumas casas noturnas. Caso procurassem uma diversão adulta e sofisticada, deveriam ir à boate Apple.

Era um espaço muito requintado e muito bem aparelhado, de propriedade de um empresário de fora da cidade, administrado por Gláucia Mascarenhas, uma mulher solteira, perto dos trinta anos, belíssima e dona de um corpo escultural. Esse era o ano de 1988.

Ela cuidava pessoalmente e com muita rigidez de todos os detalhes, desde a escolha das garotas que ali trabalhavam, a grande maioria meninas ainda entre quinze e vinte anos, e todo o treinamento delas. Através de sua influência, Gláucia conseguia novos documentos e reais, em que a data de nascimento das meninas era alterada para que todas começassem a trabalhar na boate como se já tivessem dezoito anos.

Era uma casa de distração adulta. Na entrada havia uma recepção onde eram deixadas armas ou objetos metálicos, ninguém entrava sem ser devidamente revistado. Havia cerca de dez seguranças, o mais baixo tinha 1,90 m e pesava cem quilos. Os clientes eram também obrigados a preencher um cadastro, pois a casa não oferecia quartos. Quando o cliente conquistava uma das garotas, tinha que assinar uma nota promissória na saída e levá-la a algum hotel ou mesmo à sua casa, para ter sua noite de prazer. Na promissória havia uma cláusula dizendo que a menina deveria voltar à casa em perfeito estado e pontualmente até as sete horas da manhã. Em mais de quinze anos de funcionamento, apenas duas meninas não voltaram, e os clientes também não voltaram para suas famílias.

Entrando no salão, avistava-se o bar à direita e, ao fundo, o palco onde todas as noites uma banda tocava. Em noites especiais, cantores renomados eram convidados. Em frente ao palco, havia uma passarela com varões de pole dance, onde as meninas ofereciam seus shows. Ao lado, sofás de couro com mesas de apoio ideais para namorar, e muitas mesas com quatro cadeiras em volta dessa passarela. No segundo piso, havia três salas, duas com mesas de carteado e na última, a maior, uma roleta; ali os jogos eram a dinheiro — e muito dinheiro. Tudo com a conivência da polícia local. Todas as noites, alguns policiais passavam por ali, assistiam a um striptease e bebericavam algumas bebidas, mas não podiam tocar em nenhuma das meninas ou levá-las, isso tornava a boate mais segura e afastava os clientes pés de porco. O funcionamento da boate era sempre de quarta a sábado.

Não raro, a boate recebia pessoas do alto escalão da política do Rio e até de outros estados, senadores, juízes, empresários de representação nacional e até internacional. Havia um certo governador de um estado do nordeste, que todas as vezes de passagem pelo Rio visitava a boate com sua comitiva, jogava cartas e interagia com as garotas. Algumas vezes a garota era cortesia da casa, mas ele sempre dava a elas presentes caros e trazia algo para Gláucia. A vida é política, e ser político facilita os negócios.

Gláucia recebia todos como grandes amigos, sentava-se em suas mesas e conversava, solta e tranquila, passando a eles uma sensação de tranquilidade e de muita segurança. Como em Las Vegas, o que acontece na boate Apple fica na boate Apple. Não raro, eles se encantavam mais com ela do que com as meninas. Inteligente e muito bem-informada, falava quatro idiomas, era alta, com quase 1,70 m, bem parda, quase mulata, com cabelos pretos e encaracolados, sempre em penteados especiais. O corpo era muito bem cuidado, e ela usava salto alto e vestido de gala com decotes generosos, explorando seus seios médios. Sempre estava muito bem maquiada, não bebia, não fumava e nunca alterava sua voz. Muitos dos clientes viam nela o espelho da mulher ideal, ou seja, sua personagem era convincente. Costumava falar de forma discreta com os funcionários, resolvendo tudo e, ao mesmo tempo, apreciando o ambiente.

Recebia muitos convites para jantares, festas e até viagens, aos quais recusava prontamente com muita delicadeza. Ninguém se atrevia a lhe oferecer dinheiro. Durante o dia, andava pelo comércio e pelas ruas da cidade com normalidade. Todos sabiam quem era ela e o que fazia, e tinham muito respeito. Era uma empresária de sucesso que movimentava como poucos a economia local. Sua intimidade era desconhecida de todos, assim como seu endereço físico.

Não raro alguém a parava para pedir uma ajuda, e ela dava seu cartão, pedindo para a pessoa a procurar no escritório da boate Apple na segunda-feira de manhã. Nesses dias, era comum ver na porta do escritório da boate uma fila de vinte a trinta pessoas, esperando para falar com ela. Os pedidos eram, na maioria, passagens para tratamento médico na capital, cadeiras de rodas, medicamentos e cestas básicas. Sua secretária Fátima realizava a triagem, e a pessoa só falava com Gláucia se fosse um caso extremo, os demais casos ela mesmo resolvia. A boate tinha contrato com supermercados, farmácias e até clínicas, e os pedidos eram passados e logo entregues nos endereços já confirmados. Quando a pessoa precisava de um tratamento médico fora da cidade, Fátima já reservava também o hotel e um restaurante simples para ela e seus acompanhantes.

Certa vez, uma menina precisou de um tratamento de leucemia; sua mãe e a irmã mais velha a acompanhavam e ficaram um ano e seis meses hospedadas em um hotel em Jaú, interior de São Paulo, próximo ao Hospital Amaral Carvalho, onde ela estava internada.

Fátima era também responsável pelo pagamento das meninas, todas tinham uma conta-corrente e uma conta-poupança, e todas as segundas-feiras Fátima realizava os depósitos, sempre de cinquenta por cento em cada conta, assim as garotas mais simples sempre conseguiam guardar mais dinheiro do que as mais "espertas".

Fátima era loira e muito bem-apessoada, talvez tivesse 1,65 m e, no passado, foi uma das garotas da casa. Mantinha uma elegância de forma muito comportada, usando cabelos presos e maquiagem leve. Nunca usava decotes, sempre estava de saia, meia-calça e blazer em cores escuras, e salto alto como uma marca registrada. Tinha pouco mais de vinte e cinco anos e estava sempre sorrindo e cuidando de tudo o que Gláucia solicitasse. Os maldosos diziam que elas eram um casal, mas, na verdade, ambas eram amigas de profissão e gostavam do sexo oposto, raramente eram vistas juntas fora da boate.

Ao todo eram trinta garotas. Moravam em um pequeno edifício construído ao fundo da boate, completamente isolado, cujas suítes eram divididas em grupos de três garotas. Ali havia um refeitório e todos os espaços para se prepararem para seu trabalho, tais como estúdio de dança, academia, sala de reunião e até uma piscina grande. As meninas tinham aulas de etiqueta e faziam academia com acompanhamento de profissionais. Uma coreógrafa ensaiava com elas os shows, estes deveriam ser belos, sensuais e perfeitos.

As garotas recebiam quarenta por cento do valor de seus serviços, os outros sessenta por cento eram da boate, e quinzenalmente eram submetidas a exames médicos para evitar qualquer tipo de doença. Suas roupas de trabalho eram todas fornecidas pela boate. Gláucia se preocupava em encomendar de costureiras competentes, que se dispunham a lhe oferecer bons preços e o que havia de mais moderno na moda atual. Em ocasiões especiais, alugava vestimentas de gala para shows mais glamorosos.

As garotas eram proibidas de beber ou usar drogas, os drinques que tomavam na conta dos clientes eram sempre com refrigerante ou chá, passando-se por bebidas caras. Gláucia enfatizava a vantagem que teriam estando sóbrias ao atender homens embriagados. Quando uma menina se deixava levar, era chamada a atenção e, na reincidência, despejada da casa, com seus pertences em uma casa de outro padrão, normalmente isso dava início à sua decadência. Essa regra valia também para as meninas que não cuidassem do corpo ou até as que começavam a dar sinais de envelhecimento. Trinta anos era um limite, ou a garota conseguia um emprego na boate, em outra área, ou deveria deixar o local. Se fosse esperta, já teria um bom pé de meia, o que a maioria conseguia fácil, e algo encaminhado; caso contrário, em pouco tempo estaria na Avenida Industrial, oferecendo o corpo sem nenhuma segurança.

Todos os dias Gláucia seguia a mesma rotina. Por volta das três horas passava na Confeitaria Lisboa, na esquina da Rua Senador Godoy com a Tancredo Neves, a duas quadras da boate. Ali se deliciava com um cappuccino gelado, croissants ou doces, adorava experimentar as novidades. Como era cliente habitual, sua mesa estava sempre reservada ao fundo da confeitaria.

Normalmente espiava as notícias no jornal, sempre com uma visão geral do estabelecimento e observando a porta de entrada, algo que os funcionários não entendiam se era estratégico ou casual. Poucos se aproximavam de sua mesa, os próprios clientes respeitavam esse momento. Levantava-se e saía pontualmente as três e quarenta e cinco, para caminhar com calma até a boate, chegando sempre às quatro horas, de onde só sairia no dia seguinte, por volta das seis horas da manhã, não raro dormia por lá, mas seu ritual na Confeitaria Lisboa era mantido.

CAPÍTULO 17

TUDO QUE DESEJAR COM INTENSIDADE

Osvaldo entrou na sala de Gláucia, como sempre muito alinhado, e cortês, faltava uma hora para a casa abrir em uma sexta-feira.

— Que surpresa, um homem realmente de família aqui! Tudo bem com você, querido?

— Sim, minha linda, mas, como sempre digo, perto de você as coisas devem melhorar.

— Não foi para me cantar que veio, tenho certeza.

— Não. Na verdade, eu queria falar com você, é sobre um assunto delicado que envolve meu nome.

— Nesse caso, lhe cobrarei apenas cinquenta por cento, sabe como é? Tenho de pensar na minha aposentadoria — deu um sorriso sarcástico.

— Você nunca esquece isso? — riu também.

— Você quer conversar aqui ou quer marcar um local?

— Já vai abrir, não é? Pode ser amanhã.

— Amanhã, às nove da manhã, você me encontra na suíte 95 do Hotel Itapuã, combinado?

— Hotel Itapuã? Tem certeza?

— Claro, é melhor ninguém nos ver juntos, pode ser ruim para ambos.

Ele saiu meio desconfiado, mas a ideia dela era muito inteligente. No outro dia, às nove horas em ponto, ele passou pela recepção do Itapuã, como sempre fazia, indo direto aos contatos, todos sabiam quem era e o que fazia.

Subiu os nove andares de escadas, quase bufando de cansaço. Quando bateu na porta, percebeu que estava aberta e entrou, Gláucia estava no banho. Ficou todo encabulado, ela saiu nua, enxugando-se, ele arregalou os olhos para ela, ela olhou bem para ele e disse:

— Pensei naquilo que me pediu aquela vez.

— As declarações públicas?

— Não, a chupeta.

Nisso ela deixou cair a toalha e se aproximou dele, que ficou louco ao ver aquele corpo quase perfeito, todo bronzeado, com as pernas grossas, os seios médios e durinhos. Ela não tinha completado vinte e oito anos ainda, e ele tinha cerca de quarenta e dois. Ela se ajoelhou em sua frente e abriu sua braguilha, retirando seu pênis, já muito ereto, e começou a sugá-lo. Ele ficou ali, estático, o que era só um desejo bobo tornava-se realidade. Então, ela acelerou o movimento e ele não aguentou e jorrou. Ela se deitou no chão, aparando seu líquido. Ele ficou estupefato, então ela se levantou, passou a toalha nos seios, começou a despi-lo e o beijou na boca. Ele a agarrou com firmeza, levando-a para baixo do chuveiro; ali não resistiu, tendo outra ereção e penetrando-a com ela se apoiando nas paredes. Logo chegaram ao êxtase. Por cerca de vinte minutos, os dois ficaram ali no chão do box, quase imóveis. Depois um secou o outro, ela o beijou de novo, e ele correspondeu. Então se deitaram na cama, ele de cueca e ela completamente nua.

— O que deu em você? — perguntou, curioso.

— Nada, sabe que admiro você há muito tempo, e aquela sua brincadeira da chupeta me fez pensar que você merecia realmente sentir esta boca gostosa — sorriu bem tranquila.

— Sabe que sempre te desejei, mas nunca tive coragem de realmente investir nisso; e agora, como ficaremos?

— Depende... Se você me fizer feliz, poderemos nos ver mais vezes, mas, como sempre digo, não quero me casar, ter filhos ou ser mãe de família.

— Fique tranquila; tudo isso eu já tenho, mas faltava ter você.

— Me conta uma coisa, como sabia o tamanho do pênis do Elias?

— Não sabia, dei um número apenas ao vento, nenhuma mulher tem essa informação, era só para te impressionar — gargalhou.

— Adorei essa parte — disse, rindo muito. — Mas o que anda lhe intrigando, afinal?

— O Tobias está tendo problemas com a Receita Federal, eles estão no pé dele, e ele quer que eu seja seu testa de ferro. Estou com medo, o que você acha?

— Em que ele quer usar seu nome?

— Ele quer transferir este hotel para o meu nome, e mais outros dois da região. Estou apavorado.

— E depois, o que ele vai fazer?

— Algum dia transfiro de novo, com ele vivo.

— O João sabe disto?

— Não, o Tobias o mantém o máximo possível longe dos negócios legais.

— Bom, se o Tobias morrer, e isso pode acontecer, talvez o João nem note esse detalhe. Certa vez, você me disse que o João não dura um ano à frente da organização, o que quer dizer que ninguém vai reclamar esses bens.

— Como você consegue ser tão calculista?

— O que acha da Apple?

— É o melhor e mais lucrativo negócio de entretenimento que já vi.

— Se eu fosse comum, aquilo não seria o que é.

— Você acha mesmo que isso pode cair nas minhas mãos?

— Vou lhe dizer mais: você é o braço direito do Tobias, e não do filho dele. Se ele tombar, "venda o João", ele é pior que o pai, se é que isso é possível. E não sabe negociar, a organização vai ser exterminada com ele no comando.

— Nossa, isso é muito grave! Não sei se dou conta.

— Olha, ou você, que tem mais facilidade para isso, faz, ou ele fará com você, pois não concorda com os métodos e tem ciúme de você com o pai dele, pois o pai trata você melhor do que ele, além de lhe dar ouvidos.

— Penso da mesma forma. Vamos aguardar, mas, se isso tudo acontecer, eu ainda ficaria com os três hotéis; se precisar, você me ajuda a administrar?

— Olha, se me comer direitinho, posso até pensar — e soltou uma gargalhada.

— Mas eu preciso de um capital para justificar meu patrimônio todo, senão eu é que serei esfolado.

— Eu posso colocá-lo como prestador de serviços advocatícios da boate, coloco seus honorários na contabilidade e uso o dinheiro para auxílios sociais. O que acha?

— Mas isso não dá para ser retroativo, somente daqui para a frente.

— Acho que os fiscais da Receita que estão na cola do Tobias são clientes da boate, então eu posso estimulá-los a não investigarem nem você nem o Tobias por um tempo, aí teríamos como formar um caixa razoável, seus apartamentos estão todos legalizados e com o imposto de renda em dia.

— Como sabe disso?

— São trinta e oito até o momento, quer os endereços?

— Você é surpreendente, sim, eles estão limpos. E tenho um salário fixo com registro e tudo com o Tobias, tudo certinho, conforme manda a lei.

— Se houver necessidade, você pode vendê-los para mim, pois tenho como comprovar a origem do dinheiro. Fazemos um contrato de gaveta e depois transferimos de volta aos poucos, com os rendimentos já dos hotéis. Quanto aos fiscais, eu resolvo, o resto está encaminhado.

— Você sempre me surpreende. Essa ideia é perfeita.

— Sabe, você está se tornando um homem poderoso, e eu tenho uma queda por homens poderosos. — Então se virou de lado e, olhando para ele, disse, com cara de desejo: — Vem me comer de novo, essa história toda me deixou com muito tesão, me mostra seu poder.

E, assim, durante dez anos, eles foram amantes, mas em segredo, ninguém nunca desconfiou. Ela organizou toda a sua cabeça e sua vida, e ele, de quebra, ganhou muito mais do que a chupetinha que tanto desejava, ou seja: "Quando você deseja algo com intensidade, o Universo todo conspira a seu favor", já dizia Paulo Coelho.

CAPÍTULO 18

ROTINA DO CASAMENTO

O relógio ao lado da cama marcava quatro horas da manhã, quando Roberto entrou em casa. Chegou com o som do carro ligado e acordando todos. Suas filhas ficavam arrasadas quando viam o pai chegar assim. Isadora, então, queria matá-lo.

— Você precisa chegar mesmo a essa hora? E fazendo esse barulho, nos envergonhando com a vizinhança?

— Está reclamando do quê? Não lhe falta nada, tem tudo.

— Será que tenho mesmo?

— O que você quer que eu seja, um grande amante para você?

— Se fosse apenas meu marido, já seria suficiente. — E deitou-se de novo na cama.

Ele ficou parado, olhando para ela deitada, descoberta. Não podia negar que era um mulherão. *Onde nos desencontramos?* — pensava.

Às seis e meia em ponto, Isadora levantou-se, tomou seu banho e seu café junto com suas meninas, elas agora tinham catorze anos e eram excelentes alunas, ela se orgulhava muito delas. Logo após o café, entraram as três no carro, e ela saiu para deixá-las na escola, que era período integral, e depois ir para o orfanato. Sua vida de casada estava cada dia pior, eles pouco se falavam, os melhores dias eram durante a semana, que Roberto ficava em Porto Belo. Ela queria alegria, queria sonhar, mas era difícil, ter duas crianças e um marido ausente não era animador.

Chegando ao orfanato, ligou para Gláucia, que estava no Hotel Itapuã, tomando um sol na piscina, eram muito amigas e confidentes.

— Por que não tira o dia de folga e vem aqui tomar um sol? É terça-feira, a piscina está vazia.

— Sabe, acho que vou aceitar seu convite, hoje as coisas aqui estão tranquilas. — E, assim, Isadora, avisou que não trabalharia o restante do dia, pois precisava resolver alguns problemas na cidade. E foi ao encontro de Gláucia.

Chegando ao hotel, procurou Gláucia e a encaminharam para a piscina. Ela já tinha passado em casa e pegado roupas para nadar, entrou no vestiário da piscina e colocou um biquíni vermelho e uma saída de banho, estava magnífica, seu corpo era bem cuidado, com braços e pernas fortes e bem bronzeados, e seios médios e muito firmes.

— Nossa, Isadora, você está muito gostosa! — disse Gláucia, sorrindo.

— Olha, se eu fosse um homem, ia querer comer você — e riu também, sentando-se ao lado dela, enquanto o garçom se aproximava delas com um suco de laranja e uma água com gás para Gláucia. — Estou muito triste, queria ter um marido, uma vida mais ativa. O Roberto não sai da sua boate, não sei o que fazer. Ainda por cima, chega fazendo barulho de madrugada, acorda as meninas e a vizinhança toda ouve.

— Acho que se separar não é sua intenção?

— Não é isso, queria que ele fosse mais gentil, que me desejasse, que me comesse de vez em quando com dois talheres.

— Casamento tem disso, por isso não me caso. Por que não se entrega a um amante?

— Sabe, isso não me completa, é só sexo, quero um homem que passeie comigo, que me leve no shopping e me divirta, eu sempre transo com alguém que é excelente, mas é ali, apenas sexo.

— Está com saudade do Arthur, isso, sim. Ele é o único homem que completa uma mulher. Sabe que não dei para ele, mas gozei bastante ao seu lado, me fez sentir a mulher mais bem-comida do mundo sem me dar um beijo sequer na boca.

— Nos anos em que pudemos ficar juntos, foi assim, gozava só de andar ao lado dele, depois ele me comia com maestria e ainda trazia um lanchinho na cama. Em meia hora, comia de novo! Nunca entendi onde foi que nos desviamos.

— Ele nunca quis se casar, talvez isso fosse o mais simples.

— Também acho, mas o Roberto não passa sequer um protetor em mim.

— Eu também não vou passar, nem adianta pedir — e sorriu.

— Mas o que você gostaria de fazer agora? Algo que poderia te animar.

— Passear, fazer compras e beijar alguém para ver se consigo esquecer a noite passada.

— Não dá para fazer isso hoje, eu tenho que trabalhar às três horas e, para isso, teríamos que ir até Porto Belo. Está vendo aquele casal ali na beira da piscina?

— Sim, o cara é um gato, olha aquele peito!

— Ele adora transar com duas mulheres, tem coragem?

— Mas e a moça? Topa?

— Ela é da boate, mas a amiga não conseguiu vir; se quiser, você pode entrar no jogo.

— Mas tem de pegar ela também?

— É o fetiche dele, comer uma enquanto a outra come ela.

— Uhm! Isso me deu um calor! Eu topo, pelo menos vou trepar um pouco.

— Eles vão subir na suíte 67. Assim que subirem, vá pelas escadas e bata na porta, pergunte se precisam de gelo.

— Isso está esquentando — ela sorriu, e logo que o casal subiu. Alguns minutos depois, ela foi atrás; era estranho, mas estava realmente precisando.

Assim que saiu, Gláucia ligou para Roberto. Ele atendeu preocupado, nunca recebia esse tipo de ligação.

— Oi, Roberto! Tudo bem?

— Tudo, e você? — respondeu, apreensivo.

— Olha, eu estava conversando com a Isadora e fiquei preocupada com ela.

— Como assim? Ela estava bem de manhã.

— Sabe que ela é uma mulher muito cobiçada, tem um corpo maravilhoso e é muito inteligente. — Ele parou para pensar nisso, pois não a via assim, mas sem dúvida ela era tudo isso. — Porém, está ficando depressiva, se queixou que você não come ela há muito tempo e que, se continuar assim, vai ter que procurar um homem na rua. Disse que só não se separou de você ainda por conta das meninas, contudo, se soubesse que casamento era ruim assim, não teria se casado.

— Desculpe, preciso desligar, um abraço! — Desligou rápido. Uma mulher lhe falar que a esposa não está sendo comida? Doeu. Ele passou o dia pensando nisso e muito decepcionado consigo mesmo.

Isadora bateu na porta, e o garotão abriu só de sunga. Ela gostou do que viu, e ele lhe perguntou:

— Trouxe o gelo?

— Sim, mas você vai ter de procurar.

Ele olhou para ela e notou que tinha o corpo mais bonito que o da garota que estava com ele.

— Entre.

Ela entrou meio ressabiada, a moça veio e começou a beijá-la na boca, estava completamente nua. Enquanto isso, ele foi tirando sua saída de banho e seu biquíni. Isadora se entregou à menina de maneira integral, ela nunca tinha sido tocada por uma mulher, mas estava gostando, e a garota não tinha jeito de ser lésbica, porém curtia aquele corpo gostoso. Então, viu-se nua, com um homem beijando suas costas e uma mulher sua boca e seus seios. Entrou em estado de êxtase, não conseguia segurar os gemidos. Ele, então, colocou seu membro encostado em sua bunda perfeita, ela não resistiu e ficou de quatro sobre a menina, que não parava de chupar seus bicos. Ela tremia de tesão, e ele veio penetrando-a com muito cuidado. Ela gritava sem parar, a menina a deixava toda molhada. Por baixo, começou a lamber a pontinha de seu clitóris, enquanto ele não parava de entrar e sair, isso demorou mais de vinte minutos, e ela nunca tinha sentido um homem assim por tanto tempo dentro dela, e já tinha gozado mais de uma vez. Ele, então, tirou e mudou a posição, agora era ela quem lambia a garota e a garota que era penetrada, novamente foi quase meia hora, isso era o máximo. Depois, ele deitou-se, e as duas começaram a chupá-lo, alisando seu pênis, até que ele gozou forte, e muito; elas não resistiram e lamberam cada gota, estavam extasiadas.

Os três deitaram-se por uma meia hora, incólumes. Depois ele se levantou, encheu a banheira e pegou Isadora no colo, ela adorou. Ele a colocou com muito carinho na banheira. A garota veio em seguida e colocou seu sexo na boca de Isadora, que não se fez de rogada e atacou. Ele começou a ensaboar Isadora com um sabonete líquido muito cheiroso, então a garota começou a chupá-lo de novo. Ele pegou Isadora e colocou-a de frente em seu colo e a penetrou de novo. Ela já estava zonza, mas não arregaria. A garota começou a beijar suas costas, o que aumentou seu tesão, e os três se perderam naquela banheira. Quando parecia que tinham acabado, ele colocou Isadora na cama e a comeu de frente, em um papai e mamãe, gozando em seus seios. Ela realmente estava precisando de algo novo, porém aquilo era muito mais do que desejava. Perto das duas horas, desceu para piscina, e os dois permaneceram no quarto. Aproximou-se de Gláucia, que sorriu ao ver seus olhos entregando tudo e comentou:

— Acho que não precisa mais gozar este ano, né?

— Nem no próximo, que loucura! Quem é esse cara?

— Ele se chama Maurício, é ator de filme pornô, e adora vir aqui trepar com as minhas garotas. E elas adoram dar para ele. Viu o falo dele, que coisa espetacular?

— Nunca vi um homem ficar dentro de mim por mais de cinco minutos, ele ficou meia hora. Nossa, vou para casa me recuperar.

As duas se despediram, e Isadora foi para casa. Lá chegando, em cima de sua cama encontrou um buquê de rosas, ela nem acreditou, com um bilhete: "Vamos sair para jantar, te pego às sete horas, as meninas dormirão com minha mãe." *O que será que deu nele?* — pensou. Ela aproveitou para descansar a tarde toda, estava realmente esgotada, foi tudo muito intenso.

Acordou ali pelas seis horas, tomou um banho leve e começou a se preparar. Colocou um vestido até a altura da coxa, verde-claro, com um decote enorme e alças bem finas, sem sutiã por baixo, algo de que não precisava. Colocou um salto alto preto, deixou os cabelos bem soltos e se maquiou. Estava toda produzida, como há muito tempo não se via.

Roberto chegou perto das sete horas, com um terno de riscas azul bem escuro, gravata vermelha e um sapato preto tão lustrado no pé, que brilhava. Quando a viu, seus olhos brilharam:

— Nossa! Como você está maravilhosa!

— Você está impecável também. Aonde vamos?

— Tem um restaurante em Porto Belo que se chama Faisão e tem sempre música ao vivo, acho que você vai gostar.

— Adorei a pedida!

Eles entraram no carro e conversaram muito no caminho, coisa rara. Depois de quase duas horas, chegaram ao restaurante, ele já havia reservado uma mesa na beira da pista. Arthur estava no outro lado e saiu à francesa para não ser notado quando viu os dois, percebeu a alegria deles e não faria sentido ficar ali, atrapalhando.

Então se sentaram, fizeram seus pedidos e foram dançar. Dançaram muito, ela estava realizada e preocupada; se ele aguentasse vinte minutos, ela desmaiaria. Depois jantaram, conversaram muito e voltaram para a pista. A noite foi longa e, perto das duas horas, saíram do restaurante. Ele sugeriu dormirem no Hotel Paraíso e saírem de manhã, seria mais tranquilo, ela amou a ideia.

Eles subiram para a suíte 59. Ao entrar, Roberto deu-lhe um beijo gostoso, ela se desmanchou e, devagar, ele a deixou nua. Amaram-se muito, e ela sem entregou com muito tesão, pois sua manhã havia despertado sua libido. Ele não durou três minutos, mas para ela foi excelente, sentiu-se inteiramente realizada. De manhã, ao acordarem perto das seis horas, repetiram a dose, o sorriso dela ia de orelha a orelha.

Depois daquela noite, toda semana eles reservavam uma noite para se curtir. Isadora deixou de sentir-se rejeitada, e o convívio familiar melhorou muito. Tudo isso graças à sua grande amiga Gláucia, que acabou perdendo um bom cliente.

CAPÍTULO 19

A MENINA CRESCEU

As atividades físicas ajudaram, e muito, no desenvolvimento da pequena Ana. Aos dez anos, tinha corpo de quinze, e seus seios, que eram sua maior preocupação, agora estavam se desenvolvendo e criando forma, ela estava muito feliz, pois há pouco havia começado a usar sutiã.

Esse desenvolvimento foi também notado nas outras três meninas do quarto 23. Em uma bela manhã de sábado, elas estavam terminando a aula de datilografia, quando foram chamadas por Isadora na secretaria. Muito preocupadas, dirigiram-se à sala da coordenadora. Lá uma senhora toda alinhada, de pouco mais de setenta anos, as esperava juntamente com Isadora. Elas entraram e sentaram-se nas quatro cadeiras que estavam à sua espera na sala.

— Bom dia, tia Isadora — disseram quase em coro.

— Bom dia, meninas. Esta é a senhorita Maria Tereza Von Starnis, ela é coordenadora da Escola de Modelos Afrodite, em Nova Paraguaçu, uma cidade bem próxima à capital. — A convidada olhava para as meninas com um olhar muito satisfeito. — Bem, o ciclo de vocês aqui terminou. Embora sejam mais jovens, vocês já conseguiram aprender o que eu acredito ser necessário para a vida de vocês, e a sua educação deve continuar, numa condução ascendente, como a que tiveram aqui.

— Nós temos que sair, é isso? — perguntou Débora.

— Sim, não temos mais espaço para vocês aqui, novas crianças estarão ocupando seus espaços a partir de segunda-feira. — As quatro começaram a chorar.

— Mas nós queremos ficar, a senhora não entende que aqui é nossa casa? — disse Ana, chorando muito.

— Não, aqui é uma página linda da vida de vocês e, como um livro, vocês agora vão virá-la, pois ganharam uma oportunidade única na Escola de Modelos Afrodite, que é muito conceituada; lá terão lá o complemento de sua educação.

Isso colocado, as quatro chorando saíram abraçadas e juntaram todas as suas coisas, o que era pouco, pois tinham poucas roupas e objetos pessoais. Apenas Ana carregava um livro debaixo do braço. Assim, as quatro entraram em uma Mercedes grande e muito bem equipada, juntamente com sua nova coordenadora.

— Ana! Espere, você esqueceu este porta-retratos! — gritou irmã Paulina, correndo para alcançá-las antes de saírem.

— Eu não quero mais ele — respondeu Ana.

— Leve-o com você sempre. Se um dia for descartá-lo, antes quebre em pedaços muito pequenos — disse Isadora, que não resistiu e abraçou a menina. — O que é a base de tudo?

— A disciplina! — respondeu Ana, que era a mais nova das quatro e a mais alta. Ambas choraram muito.

Então, secamente, Maria Tereza disse para o motorista seguir. De fato, uma página linda da história de cada uma delas era virada, e nesse momento o medo, a insegurança e muita tristeza tomavam conta de seus pensamentos.

Ao chegarem à escola de modelos, se depararam com um portão todo de ferro em arco, muito grande, parecia a entrada para um castelo, e para a surpresa delas, a escola tinha realmente a aparência de um castelo.

Na entrada, duas mulheres muito alinhadas as aguardavam, uma de pele negra, alta, usando um conjunto todo azul-claro e saltos altos; e a outra loira, com a aparência de quem um dia fora uma modelo de destaque, em um vestido social cinza e também usando saltos altos. Sem dizer uma palavra, Maria Tereza desceu do carro, e as moças as receberam com um olhar carinhoso.

— Bom dia, meninas, eu sou Patrícia Oliveira — disse a moça negra —, sou psicóloga e farei todo o acompanhamento emocional de vocês no período em que estiverem aqui, mas hoje nós conversaremos e cuidaremos de sua integração.

— Eu sou Maria do Rosário, serei a sua coordenadora pedagógica e supervisionarei os estudos e a aprendizagem de vocês. Assim que a Dra. Patrícia conversar com vocês, farei uma pequena palestra, e depois conhecerão suas acomodações.

As quatro ficaram sentadas em um banco em frente à sala da psicóloga, que chamou primeiro Angélica. A menina entrou sem sua mochila e seus pertences. Então, ela pediu para voltar e buscá-los. Na sala havia uma lareira acesa, e à direita do sofá do centro havia um trocador.

— Você era Angélica? Certo?

— Não, eu sou Angélica!

— Agora você será Tânia, e não mais Angélica, seus documentos já foram todos cancelados e você receberá novos em breve. Tudo o que você fez até aqui serviu para chegar a este momento, vejo que vocês estão sofrendo pela troca de lar, então agora você vai entrar naquele provador, colocar a roupa que está lá e trazer a que está usando, certo?

— Eu não vou fazer isso.

— Ótimo, então você pode sair da sala e atravessar o portão de entrada e voltará a ser Angélica, mas não poderá voltar ao orfanato.

Angélica, aos prantos, entrou no trocador, tirou toda a sua roupa e colocou apenas uma camiseta azul-marinho e uma saia na mesma cor, calçando uma sandália baixa de couro preta.

— Ótimo, agora separe algo que você trouxe consigo e queira que permaneça com você.

A menina, entre muitas lágrimas, escolheu um colar que tinha uma imagem de Nossa Senhora Aparecida no pingente, era grande, tinha algo em torno de cinco centímetros de altura por três centímetros de base.

Agora pegue todas as suas coisas e coloque no fogo da lareira, tudo, até as roupas íntimas e os calçados. Se tiver fotos ou algo assim, coloque primeiro. A menina, muito triste e irritada, fez como ela mandou, olhando com tristeza para o fogo, mas com um sentimento de alívio.

— Tânia, agora me diga tudo o que você está pensando. Tudo mesmo.

— Sua filha da puta! Nem a conheço, acha que sou sua escrava? — disse tudo aos gritos.

— Ótimo, agora chore. — E a menina começou a chorar desesperadamente. — Me diga o que está pensando agora.

— Sem minhas coisas, não sou ninguém, mas estou mais leve depois de ter te xingado e queimado tudo.

— Ótimo, agora, se pudesse me contar um segredo, qual seria esse segredo?

— Eu menstruei ontem pela primeira vez, mas escondi de todo mundo.

— E como conseguiu fazer isso?

— Foi durante o banho, me lavei e depois enchi minha calcinha de papel higiênico, e agora de manhã troquei, agora estou desprotegida, mas não está descendo nada.

— Da próxima vez, poderá ser em público, entenda que não há nada de errado nisso. E você agora pode ser mãe. O que gosta de fazer?

— Lutar, adoro lutas, fazia judô e me apaixonei; adoro cantar e não gosto de matemática. — Patrícia anotava tudo com muita atenção.

— A sua primeira sessão acabou, quer me dizer alguma coisa?

— Posso te abraçar?

— Não, por que quer fazer isso?

— Porque você tirou o sofrimento que estava em mim e me deixou mais leve.

— Pode sair, na terça-feira será sua segunda sessão.

Patrícia abriu a porta para Tânia sair e chamou Ana, que entrou com todas as suas coisas e sentou-se em frente a ela, toda encabulada e muito linda.

— Você era Ana?

— Sim, eu era Ana, mas não quero mais ser Ana.

— Por que não quer mais ser Ana?

— Ana sofreu demais, perdeu seus pais, teve de viver em um orfanato, estudou demais e cresceu rápido demais, Ana não brincou e chorou muito.

— Bom, agora você é Lilian.

— Vou gostar de ser Lilian.

— O que você gosta de fazer?

— Eu gosto de atividades físicas, de tocar piano, de cantar, dançar, interpretar, gosto de ler e gosto de viver... isso, eu gosto mesmo é de viver.

— Agora escolha algo de suas coisas que você quer que permaneça com você.

— Eu não quero nada que a Ana deixou para mim.

— Nada?

— Apenas este livro que pretendo terminar de ler.

— Para você é importante terminar o livro?

— Sim, eu não posso fazer algo pela metade, tenho de ter disciplina.

— Então, entre naquele trocador e tire todas as roupas de Ana e coloque apenas as roupas que foram deixadas para Lilian. — A menina, sem nenhum remorso e sem sentir nenhum dó, entrou e trocou-se rápido, colocando um uniforme igual ao de Tânia. Ao voltar, sentou-se no sofá.

— Agora junte tudo o que a Ana trouxe e coloque no fogo da lareira. — Ela, então, jogou tudo fogo, segurando apenas um porta-retratos. Depois, começou a desmontar o porta-retratos e a jogar pedaço por pedaço.

— Por que está fazendo isso?

— A tia Isa disse que deveria fazer assim.

Então, ao tirar o fundo, encontrou um envelope e começou a abri-lo, mas Patrícia a interrompeu.

— Lilian, abra isso em seu quarto, em segredo, e me conte apenas se tiver vontade em nossas próximas sessões. — Ela guardou o envelope entre as páginas do livro. — Agora me diga a primeira coisa que vem à sua cabeça.

— Adorei seus sapatos, sou louca para usar sapatos assim.

— Você terá muitos assim, lhe garanto! Sua sessão acabou, Lilian.

— Adorei ter conhecido você — respondeu a menina com um sorriso meigo e os olhos lacrimejando.

Em seguida, foi a vez de Flávia, e o mesmo procedimento foi aplicado a ela, Flávia se tornou Gisele; depois, Débora passou a ser Nádia.

As perguntas finais revelavam algo significativo para a psicóloga. Ao ser perguntada sobre a primeira coisa que lhe vinha à cabeça, Flávia respondeu:

— Você tem seios grandes, será que serei elegante como você um dia?

— Seus seios a incomodam?

— Não, eles serão sempre minha vantagem, adoro eles assim, grandes e lindos.

E Débora respondeu, também muito triste, à mesma pergunta:

— Quero voltar para o orfanato!

— E por quê?

— Porque minha vida tem de ser perfeita e igual todos os dias, a mudança me entristece.

Terminada, assim, essa etapa, agora as meninas, juntas e com o mesmo uniforme, foram para outra sala ouvir a palestra de Maria do Rosário. Lá se surpreenderam com a proposta de ensino:

— Aqui vocês receberão as aulas normais do calendário escolar e acrescidas, como foi no orfanato, ao seu tempo. Ao término de todo o seu período aqui, receberão o certificado de conclusão do segundo grau. Mas terão no período as seguintes matérias extras: música, taekwondo e defesa pessoal, etiqueta e boas maneiras, moda, modelo e manequim, línguas estrangeiras, filosofia, introdução à psicologia, esportes olímpicos, artes cênicas, decoração e informática. Poderão, também, se desejarem, fazer culinária e enfermagem.

"Durante todo o período poderemos ter pequenas palestras e também cursos de aperfeiçoamento — complementou ela."

— Por que aprenderemos filosofia e taekwondo? Nem sei o que são — perguntou Nádia.

— Vocês terão aqui uma iniciação como modelos e depois estarão aptas à vida, então devem ter um leque amplo de opções. Taekwondo é uma arte marcial coreana que utiliza setenta por cento de seus golpes com os pés e trinta por cento com as mãos. Como vocês já tiveram uma fase de judô, é muito importante que possam desenvolver ataque e defesa sem contato de solo, pois são mulheres. Além disso, a parte aeróbica dessa atividade será excelente para o fortalecimento das pernas e do abdome. Filosofia é a célula matriz de todas as ciências, é preciso que vocês tenham um conceito humano mais aprofundado do mundo, pois assim seu livre-arbítrio as guiará com muito mais entendimento.

— Acho que vou gostar disso — disse Lilian, sorrindo.

— Vocês terão liberdade de escolha, mas devem garantir realizar oitenta por cento das atividades, observando a sua afinidade. Na segunda-feira, as aulas do calendário escolar começarão às sete horas e terminarão ao meio-dia. A partir das duas, começam as extras, e o término de todas as atividades é às dez horas. Espero que tenham o mesmo desempenho que tiveram no orfanato, o futuro de vocês pode estar sendo definido aqui.

Em seguida, levou-as para conhecerem a estrutura toda, era algo muito grande, havia um ginásio, onde de um lado se podia praticar ginástica olímpica, judô e taekwondo; e do outro musculação. E havia uma enorme piscina olímpica, com cinquenta metros de extensão, e uma pequena arquibancada que acomodaria no mínimo cinquenta pessoas. As meninas ficaram de boca aberta, depois foram para a parte externa, onde havia uma outra piscina em formato sinuoso, que deveria ser de lazer, duas quadras de tênis, uma quadra poliesportiva, uma quadra de areia para voleibol, uma pista de atletismo com uns oitocentos metros de extensão em formato oval e, ao fundo, um enorme pomar, com um lago onde era possível ver muitos peixes.

Em todo lugar havia jardins muito bem cuidados e muita grama devidamente aparada. Depois foram para o alojamento, ali eram quartos com banheiro privativo, uma pequena mesa e um guarda-roupa. Em todos havia uma televisão e um aparelho de videocassete. Mas cada quarto seria ocupado por duas meninas; para definir, fizeram um sorteio: Lilian e Gisele ficaram em um, e Nádia e Tânia no outro.

Assim que tomaram posse, notaram que lá havia pijamas, roupas íntimas e uniformes de academia, todos em cor azul-marinho; e o nome da instituição bordado neles. Depois desceram para almoçar. O refeitório era enorme, com uma única mesa ao centro, em madeira toda rústica e longa, com cerca de cinquenta cadeiras em volta.

Após o almoço, foram conhecer o teatro onde seriam realizadas as aulas de artes cênicas e também todo o curso de modelo e manequim. Lilian ficou deslumbrada, pois era lindo, o palco todo detalhado em madeira e pelo menos duzentas cadeiras no auditório. Aquilo mexeu com seu ego e a fez entender o tamanho da mudança, sem dúvida deveria aproveitar. Para completar, ao lado do alojamento, havia uma enorme biblioteca, com inúmeras estantes, muitos livros e muitas mesas redondas pequenas, que davam a possibilidade de se ler um livro individualmente e também fazer um trabalho de pesquisa se necessário. Nádia e Lilian ficaram encantadas com o espaço, ainda mais quando a coordenadora disse que poderiam ir ali a qualquer momento, apenas não poderiam retirar livros, poderiam ler o que quisessem, mas dentro da biblioteca.

— Professora, quem paga por tudo isso? — perguntou Lilian, curiosa.

— Vocês pagam por tudo isso, teremos muitos eventos, e vocês os realizarão, esse é o fruto de todo esse trabalho, e vocês serão responsáveis por isso.

— Como assim eventos? — indagou Nádia.

—Desfiles de moda, peças teatrais, competições esportivas, apresentações musicais, workshops de costura, moda e culinária. Tudo isso será o estágio de vocês e com o tempo, cada uma saberá o que realmente deseja fazer.

— E se a pessoa não desenvolver nenhum talento? — perguntou Gisele.

— Nascer, existir, falar, pensar e amar o próximo são os talentos fundamentais para o sucesso na vida, ou seja, estar aqui já prova que todas têm talentos e que eles são muitos.

As meninas ficaram de boca aberta, logo descobriram que na escola havia mais de quarenta meninas e que o curso de modelo e manequim recebia também alunas de fora, que pagavam muito caro por ele.

Na cabeça de Lilian, o mundo agora era maior, e seus olhos vislumbravam tudo aquilo de que gostava. Quando tomou conhecimento do calendário, então, amou:

- Segundas, quartas e sextas: atividades físicas.

- Terça e quinta: música, teatro e moda.

- Sábados: culinária, enfermagem e informática.

- Domingos às quatro horas: apresentação das atividades artísticas da semana, no teatro.

Notou que tudo seria muito organizado e disciplinado, com poucos períodos de descanso. Agora uma única coisa a intrigava.

Quando subiu ao quarto, pediu a Gisele para fechar a porta com a chave e que guardasse segredo do que veria, pois estava muito apreensiva.

Então, pegou o envelope e rasgou o lacre, dentro havia uma chave com a logo do Banco do Brasil e uma foto onde apareciam três homens, cada um com seu nome completo escrito à caneta; ali ela leu: Tobias Melchior, Olavo Medeiros e Nestor da Silva. Junto havia uma carta, escrita e assinada por Eustáquia, cujo conteúdo a surpreendeu:

"Oi, meu amor, você não imagina a saudade que sinto de você e de sua mãe.

Conhecer sua mãe, trabalhar e conviver com ela foram alguns dos melhores momentos de toda a minha vida, ela era linda, delicada, amiga e, além de tudo, muito honesta.

Pouco mais de um ano depois de conhecê-la, você nasceu, e a vida foi ainda melhor. Seu pai comprou a casa onde vocês moravam e a vida de vocês só melhorava.

Sua mãe era uma grande negociadora, sabia comprar, sabia vender e sabia cativar as pessoas, quem a conheceu sempre se lembra dela e dos cafés que montava com muito carinho para receber suas clientes, e também da pequena Ana brincando com os retalhos de pano, fingindo que ia fazer uma peça de teatro, subindo naquela mesa do fundo e querendo ser Cinderela.

Foram os melhores anos de minha vida. Seu pai era um homem muito trabalhador e muito bom, apaixonado por vocês duas.

Mas um dia tudo acabou! Esses três monstros mataram seu pai e abusaram sem piedade de sua mãe. De tanta vergonha, sentindo toda a humilhação do mundo em seu corpo, ela se matou. Deixei os nomes e as fotos deles, para que você se proteja deles, pois são almas do Inferno e você deve procurar sempre ficar bem longe deles.

Os bens de sua família foram vendidos, tudo foi organizado por um anjo que nos socorreu, ela se chama "Gláucia Mascarenhas" e nunca cobrou nada por isso, a chave guarda o suor e os sonhos de seus pais, é o que eles puderam deixar para você.

Pela minha idade e minha saúde, que ficou muito precária depois da morte de sua mãe, quando você ler esta carta, não devo estar mais viva, mas gostaria muito de a abraçar, infelizmente não será neste plano.

Se cuide, minha princesa, construa sua vida sem olhar para trás.

De sua eterna vovó de criação.

Eustáquia."

Gisele abraçou Lilian, as duas choravam sem parar, e Lilian até soluçava, era uma menina com apenas dez anos, revivendo todo o seu sofrimento. Olhou para Gisele e disse:

— Eles pagarão por isso; sim, eles pagarão!

— Lilian, esquece isso! — disse Gisele.

— Não, isso não ficará impune, tenha certeza, e será igual ou pior do que aquilo que eles fizeram.

Gisele se assustou muito com essa fala. Lilian guardou muito bem escondida a chave e depois tomou um banho, e a água se misturou com suas lágrimas; saiu do chuveiro quase uma hora depois.

Então, com seus olhos inchados, não mais mencionou a carta, mas estava inquieta com a chave. *O que seria*? Aconselhada por Gisele, concordou em deixar para ver isso quando fosse um pouco maior. Se era um cofre bancário, com certeza nem a deixariam entrar no banco para ver. E como estava lá guardado todos esses anos, seria muito mais seguro que permanecesse lá.

CAPÍTULO 20

POR QUE VOCÊ VENDEU AS CRIANÇAS?

Na segunda-feira, após a partida das meninas do quarto 23, irmã Paulina entrou na sala de Isadora com cara de poucos amigos.

— Bom dia, Isadora! Posso falar com você em particular?

— Bom dia, irmã, claro; entre e feche a porta.

— Há muito tempo eu queria lhe dizer que não concordo com o que você faz, acho que você comete um crime muito grave ao vender as crianças, elas não são objetos ou animaizinhos de estimação.

— Eu nunca vendi nenhuma criança, de onde tirou isso?

— Eu sei que pagam para você as adoções, sei que são feitas por fora do caminho legal e que é muito dinheiro envolvido.

— Primeiro, o que eu faço é salvar vidas, preparamos aqui as meninas para terem sucesso na vida e terem como sobreviver lá fora; segundo, o que as pessoas pagam ao orfanato é uma taxa de adoção, lembrando que é paga ao orfanato, e não à pessoa Isadora.

— Taxa de mais de dez mil dólares, conta outra.

— Não, a taxa é de vinte mil dólares por criança adotada, e quinze mil para as meninas que vão para a escola de modelos.

— Você quer dizer escola de putas?

— Não, de modelos, lá elas recebem toda uma preparação para serem quem elas quiserem ser, inclusive algumas preferem ser acompanhantes de luxo, isso se chama livre-arbítrio.

— Mas a Gláucia paga por elas como mercadoria.

— A Gláucia paga a taxa de transferência para sua empresa.

— Sei. E de quanto é essa taxa?

— Acredito que de vinte mil dólares.

— Isso é um absurdo, e elas viram escravas dela.

— Não, elas trabalham para manter sua vida e até construir um futuro, nem todas conseguem, mas isso é do ser humano. A Gláucia tem até o cuidado de, ao pagar os honorários delas, dividir o valor em duas contas, uma é de poupança, assim quem tem juízo não se desampara. E recebem lá todo o tratamento e cuidado de que precisam.

— É tudo muito podre, parece que vivemos em uma empresa de fachada.

— Olha as quatro meninas que nos deixaram no sábado, falam três idiomas, estariam, pelo nível escolar que aqui atingiram, terminando o primeiro grau quase cinco anos antes de qualquer criança lá fora. Algumas desenvolveram dons artísticos; outras, esportivos. E, mais do que isso: cresceram longe das drogas, da fome e da pobreza.

— Sim, isso é verdade, pois cuido da educação delas pessoalmente e sinto muito orgulho disso.

— Os fins justificam os meios. Se nós simplesmente encaminharmos crianças para adoção, a maioria não terá esses recursos. Nós e a escola de modelos necessitamos de dinheiro para manter tudo o que oferecemos, sem dinheiro nada acontece. Aqui nunca atrasamos um dia de salário, nunca um fornecedor recebeu atrasado e nunca pedimos ajuda ao governo. O trabalho de vocês é voluntário, e nós pagamos uma ajuda de custo acima da média dos salários dos nossos colaboradores. Temos nossos doadores, mas só isso não basta. As adoções das crianças são sempre para o exterior, temos uma pessoa na Europa só para investigar caso a caso e depois acompanhar a criança e saber se deu tudo certo.

Paulina a olhava agora com outros olhos.

— Lembra-se daquele padre que veio aqui inúmeras vezes querendo levar a Angélica? E nós não permitimos, pois ele tem um histórico de pedofilia em sua paróquia. Lembra-se daquele casal jovem que fez um cadastro e se propunha a adotar três crianças de uma vez? Pois eles foram presos, faziam parte de uma quadrilha de tráfico de órgãos, e nós descobrimos antes da polícia e não aprovamos as adoções.

— Nossa, eu não fazia ideia disso tudo.

— O ser humano é composto de livre-arbítrio e isso muda a história, mas a educação lhe dá a base. Uma pessoa que lê, escreve bem e sabe matemática simples é um ser livre. Se essa pessoa fala outros idiomas, abre portas no mundo inteiro. Nunca conseguiremos ter cem por cento de aproveitamento, porém, se conseguirmos dez por cento, já faremos a diferença no mundo. E, pelas informações que recebo, temos mais de setenta por cento de sucesso, seja por adotados, seja por sucesso pessoal. Está vendo aquela estante com pastas? Ali tem mais de mil pastas, cada pasta é um dossiê da vida de uma criança que passou por aqui, quando chegou, quando sua vida anterior acabou, onde está, o que faz. Já aconteceu de termos de financiar um curso ou um pequeno negócio em alguns casos onde a pessoa não estava indo bem, pois, mesmo fora daqui, procuramos sempre auxiliar quando é necessário.

— E quem faz isso?

— Três agentes externos e dois agentes na Europa nos enviam informações, a Cidinha cataloga tudo e coloca na pasta de cada criança. Por gentileza, pegue a pasta 499 e outras três.

Paulina pegou as pastas pedidas.

— Olhe aqui os resumos na primeira folha:

Maria Helena Mancini

Estado civil: Casada

Prole: 2 filhos

Formação: Pedagogia pela Universidade Italiana de Milão.

Títulos

Pós-graduação em Filosofia pela Universidade de Milão.

Mestrado em Ciências Humanas Pela Universidade de Princeton – EUA

Doutorado em Educação Infantil de Etnias do Terceiro Mundo na Universidade de Lyon.

Atualmente

Coordenadora do curso de Filosofia da Universidade de Torino — Itália.

Roberta Campos de Albuquerque
Estado civil: Casada
Prole: 1 filha
Formação: Psicologia pela Universidade de Columbia – EUA
Títulos
Pós-graduação em Pedagogia – Universidade de Columbia – EUA
Mestrado em Ciências Humanas Pela Universidade de Colúmbia – EUA
Doutorado em Estudo da Educação Infantil na África. Universidade de Johanesburgo – África do Sul
Atualmente
Psicóloga, consultório em Melbourne, na Austrália.
Também dá assessoria ao Curso de Psicologia na Universidade de Laurents, em Canberra – Austrália.

Ana Maria Campos de Oliveira
Estado civil: Casada
Prole: 2 filhas
Formação: Música e Artes Cênicas – High School of The Arts de São Francisco – EUA.
Títulos
Pós-graduação em Musicalidade Latina – Universidade de Sacramento-EUA
Atualmente
Professora de Artes Cênicas na High School of The Arts de São Francisco – EUA
Cantora, atriz de teatro.
Em 1989, entrou para o Musical *A noviça rebelde*, que está em cartaz no Palace Teatro de São Francisco.

— Agora a pasta que eu mais gosto, a 499.

Quando ouviu o nome, Paulina ficou perplexa.

Isadora de Almeida Andrade

Estado civil: Casada

Prole: 2 filhas

Formação: Psicologia e Pedagogia pela Universidade Estadual de Porto Belo – RJ

Títulos

Pós-graduação em Humanização – USP – São Paulo – Brasil.

Mestrado em Ciências Sociais pela Universidade de Lyon – França.

Doutorado em Sociedade Latino-Americana em Princeton – Nova Jersey – EUA.

Atualmente

CEO e coordenadora pedagógica do Orfanato Santo Agostinho ou "Da Estrada Serrana" – Nova Aliança.

— Por que nunca me contou? Jamais imaginei isso.

— Porque alguém tem de assumir responsabilidades e, assim, construir um mundo melhor. Com tudo que estudei e todos os lugares que conheci, aqui eu posso fazer realmente a diferença, e se tem algo que me orgulha é um dia ter entrado pela porta deste orfanato, e meu maior orgulho profissional foi um dia ter voltado e escolhido fincar minhas raízes aqui. Uma estrutura dessas torna a vida de muitas pessoas melhor, disso não há dúvida, e tudo tem um preço, nós temos uma despesa anual superior a um milhão e arrecadamos com contribuições apenas trezentos mil.

— Me desculpe, acho que nunca consegui enxergar o que de fato fazemos aqui. — Assim, deu um abraço em Isadora e saiu com lágrimas descendo em seu rosto, aliviada e muito envergonhada.

"Os fins justificam os meios".

CAPÍTULO 21

O QUE VOCÊ VAI SER QUANDO CRESCER?

A segunda-feira de manhã foi muito tranquila na Escola de Modelos Afrodite, com aulas normais de matemática, física e química, e depois geografia e história.

A escola era cadastrada no Ministério da Educação como Escola Particular de Ensino Médio, por isso recebia acompanhamento da Secretaria de Ensino de Nova Paraguaçu, para poder, assim, emitir os certificados de conclusão do currículo escolar. Era também cadastrada no Ministério da Cultura como "Escola de Artes Diversas".

As meninas eram divididas em quatro salas com dez alunas em cada uma, o que facilitava o desenvolvimento, e as quatro meninas que vieram do orfanato ficaram juntas na mesma sala.

Depois do almoço, começariam as atividades extracurriculares, ali também se mantinham os grupos de dez, e as meninas tinham a opção de escolher o que gostariam. As atividades daquela tarde eram taekwondo, ginástica artística, boxe e natação.

Nada impedia que as meninas participassem de todos os esportes, era possível se encaixar. Lilian e Tânia escolheram três: taekwondo, boxe e natação; organizaram-se para ter uma janela entre os dois primeiros e terminar na natação. Nádia e Gisele preferiram ginástica, boxe e natação.

Os exercícios começaram no taekwondo, primeiro com muito alongamento, quase meia hora de aquecimentos e muito esforço, as duas já tinham abertura de pernas em cento e oitenta graus, o que facilitou muito, trouxeram isso do balé. Em seguida, ficaram meia hora aprendendo os chutes, que eram minuciosamente orientados pelo mestre Maurício, um descendente de coreanos faixa preta e 6° dan, ou seja, faltavam-lhe dois degraus para chegar a mestre supremo.

Ele adorou a desenvoltura das duas, mas orientou-as a colocarem mais força nos chutes, treinando depois nos sacos de areia. Depois de meia hora treinando chutes, começaram a fazer os ryans, movimentos coordenados, como uma coreografia, que simulavam uma luta.

A disciplina de Lilian chamou a atenção do professor. Depois de quase duas horas, toda a turma estava exausta, as duas suavam muito, e ainda viria o boxe, sorte que teriam uma hora de descanso.

O boxe era mais gingado. Fizeram muitos exercícios abdominais e muitas flexões, a maioria não deu conta de fazer cinquenta flexões, faltava força nos braços.

Depois começaram a aprender os socos. Lilian e Tânia ficaram emocionadas com os socos, era um descarrego de energia. Assim, a aula ministrada pelo boxeador Angelino Silva, que já havia participado de duas olimpíadas, correu tranquila e, ao final, as dez meninas não conseguiam mexer direitos seus braços.

Agora era a hora da natação. No intervalo de cada atividade, as meninas iam a uma mesa com muito suco e frutas para repor as energias. E, então, as dez meninas daquela aula pularam na piscina. A professora, negra, de uns quarenta anos e um corpo de quem nada cinco horas por dia, ficou impressionada com a velocidade das quatro meninas que acabaram de chegar, nadavam com perfeição. Essa foi a aula mais gostosa do dia.

Quando a aula terminou, todas as outras meninas pularam na piscina e ali se divertiram, saindo apenas perto do horário do jantar, que seria servido às oito horas.

Lilian e Gisele entraram mortas no quarto e tomaram mais um banho, pois o da piscina foi só para tirar o cloro da água. Uma enxugou o cabelo da outra, e ambas, nuas, deitaram-se e adormeceram rápido, estavam com braços, pernas, pescoço e abdome doloridos, uma dor com gosto bom, afinal haviam dado seu máximo e sentiam-se realizadas.

No dia seguinte, percebia-se que as quatro novatas estavam arrebentadas, mas a tarde seria mais leve, eram as aulas de música e artes cênicas.

Na quarta era apenas repetição da segunda, e agora as meninas já estavam recuperadas. E na quinta eram aulas de etiqueta, moda, modelo e manequim.

As aulas de modelo e manequim eram coordenadas por Maria Tereza, que se sentava na terceira fileira do teatro, de onde dava as instruções para a professora de passarela. As meninas novas não faziam ideia de como seriam essas aulas e, quando chegaram, junto a elas havia mais seis meninas que eram de fora da escola, todas lindas, altas e muito magras, na mesma faixa de idade: entre doze e quinze anos.

Então, todas elas juntas, fizeram pequenos exercícios de relaxamento que eram muito divertidos. A aula duraria três horas e era obrigatória a todas as meninas, esse grupo era composto, ao todo, de vinte e seis meninas.

A primeira etapa exigia que as meninas, uma a uma, andassem com um livro na cabeça nas pontas dos pés sobre uma linha. No início muitos livros caíram, Lilian não conseguia olhar para o horizonte e para a linha, então a professora a orientou a olhar apenas para o horizonte e imaginar a linha. Depois de vários tropeços e muito choro, algumas chegavam a suar frio, era um exercício básico, mas a presença de Maria Tereza as intimidava.

Agora era uma etapa para que as meninas sentissem como eram os desfiles, por isso todas tiveram que tirar as roupas e fazer novamente o mesmo exercício, livro na cabeça e foco na linha. A maioria quase entrou em choque, pensando ser algo obsceno, mas executou. Nesse processo, Lilian e Gisele se destacaram muito, entrando sem nenhum pudor e sem medo, não olhavam para o lado nem derrubavam o livro, então Maria Tereza as separou e, a cada novo destaque, foi selecionando mais meninas. No final, doze permaneceram e catorze deixaram a aula. Uma delas, que era de fora, chorava muito, preocupada com o que a mãe falaria, então foi conduzida à sala da Dra. Patrícia.

Agora era algo mais real, elas deveriam entrar sem o livro, mas de sandálias de salto bem alto. Sem o livro, Lilian puxou a série e Tânia fechou. Em vez de uma fila, agora era uma por vez, como em um desfile.

Lilian foi perfeita, o que chamou a atenção, pois era a mais nova da turma, mas seu corpo ganhava formas de moça, com os seios surgindo e ela tornando-se sensual, com pernas longas e coxas grossas; e sua altura, que já deveria ser de 1,65 m, com a sandália chegava a quase 1,80 m.

Terminada a primeira etapa, as meninas que concluíam a passarela toda entravam nos bastidores, colocavam calcinha e sutiã e logo começavam a desfilar. Depois ganharam uma saia e novo desfile, então foi colocada uma minibata por cima e novamente passarela. Por fim, casacos imitando peles e um chapéu na cabeça. Todas amaram as mudanças e ganharam os parabéns da coordenadora e da professora. Foram informadas de que teriam um ensaio na sexta-feira, às nove horas da noite, sem hora para acabar.

Realmente o ensaio da sexta-feira foi exaustivo, terminou a uma hora da manhã. Lilian e suas três parceiras amaram e se acharam o máximo com todo aquele glamour. Quando tiraram suas medidas, tiveram a certeza de que desfilariam. Ao término do ensaio, ficou agendado para sábado à noite um novo e final ensaio, que também varou a madrugada. Ao final, as meninas foram informadas para estarem prontas às duas horas, no domingo, pois fariam um desfile no Shopping de Porto Belo, que era, até então, o único naquela região.

Lilian e Gisele acordaram perto das dez horas, muito cansadas e preocupadas, pois era uma responsabilidade enorme, e fazer algo assim em uma semana não era tranquilo para elas. Às duas e meia, um micro-ônibus encostou na frente da escola e as meninas subiram, usavam apenas um agasalho com as cores e a logomarca da escola e, assim, partiram para Porto Belo.

Chegaram ao shopping perto das cinco horas, e de imediato foram para uma lanchonete toda reservada para elas. Receberam orientação para comerem coisas leves, mas para se alimentarem bem, pois não haveria um horário definido para jantarem.

Às seis horas, começaram os preparativos do desfile. Montaram uma passarela na praça de alimentação do shopping e um palco atrás dela, com um camarim muito apertado, onde as meninas começaram a se maquiar uma hora antes.

Pontualmente às sete horas estavam todas vestidas com lindos conjuntos de saia jeans e camisete e sandálias de plataforma nos pés, então Tânia puxou a fila e Lilian encerrou. Foi perfeito! Na segunda passagem, eram todas usando saia longa e um bustiê, tênis nos pés. Houve muitas fotos, muitos aplausos, e cada menina tinha uma versão da vestimenta diferente, seguindo a tendência.

Na terceira passagem, foi um desfile de pijamas, tinha dos curtos até os longos e muitas camisolas, a de Lilian era curta, a de Gisele era solta, com apenas duas alças finas. Por fim, as meninas colocaram vestidos de noite e salto alto, todos pretos. Arrasaram, cada uma com um modelo próprio para si, ficaram deslumbradas.

Ao final, houve aquela grande comemoração com todas elas no palco e muitos aplausos. Após o desfile, foram a um restaurante que estava reservado para elas no próprio shopping. Ali havia um caraoquê que fez a alegria das meninas todas, e em uma conversa entre as quatro, elas perceberam que cada desfile era para uma loja específica do shopping, acharam o máximo. Chegaram à escola somente às quatro horas da manhã. Então, Gisele lembrou que era dia de taekwondo.

Assim foram os anos naquele local. Logo Lilian e as outras meninas ficaram mocinhas, foram anos bons, todas estudaram muito e se prepararam muito. Após três anos ali, dezenas de desfiles, muitas peças de teatro apresentadas nos teatros da região e várias apresentações musicais, a vida delas mudaria, e mudaria de verdade.

Era o ano de 1993, e a economia brasileira recebia um novo impacto com o lançamento da URV (unidade de referência de valor), que era indexada ao dólar e variava todo dia. Começava a preparação para o lançamento do Plano Real no ano seguinte, novamente um ano de Copa do Mundo.

Em uma segunda-feira, Tânia foi chamada à secretaria às dez horas da manhã, lá duas mulheres muito alinhadas a aguardavam junto a Maria do Rosário e Maria Tereza.

— Bom dia! Tânia, essas são Ermelinda e Custódia. — Ela olhou secamente e as cumprimentou. — Elas são da Universidade São Conrado da Catalunha, na Espanha.

— Eu não quero ir para a Espanha — disse, sabendo o que vinha pela frente.

— Bom, continuando, você foi selecionada para fazer o curso que desejar nessa universidade e terá um contrato com a Agência ElPhos de moda, onde fará parte do casting de modelos deles.

— Se eu disser não, o que acontece?

— Você recebe seu certificado de conclusão do segundo grau, deve se mudar para outro local e arrumar um emprego para se manter. Está devidamente preparada para enfrentar a vida.

— E lá? Onde vou morar?

— Você irá morar em um pensionato de irmãs franciscanas e, assim que puder e desejar, podendo se bancar, é livre para escolher seu caminho.

— Sendo assim, eu aceito — falou com os olhos cheios de lágrimas.

— Outra coisa, a partir de agora você se chamará Aline Medeiros Souza. Tudo a seu respeito está vinculado a esse nome. Você tem vinte minutos para pegar o mínimo que deseje levar, pois um carro a espera.

Ela saiu desolada e sem rumo, pegou o que tinha e, sem se despedir das meninas, entrou no carro rumo à sua nova vida.

As meninas ficaram arrasadas quando perceberam que ela teria ido embora sem se despedir delas.

Na quarta-feira, também às dez horas, Gisele e Nádia foram convocadas à secretaria no meio da aula. Lilian ficou arrasada e deu um jeito de sair da sala e ir para o quarto. Na sala da psicóloga, Dra. Patrícia e Gláucia as esperavam.

— Bom dia, meninas! Essa é a senhorita Gláucia, ela representa a boate Apple e quer conhecer vocês.

Elas, com os olhos cheios de lágrimas, cumprimentaram Gláucia.

— Vocês foram selecionadas para trabalhar em minha empresa, não é um serviço fácil, serão treinadas para atender aos desejos de homens adultos, que pagaram por isso.

— Putaria, não é, tia? — perguntou Gisele.

— Não é assim, vocês terão casa, comida, roupas, atendimento médico e remuneração pelo serviço, a empresa cuidará de tudo. Como ainda não têm experiência, receberão um treinamento, isso pode durar uns seis meses. A empresa cuidará de tudo e não lhes faltará nada.

— Sabe, tia, adoro pensar em sexo, e adoro pensar em homens desejando meus peitos que são lindos, eu topo — disse Gisele.

— Eu tenho outra opção? — perguntou Nádia.

— Infelizmente não — respondeu Patrícia. — Você terá que deixar a escola de modelos e se virar lá fora.

— Ou seja, posso virar puta do mesmo jeito; bom, se o estupro é inevitável, relaxe e goze, eu vou também.

— Eu aguardo vocês em quinze minutos, tragam só o básico — disse Gláucia, sorrindo.

As meninas entraram nos quartos e fizeram uma pequena mochila. Nisso Lilian chegou e perguntou, ao ver Gisele chorando:

— O que aconteceu?

— Nós vamos ser putas! Entendeu? putas.

— Mas como isso é possível? Eles não podem fazer isso com vocês.

— Já fizeram, me dê um abraço. Eu te amo, amiga! Um dia nos encontraremos, isso será apenas momentâneo.

— Eu também te amo, se cuida e mantenha esta certeza: é só um momento, pelo menos você fará algo que sempre disse gostar. — Deu um sorriso sem jeito e se abraçaram, chorando muito. Então, foram até o quarto de Nádia, ela não chorou ou reclamou, apenas abraçou a amiga e disse:

— Eu amo vocês e são minha única família, nunca me esquecerei de você, pequena Ana, nunca. — Então, não resistiu e chorou abraçando as duas. Lilian ficou ali parada, imaginando o que seria dela.

A tarde foi longa e muito triste para Lilian. À noite, sozinha no quarto, chorou até seus olhos ficarem inchados e demorou muito para adormecer. Assim foram os três dias seguintes. Aquela criança pura viu um rastro de morte em sua infância e agora tinha um rastro de perdas, era muito para uma só criança.

No domingo de manhã, todas as meninas saíram para um passeio em um parque nas redondezas, mas Lilian não fora selecionada e ficou sozinha na escola. Então, ali pelas nove horas, Maria do Rosário entrou no quarto, sentou-se à mesa em sua frente e disse:

— Seu ciclo, como o das meninas, acabou aqui, e é chegada a hora de você ir para o mundo real. Eu fico muito triste de não vê-la mais, você foi a criança que mais me encheu de orgulho, mas, como as mães fazem, nós também criamos os filhos para o mundo, e não para nós. Então, é necessário que você saia de seu casulo e vá conhecer o mundo.

— Vou ser puta também?

— Que história é essa? Se você se tornar prostituta, será por sua inteira vontade e decisão. Nós encontramos para você algo diferente.

— Como assim?

— O senhor Roberto Antunes de Almeida Brandão é um diplomata brasileiro que trabalha há muitos anos na Embaixada do Brasil em Paris. Ele ficou viúvo há um ano e mora sozinho com seu filho, em uma das casas alugadas pelo Itamaraty lá. O menino, que tem dezoito anos, fica muito tempo sozinho e ele sente-se culpado por isso; nós pensamos em encaixá-la nessa história.

— Vou ser puta só dele?

— Pare com essa conversa sem graça, é sério.

— Eu também falei sério.

— Você acabou de concluir o ensino médio e agora precisa de uma faculdade. Como adora artes e é uma artista quase completa, nós pensamos que Paris pode dar a você algo que você ama. Já tem "oficialmente" dezoito anos, então você morará na casa do senhor Roberto, terá um novo nome e será apresentada como uma sobrinha dele que foi estudar na França. Acredito que logo fará amizade com o filho dele e cursará o que você escolher na Faculdade de Artes de Paris. Acho uma oportunidade única.

— Qual será esse nome?

— Lilian Maria de Almeida Brandão.

— Gostei, acho que será legal.

— Se não gostar ou algo der errado, pode, a qualquer momento, abandonar tudo e seguir sua vida.

— Tia, eu preciso fazer uma coisa antes de viajar, a senhora pode me ajudar?

— Você partirá amanhã após o almoço, seu voo sai do Galeão às sete horas.

— Eu preciso ir ao Banco do Brasil em Nova Aliança.

— Eu levo você lá, o banco abre às nove horas, e nós sairemos daqui às sete horas, combinado?

— Não quer saber o motivo?

— Não, quando é você que vai fazer algo, eu tenho certeza que não é nada errado.

No dia seguinte, às sete horas, Maria do Rosário saiu com seu carro levando Lilian em definitivo, de lá seguiriam para o Aeroporto do Galeão, no Rio de Janeiro, onde uma funcionária da Embaixada a acompanharia até seu destino.

Ao chegarem ao banco, entraram sem nenhuma burocracia, apenas Maria do Rosário assinou uma listagem de visitantes da ala de cofres particulares, pois entrou junto com Lilian, a pedido da menina. Logo localizaram o cofre 32, que correspondia à chave. Quando o abriram, deram de cara com a quantia de quarenta mil dólares e várias barrinhas de ouro. As duas se entreolharam.

— O que faço agora? — perguntou Lilian.

— Olha, isso deve ser sua herança, pelo menos é o que desejo que seja. Pegue os dólares e leve com você, pode precisar, e sempre é bom ter dinheiro à mão. Deixe as barras onde estão, serão uma garantia. Se um dia precisar ou quiser voltar, este cofre é permanente, só você tem acesso.

A menina seguiu à risca as orientações, então seguiram rumo ao Rio de Janeiro. No caminho, conversavam muito espontaneamente, Lilian era muito inteligente e dinâmica em quase todos os assuntos. Assim que entraram no Rio de Janeiro, olhou para Maria do Rosário e perguntou:

— É cedo ainda. Será que podemos parar em um shopping para comprar algumas roupas?

— Podemos, sim, as suas roupas a incomodam?

— Olha, eu não quero fazer minha primeira viagem internacional com este agasalho, acho que esse evento em minha vida pode ser mais requintado, não acha? — Mais uma vez, a menina a surpreendia.

Logo chegaram ao Shopping Eldorado, que ficava a dois quilômetros do aeroporto, e aproveitaram para almoçar. O modo de fazer o pedido e a fineza ao se alimentar de Lilian encheram Maria do Rosário de orgulho. Poucas vezes ela pôde acompanhar o desenvolvimento de suas pupilas fora da escola, pondo em prática o que aprenderam.

Lilian escolheu uma loja para a qual já havia desfilado, então perguntou se aceitavam dólar. A vendedora disse que pagamentos em dólar tinham cinco por cento de desconto. Então, começou a escolher suas roupas, primeiro as lingeries, depois uma saia social creme, uma blusa branca com babados na frente e um casaco creme meio aveludado. Vestiu uma meia-calça preta, colocou as demais peças e saiu do provador como se estivesse desfilando. Os olhos de Maria do Rosário não acreditavam, ela entrou uma menina no provador e saiu de lá uma mulher-feita.

— Falta um sapato — disse Lilian à vendedora, que sorriu e pediu um minuto. Saiu da loja e logo voltou com um vendedor da loja da frente, com doze caixas. Lilian experimentou três, o último era preto de salto bem alto. Olhou para Maria do Rosário, que lhe respondeu:

— Perfeito!

Com as roupas da viagem escolhidas, experimentou mais alguns sapatos e decidiu por mais dois, um de plataforma creme e um sapatênis bem esportivo, então pediu ao vendedor para trazer um tênis para prática esportiva. Depois escolheu calças, bermudas, minissaias e até três pijamas de frio, pois sabia que poderia precisar.

Maria do Rosário ficou de boca aberta, vendo o bom gosto e a fineza com que a menina, agora uma mulher, escolhia suas roupas, ela mesma nunca tinha se vestido assim. Então Lilian pediu para ela escolher um figurino. Ela, toda envergonhada, tentou não aceitar, mas a insistência da menina a convenceu quando ela disse que era um presente. Adorou um vestido de tubo preto que combinaria perfeitamente com seu corpo e ficou muito feliz com esse mimo.

Lilian, vendo que agora não teria como levar tudo aquilo, perguntou à vendedora se ela conseguiria uma mala. Ela sorriu novamente e foi para o corredor, logo voltou ajudando o vendedor a carregar seis malas em tamanhos e designs diferentes, além de cinco bolsas femininas. Maria do Rosário a aconselhou a comprar uma grande e uma menor, ambas com rodinhas, assim embarcaria uma e a outra poderia ir com ela. Escolheu uma bolsa leve, mas que atendia às suas necessidades, na cor preta. Entrou mais uma vez no provador e logo voltou com o primeiro figurino, colocou a bolsa no ombro e desfilou pela loja. As vendedoras e Maria do Rosário aplaudiram, ela era só sorrisos. Maria do Rosário ficou curiosa e lhe perguntou quanto havia gastado com essa produção, ela disfarçou e mostrou dois dedos, ou seja, dois mil dólares.

Já eram quatro horas quando saíram rumo ao aeroporto. Assim que o carro encostou na porta de entrada, viram uma moça de terninho preto com um broche em forma de ramo de café no bolso esquerdo, em pé com uma placa na mão escrita "Lilian – Paris". Ela desceu do carro, o motorista desceu suas malas e, então, abraçadas fortemente, as duas despencaram a chorar.

— Menina, Deus te colocou no meu caminho, nunca me esquecerei desses três anos que passamos na escola de modelos. Se cuida e usa tudo que aprendeu nesse período, assim sempre irá longe, nunca perca o foco naquilo que você realmente deseja fazer.

— Tia, eu também nunca me esquecerei da senhora e de todo mundo que conviveu comigo nesses anos, eu amo todas vocês. — E se abraçaram de novo. Então, Lilian entrou no aeroporto acompanhada pela moça.

— Eu me chamo Thaís, e vou acompanhá-la até a residência do diplomata Roberto, fique tranquila. — Ela se surpreendeu, pois achava que acompanharia uma menina, e ali encontrou uma mulher linda, exuberante, que até ofuscava sua presença.

— Tenho certeza que faremos uma viagem agradável — respondeu Lilian, sorrindo. — Thaís ficou impressionada também com suas palavras. Quando descobriu que a menina era fluente em francês, teve até um susto.

Após quase três horas de aeroporto, embarcaram. Como o passaporte de Thaís era diplomático, as malas delas sequer foram revistadas. Mais um ciclo se encerrava na vida daquela doce menina, que agora, aos treze anos, conheceria a Europa.

A viagem foi agradável e as duas cativaram uma grande amizade, Thaís se preocupou em explicar-lhe os costumes e como eram os franceses de forma geral. Orientou-a quanto ao assédio e também quanto à falta de banho deles. Depois falou com ela sobre arte e a escolha da faculdade que faria e de como era importante a imagem pública dela, pois era sobrinha de um diplomata, e tudo nesse patamar vira escândalo. O voo durou treze horas até Lisboa, ali fizeram uma pequena escala e depois mais duas horas até Paris.

Ao desembarcarem, Lilian ficou impressionada com a pressa das pessoas e o tamanho do Aeroporto Charles De Gaulle, tudo era novo em seu mundo novo. Assim que concluíram o desembarque, ao saírem na Avenida Roissy, um carro da Embaixada esperava por elas.

Nesse caminho, Lilian conseguiu ver os principais pontos turísticos de Paris, pois passaram pelo Arco do Triunfo, pela Torre Eiffel e depois ao lado do Museu do Louvre. Seus olhos brilhavam com tudo aquilo, até que chegaram à casa do diplomata Roberto Antunes de Almeida Brandão.

A casa ficava em uma quinta de uns cinco mil metros quadrados, um lindo casarão clássico de dois andares, uma construção com mais de cem anos. Ao passar pelo portão com guaritas de segurança, via-se uma piscina linda e, em seus arredores, um jardim todo florido. A porta de entrada devia ter uns quatro metros de altura, e na entrada havia uma sala enorme que poderia receber mais de cem pessoas com certeza. Ao fundo havia um elevado de três degraus onde se ostentava um lindo piano de caixa, e à direita a lareira imponente, tudo na cor branca, apenas o piano era de madeira escura.

Ao entrarem, um senhor de uns sessenta anos e terno preto as esperava, ele abraçou a menina com muito carinho.

— Lilian, quanto tempo! Você era uma criança ainda quando a vi pela última vez.

Ela gostou da brincadeira e entrou no jogo:

— Tio, que saudade, faz muito tempo mesmo! O senhor está muito bem, como está o Josh?

— Ele também cresceu, está em seu quarto, talvez lendo, logo vocês se veem.

Nisso, a funcionária da Embaixada se despediu, e o tio aproveitou para sair também, dizendo ter uma reunião com o primeiro-ministro e que ela podia ficar à vontade. Ela olhou tudo e pensou: *A saudade acaba rápido na França*. Depois uma moça muito elegante, de uns trinta e cinco anos, se aproximou dela e se apresentou:

— Eu sou Maria, sou a governanta, vou lhe mostrar a casa e seus aposentos.

— Muito prazer, você é brasileira? Eu sou Lilian.

— Sim, eu sou brasileira, trabalho com o Dr. Roberto desde que tinha a sua idade e já estive em vários países, pode falar português comigo.

— Ufa, isso será ótimo!

— Tenho uma filha da sua idade. Se quiser passear um pouco para conhecer a cidade, eu posso trazê-la amanhã. O Dr. Roberto pediu para ir com você comprar roupas, mas parece que trouxe duas malas.

— Eu adoraria. Traga ela, sim. Eu comprei roupas novas e acho que de imediato não precisarei. Josh está mesmo em casa?

— Sim, ele é muito reservado, tem um mundo só dele em seu quarto e odeia tudo o que se refere à diplomacia. Cuidado para não se decepcionar, não é mais a criança que conheceu no passado. Aliás, a menina da foto também está muito diferente; é, na verdade, uma mulher agora. Venha, vamos conhecer o local.

Depois de conhecerem toda a casa, Lilian enfim entrou em seu quarto, era uma suíte grande, com uma cama de casal grande, quadros lindos nas paredes, um espelho de quase cinco metros quadrados em um canto e uma mesa de madeira que parecia de desenho. Maria disse que o antigo inquilino era arquiteto e trabalhava muito no quarto.

Lilian ficou deslumbrada quando viu os armários na sala de troca de roupas, eram o sonho de toda mulher. Maria a deixou ali e desceu. Ela tranquilamente tirou sua roupa, ficando só de calcinha e sutiã, e começou a desfazer as malas, organizando tudo em seus espaços. Da janela tinha uma vista privilegiada da piscina, que tinha a forma de um "S" e era grande, ela adorou.

Então, colocou um biquíni vermelho, que destacava em especial seus seios, que agora eram médios e muito belos, nem se lembrava mais da época em que tinha medo de crescer e não ter seios. Colocou uma saída de banho e, com uma toalha no ombro, foi para o corredor; nisso, ouviu um som de violão vindo do quarto ao lado e, curiosa, bateu na porta.

— Quem é? — uma voz nada simpática gritou lá de dentro.

— Sou eu, Josh, a Lilian!

— Não te conheço, pode ir embora. — Ela, então, abriu a porta e entrou. Ele levou um susto com aquela moça exuberante, com roupa de piscina. Esperava uma fedelha chata e pensou na hora: *Que gostosa!*

— Você não se lembra de mim? Nós brincamos muito uma tarde na casa do seu pai em Brasília, você tinha uma bicicleta de três rodas e eu te empurrava. — Ela viu uma foto na parede dele na bicicleta e reconheceu a catedral de Brasília ao fundo.

— Eu não me lembro de você, isso deve fazer mais de dez anos, pois já moramos em três países diferentes nesse período.

— Eu sei, seu pai também quase não me reconheceu. — Ela ficou encantada com o menino que devia ter uns dezoito anos, cabelos pretos encaracolados, pele clara, olhos azuis, braços e pernas de quem malha e estava sem camisa, seu peito era bem definido. — Por que não continua tocando? Eu adoro ouvir violão.

Ele, meio encabulado, olhou para ela e disse:

— E você toca violão?

— Não, eu toco piano e canto.

— É mesmo? E o que prefere que eu toque?

— O que desejar.

Ele, não fugindo às raízes brasileiras, começou a dedilhar *Canteiros*[2], de Fagner, nisso ela começou a cantar. A fisionomia de Josh começou a mudar e ele sorriu, pensando: *Além de gostosa, é talentosa*. Quando terminaram, ela olhou para ele.

— Josh, eu gosto de você como primo, tá? Não me olhe assim, como se quisesse me comer. — Ele ficou vermelho e sem graça, respondeu sem muito jeito:

— Eu não pensei em nada disso! Que ideia é essa?

— Então por que está de pau duro? — Desbocada, o desalinhou.

— Eu sou homem, você sabe? Homens são assim.

— Olha, embora seja comum que primos se enrosquem, entre nós não vai rolar, certo? — Era sarcástica e parecia ter muita experiência.

— Só faltava essa, achar que quero ter algo com você, não faz meia hora que nos apresentamos. E ainda dar certeza de que nunca vai rolar nada; por que acha isso, menina insolente?

— Primeiro porque não faz meu tipo; segundo, você tem o pau pequeno, não gosto de brincar com brinquedos pequenos. — E deu um sorriso sarcástico.

— Meu pau não é pequeno, é maior que o da maioria de meus amigos.

— Então prova!

Agora ele começara a suar frio, e ela olhava para sua mala com cara de desconfiada. Ele, suando e irritado, abaixou a bermuda, estava sem cueca; ela olhou e disse:

— Não falei? É só uma varinha, o pior é que não deve crescer mais. Deixa eu analisar com mais calma. — Ela nunca tinha visto um pênis ao vivo na vida, então estendeu a mão e segurou firme, ele suou mais ainda e ficou com um tesão enorme, então ela apertou seu saco escrotal, e ele gemeu. Depois ela deu uma leve puxadinha na pele e começou a rir:

— Além de ter o pau pequeno, ainda é virgem!

Ele ficou arrasado e perdeu a ereção.

---

[2] CANTEIROS. Intérprete: Fagner. [*S. l.: s. n.*], 1973. Disponível em: https://www.youtube.com/watch?v=W5LIUUJAQkw. Acesso em: 6 jan. 2025.

— Eu não sou virgem, eu já comi muitas meninas, inclusive melhores que você.

— Imagina, seu prepúcio está intacto, nem arregaça direito, é melhor você começar a puxar, senão vai sofrer na sua primeira vez! — Ela se levantou, foi ao banheiro e sorriu gostoso na frente do espelho, tinha adorado a experiência; lavou as mãos e voltou: — Vou à piscina, é melhor você se exercitar um pouco, talvez ele cresça mais um centímetro ou dois. — E saiu pela porta. No corredor, era só sorrisos. *Que menino mais gostoso, e aquele pau duro e grande, então?*, pensou.

Assim que ela saiu, ele não aguentou e correu para o banheiro para se masturbar. Quando acabou, saiu vermelho e irritado: *Quem ela pensa que é?* Depois, sentiu uma ardência na pele que envolvia a cabeça do pênis e chegou à conclusão de que deveria se exercitar, ela tinha razão. Pela janela, observou a piscina; lá estava ela, tomando sol, tranquila, sem a parte de cima do biquíni, com os seios redondinhos e empinados. Voltou para o banheiro, afinal inspiração é tudo.

Depois de quase duas horas ali, nadando um pouco e tomando sol, ela se entediou e subiu, entrou em seu quarto e percebeu, então, que Josh saiu do dele, indo para o corredor. Ele era um pouco introvertido, e isso lhe chamou a atenção. Ela entendeu que talvez o trabalho de seu pai o deixasse muito isolado em seu mundo.

No final da tarde, perto das seis horas, Lilian desceu de bermuda jeans e camiseta sem nada por baixo, com chinelos nos pés. Sentou-se ao piano e pôs-se a tocar. Havia algumas partituras ao lado do piano, ela pegou uma obra de Beethoven que conhecia bem e começou a executar, a música invadiu toda a casa. Maria, que junto da cozinheira organizava o jantar, parou em pé na porta da sala de jantar e ficou apreciando; desde que a mãe de Josh morrera, um ano antes, ninguém mais tocou o piano.

Nisso Josh ganhou coragem e desceu, sentou-se no degrau de cima do elevado e ficou ali parado. Ela notou sua presença e continuou. Quando acabou, olhou para ele, que estava com os olhos cheios de lágrimas, e perguntou:

— O que foi? Eu toco tão mal assim?

— Não, é que me fez lembrar de minha mãe, ela tocava muito esse piano todas as tardes; depois que morreu, ninguém mais tocou nele.

— Não queria te fazer sofrer, vou tocar algo mais alegre, você gosta de algo em especial?

— Toque o que quiser, eu prefiro a surpresa.

Ela começou a tocar *So far away*[3], do grupo Dire Straits, ele se encantou. Maria preferiu deixar os dois ali e voltou para a cozinha.

— Adorei essa, nunca tinha ouvido.

— É uma banda que está fazendo muito sucesso neste momento na América.

— Sabe, gostei de você.

— Eu também gostei de você, adoro meninos virgens, eles são mais fiéis e sinceros.

— Já falei que não sou VIRGEM!

— Bobinho! Olha, seu pau não é pequeno, tá? É até bonitinho, aposto que já começou seus exercícios.

— Você deve ser ninfomaníaca! Bonitinho? Sei! "Bonitinhos" são os seus peitinhos.

— Eu sei, já ganharam até uma homenagem sua! — O sorriso dela ia de orelha a orelha. — Não sou ninfomaníaca, sou apenas mulher e gosto de ser mulher. Amanhã vou sair com a filha da Maria para um city tour, não quer se juntar a nós? Seria muito bom ter sua presença "máscula" nos protegendo. — E deu aquele sorriso sarcástico, já habitual.

— Vou verificar na minha agenda se tenho horário disponível.

— Nossa! Quer dizer que já marcou o urologista para operar a fimose?

— Fimose teu CU! — E voltou para o seu quarto, irritado e pisando forte.

Ela deu um sorriso gostoso de quem adorou aquele menino, meigo e virgem como ela, e continuou tocando.

---

[3] SO far away. Intérprete: Dire Straits. [*S. l.: s. n.*], 1985. Disponível em: https://www.youtube.com/watch?v=YIHMPc6ZCuI. Acesso em: 6 jan. 2025.

Assim que Roberto chegou, ouviu da garagem o som do piano e também caiu em lágrimas ao entrar e ver Lilian sentada ao piano tocando. Ele sentou-se na poltrona central, sem interrompê-la. Nisso Maria trouxe seu copo de uísque, era um ritual que ele realizava todos os dias quando chegava em casa e sua esposa estava ali tocando. Quando Lilian acabou de tocar, ele a aplaudiu.

— Você toca muito bem, pode continuar?

— O senhor tem uma música em especial?

— *Fascinação*[4]; era a favorita de minha esposa. — Ela olhou as partituras e lá estava. Então, começou a tocar, mas surpreendeu a todos quando entoou a voz. Maria saiu da cozinha e ficou em pé na porta, e Josh desceu, sentando-se na poltrona à direita de seu pai.

A menina que esperavam não chegou, o que chegou àquela casa foi um anjo iluminado, dando luz a tudo e devolvendo vida a eles, que no último ano definharam com a morte da mãe de Josh. Os dois começaram a chorar. E ali permaneceram, ouvindo-a tocar e cantar várias outras músicas enquanto o jantar era servido.

Logo se reuniram à mesa e conversaram muito. Roberto começou a contar histórias da infância dela e de seu filho; embora ela fosse "prima" em segundo grau de Josh, a idade era próxima. Ela estava curtindo a brincadeira e contava fatos corriqueiros da vida de uma criança. Josh acreditou em tudo, Maria também, Roberto se encantou com a perspicácia da menina, ou melhor, da mulher que entrara em suas vidas. Ao final do jantar, tomaram um licor português que Roberto adorava, e todos se recolheram.

Não deu meia hora e Josh bateu na porta do quarto de Lilian, que abriu.

— O que você quer? — disse ela.

— Está cansada?

— Um pouco, por quê?

— Quer ir à torre comigo?

— Eu quero, mas não é perigoso?

— Não, tem muita gente lá, e o motorista nos leva.

---

4 FASCINAÇÃO. Intérprete: Elis Regina. [*S. l.: s. n.*], 1978. Disponível em: https://www.youtube. com/watch?v=QiIRQhGxi4E. Acesso em: 6 jan. 2025.

— Vou me trocar. — Então, ela colocou um agasalho preto e uma boina xadrez na cabeça, com um tênis de atletismo no pé.

Logo eles desceram, ela meio ninja português e ele de jeans e camiseta branca, entraram no carro e sentaram-se no banco de trás. O motorista fechou uma portinha de vidro que havia entre os bancos, eles foram conversando e admirando a Champs-Élysées com seus lindos cafés e restaurantes e o Campo de Marte. Ao chegarem à torre, ela o desafiou a subirem de escada e subiu correndo. Ele foi atrás, porém ela chegou lá em cima vinte minutos antes, e ele chegou passando mal, ela ficou desesperada. Mas era uma encenação, logo ele começou a rir, e ela ficou toda sem graça.

De lá de cima avistava-se quase toda a cidade, e a imagem da cidade a noite toda iluminada era linda, apenas alguns subúrbios a leste não davam alcance aos olhos. Ele lhe mostrou a politécnica, que era onde estudava, e a faculdade de artes em que ela ingressaria em janeiro do próximo ano. Os dois curtiram, e muito, aquele passeio. O menino introvertido se soltava com ela e mostrava outra face, e ela se encantava com a meiguice e o carinho dele; e ainda por cima ele era virgem.

Quando chegaram a casa, ela deu-lhe um abraço carinhoso e um beijo em seu rosto. Ele retribuiu e entrou todo realizado para seu quarto. Ela entrou, tirou toda a roupa e deitou-se nua naqueles lençóis deliciosos de seda, afinal seu corpo merecia sentir toda aquela maciez.

CAPÍTULO 22

BEM-VINDA A PARIS

No dia seguinte, perto das cinco horas da manhã, Lilian acordou ouvindo um barulho no quarto de Josh, colocou uma camiseta longa e, curiosa, foi ver o que era. Ao sair, ele estava no corredor, com um agasalho esportivo.

— Oi! Aonde você vai?

— Eu faço academia sempre neste horário. Quer vir?

— Uhm, eu sempre fiz exercícios, mas nunca em academia.

— Vem, você vai gostar.

Ela sorriu, entrou no quarto para se vestir e em dois minutos estava na porta. Os dois desceram. O carro da Embaixada os esperava e os levou, ela achou o máximo.

— Escuta, ele te leva para todo lugar assim de boa?

— Sim, os diplomatas, com seus familiares, recebem proteção especial, então não podem ficar expostos em transportes públicos.

— E aquele carro que espera seu pai e anda atrás dele?

— Aquele é do Itamaraty, segurança protocolar.

Ela ficou impressionada com a história toda. Logo chegaram à academia. Como não conhecia os aparelhos, Josh lhe encaminhou para um personal que faria um acompanhamento nas duas primeiras semanas, assim não correria nenhum risco. Ela surpreendeu os dois pela dedicação e pelo empenho, suava muito e fazia todas as sequências completas. Seu corpo chamava a atenção, e Josh começava a ser paquerado por outras meninas que malhavam ali, afinal, se ela estava com ele, algo de diferente ele deveria ter.

Voltaram para casa perto das sete horas, ela arrebentada e muito molhada de suor, ele todo sorridente.

— Como está se sentindo?

— Estou toda dolorida, minhas coxas e meus braços quase nem se mexem, mas sinto uma satisfação enorme.

— Vamos fazer uma imersão de gelo quando chegarmos, assim você relaxa. Tem coragem?

— Como fará isso?

— Você entra na banheira do meu pai, pois é a maior da casa, e eu cubro seu corpo com gelo.

— Você está de sacanagem? Eu vou congelar.

— Nada, vai adorar, e logo seu corpo exigirá mais exercícios.

Quando chegaram, Roberto ainda tomava café e ficou curioso.

— Aonde vocês foram a esta hora?

— Fomos à academia, Dr. Roberto — disse Lilian.

— Sério? Mas parece que um trator te atropelou.

— É que foi meu primeiro dia, logo me acostumo — disse ela, sorrindo.

A copeira trouxe ovos mexidos, purê de batata, suco verde e frutas para os dois. Ela não curtiu o suco, mas bebeu, entendendo que seria importante para seu organismo.

Roberto se despediu e saiu para a Embaixada no carro oficial, seguido por sua escolta. Josh pediu para a copeira levar três sacos de gelo para o quarto do pai dele, e subiram.

— Você pode entrar de biquíni ou nua, fica a seu critério.

Ela olhou para ele e colocou um biquíni. Assim que o gelo chegou, ela foi entrando e disse:

— Quer saber? Vou entrar nua, tudo bem para você?

— Tudo bem, eu vou virar de costas, você entra e eu coloco o gelo.

Ele virou, ela tirou o biquíni e entrou com um braço cobrindo parte dos seios e as pernas cruzadas, escondendo o vão. Ele começou a pôr o gelo com muita calma, ela deu uns gritinhos, mas logo se acalmou. Sentia-se em estado de choque, não sentia frio nem sua pele, porém sentia um alívio por todo o corpo, assim ficou por uns dez minutos, o que era o recomendado apenas para pessoas acostumadas. Ele a retirou, enrolou-a em duas toalhas e a levou para o chuveiro; ali ligou a água fria, e a cor da pele dela começou a voltar, pois estava roxa. Então, ele foi molhando-a com o chuveiro bem morno e, assim que ela voltou ao normal, deixou a água mais quente. A empregada entrou com um chá bem quente, levou um susto ao ver aquela mulher completamente nua e saiu até um pouco sem graça, foi então que ela percebeu que Josh nem se importou com isso, o que lhe deu mais confiança nele.

— Você não vai me homenagear? Vai?

Ele começou a rir.

— Talvez, você não acha que merece?

Ela fez aquela cara de quem gostou, mas não gostou. Nisso, o telefone tocou para avisar que Sophia, a filha da governanta, acabara de chegar.

Eles se trocaram, ambos com calça jeans, camiseta branca e tênis nos pés, ela com uma jaqueta jeans e ele com uma blusa de moletom preta. Maria apresentou a menina, ela tinha uns catorze anos, era loira, 1,60 m, olhos azuis e toda meiga. A mãe olhava para ela com muito carinho. Logo os três entraram no carro da Embaixada e saíram.

Foi um passeio muito divertido, foram a muitos lugares legais e a lindos parques. Visitaram o Palácio de Versalhes primeiro, pois era o mais distante, depois a Catedral de Notre-Dame. Lilian sentia-se realizada com toda aquela arte tão rica em história. Na volta, agendaram no Louvre uma visita para a semana seguinte, lá era mais burocrático.

Depois foram até o Arco do Triunfo e passearam a pé pela Champs-Élysées e subiram na Torre Eiffel, dessa vez de elevador. Sophia disse que sonhava em dar seu primeiro beijo ali, no topo da torre. Nisso, Lilian deixou escapar um "Eu também". Josh olhou meio assustado, ela então completou, toda vermelha:

— Mas não será mais possível!

Ele ficou com aquilo na cabeça. *Será que ela nunca beijou? Então ela é virgem?* Isso aumentou sua autoestima. Depois, desceram e foram até o Sena para conhecer a Pont des Arts, a famosa ponte dos cadeados, as meninas acharam o máximo. Ali perto havia um restaurante português onde almoçaram, já quase às quatro horas.

Na saída, uma moça cantava na calçada, e as pessoas paravam para ver, Lilian adorou.

— Eu gostaria de cantar assim, o que acha, Josh?

— Eu posso tocar com você, mas meu pai não pode saber de jeito nenhum.

— Gostei desse ato escuso! — Ele riu, e dali retornaram para casa novamente no carro da Embaixada, já passava das seis horas.

Logo que chegaram, Maria já estava aflita, pois demoraram muito mais do que ela imaginava, mas a alegria da filha com os novos amigos a deixou muito confortada. Como Roberto não jantaria em casa naquela noite, Sophia ficou para jantar com eles, os três eram brincalhões e foi mais um momento de muita alegria. Ali pelas nove horas, Sophia e a mãe foram para casa, levadas também pelo carro da Embaixada, e os dois subiram.

— Está se sentindo bem? — perguntou Josh.

— Estou com muitas dores, mas me sinto ótima, o passeio foi maravilhoso. Queria te agradecer, você é ótima companhia.

Dentro dele surgia um orgulho que até então não conhecia, as palavras dela o faziam sentir-se importante, e não aquele adolescente irresponsável que seu pai costumava rotular.

— Eu tenho um creme para dores musculares, o cheiro não é bom, quer que eu passe onde sente dor?

— Você não tá de sacanagem, não, né?

Ele sorriu.

— Confie em mim, lhe juro.

Ela consentiu com um sorriso, ele foi ao quarto e retornou com um tubo verde de pomada na mão, ela colocou um pijama bem curtinho.

— Onde dói?

Ela lhe mostrou os bíceps, o ombro e as coxas.

Lentamente, e com muito carinho, ele foi massageando seus ombros. O cheiro de arnica da pomada era horrível, mas as mãos dele a tocando lhe causavam uma sensação deliciosa. Ele massageou seus ombros e foi descendo com muito cuidado pelos braços, ela não resistia em sorrir.

— Está sentindo um frescor?

— Sim, alivia e, ao mesmo tempo, tira a tensão. — Por dentro pensava: *Frescor e um calor.*

Ele continuou, ela disse para passar um pouco em seu abdome, ali ele ficou um pouco sem graça, mas manteve a pose. Depois, começou a passar em suas pernas. A sensação de um homem tocá-la era muito boa, e ela foi ficando excitada, os dois em silêncio só ouviam sua respiração um pouco ofegante. Ao massagear suas coxas grossas, ele começou a suar, eram lindas, ele nunca tinha tocado em uma mulher assim, suas aventuras amorosas não passaram dos beijos e dos abraços.

Ela era, pela primeira vez, tocada por um homem que não fosse um professor de esportes ou médico. Era diferente, era sua natureza se manifestando, ele aproveitou para massagear até suas panturrilhas e, feliz, disse:

— Pronto, terminei, deite-se por baixo das cobertas e amanhã estará nova em folha.

— Obrigada, Josh, você foi um perfeito cavalheiro hoje. — Deu-lhe um abraço apertado e um beijo no rosto.

— Te vejo às cinco horas?

— Sim, às cinco horas.

E, assim, na madrugada seguinte, seguiram sua rotina que duraria por mais de um ano.

Quando voltavam da academia, ele disse que viriam alguns amigos dele nadar após o almoço e a convidou para ficar ali com eles. Ela preferiu sair com Sophia e andar um pouco pelo centro de Paris. Depois tomaram café sem a presença de Roberto, que não voltara para casa na noite anterior. Enquanto ela esperava Sophia, foi ao quarto de Josh.

— Conheci uma música e queria te mostrar, você pode me acompanhar com o violão?

— Claro, você tem as cifras? — Ela acenou com a cabeça e as entregou.

Ele pegou o violão, e ela, com a letra na mão, começou a cantar. Ele ficou petrificado com a beleza da interpretação dela, sentiu que já era uma cantora pronta, mesmo sendo muito jovem ainda para isso.

Ele acompanhou-a com perfeição em seu violão, olhando aquela mulher alta, toda sensual, ainda com roupa de academia, fazendo movimentos teatrais com os braços, utilizando-os para melhorar a respiração. A música era *Coração selvagem*[5], do compositor cearense Belchior, e era a primeira vez que ela cantava; com o tempo, ela se tornaria sua música favorita. Quando terminou, ela o agradeceu e entrou para seu quarto. Tomou um banho relaxante, depois colocou uma minissaia branca, uma blusa rosa e uma rasteirinha nos pés, e desceu para esperar Sophia. Enquanto esperava, Maria parou um pouco para conversar com ela.

— Vocês estão se dando muito bem, eu pude notar.

— Sim, ele é um doce e muito respeitador, é como um irmão que eu não tive.

— Não, os olhos de vocês dizem o contrário. Mas, como cuido dele desde pequeno, lhe peço para ir devagar, tenho certeza de que ele ainda é virgem.

Lilian sorriu.

— Fique tranquila, eu vou lhe contar um segredo, eu também sou virgem e, como Sophia, também nunca beijei. — Maria ficou com os olhos estalados, aquela menina, que era uma mulher-feita, nunca seria virgem em sua cabeça.

— Sério? Não consigo acreditar, como isso é possível?

— Eu apenas não me interessei por nenhum garoto em especial e sempre me concentrei muito nas atividades físicas e nos estudos.

— Então lhe dou outro conselho, faça dessas duas experiências uma coisa especial, não desperdice esses momentos, pois eles são muito importantes nas nossas memórias.

— Eu estou pensando nisso, mas você acha que, por sermos primos de segundo grau, tem algum problema? — Lilian era sagaz.

— O único problema é quando um homem não a trata com respeito e acha que pode fazer de tudo com você. Meu primeiro

---

[5] CORAÇÃO selvagem. Intérprete: Belchior. [*S. l.: s. n.*], 1977. Disponível em: https://www.youtube. com/watch?v=fVNUe4np2SM. Acesso em: 6 jan. 2025.

marido foi um verdadeiro monstro comigo, tanto que eu larguei dele logo depois de ter a Sophia. O segundo é um verdadeiro cavalheiro, uma pessoa maravilhosa, não nos casamos, mas eu o reconheço como meu marido.

— Gostaria de conhecê-lo.

— Você já conhece, é o Pierre, o motorista do carro que leva vocês para todos os lados.

— Que legal! Ele é muito simpático e muito gentil conosco.

Nisso Sophia chegou, e as duas saíram para o centro, Pierre as levou e agendou com elas um horário para voltar. No caminho, conversavam muito, e Lilian falou que uns amigos do Josh iriam lá, mas que ela preferiu sair com a amiga.

— Eu conheço eles, um é muito simpático e gente boa, o Norton, mas o Michel é estranho.

— Como assim estranho?

— Ele é alto, muito forte e fala muitos palavrões. Nas poucas vezes que ele me viu, me olhou com um jeito estranho; para ser sincera, tenho medo dele.

— Nossa, como assim medo?

— Sabe quando um homem parece que vai atacar você a qualquer momento, como se você fosse dele e tivesse de se entregar sem resistir?

— Sei, sempre tem alguém que me olha assim.

— É assim que me sinto. Uma vez eu estava na piscina quando eles chegaram e ouvi claramente ele perguntar para o Josh se ele já tinha me comido. O Josh ficou todo sem graça, e ele disse que, se fosse ele, comeria a filhinha gostosa da empregada todos os dias. Eu fiquei arrasada. — Nesse momento, o carro parou, pois chegaram ao centro.

Lilian ficou muito preocupada com a história e por Josh trazer alguém com essa mentalidade para sua casa.

Assim que desceram, Lilian mudou o rumo da conversa, e elas começaram a se encantar com as edificações, algumas com certeza eram milenares. Havia muitos ateliês e muitas lojas de artes. Mais à frente, viram algumas galerias.

Lilian ficou maravilhada com os quadros e as obras, eram tudo o que sempre sonhou conhecer, sentia que a faculdade seria mais um sonho realizado. Depois de andarem por mais de uma hora, elas sentaram-se em um café bem pequeno, que tinha as mesas na calçada, e ali pediram dois sanduíches de peito de peru com salada e dois chás gelados, servidos em xícaras altas, o que adoraram. Do outro lado da rua havia um anúncio, e elas ficaram curiosas. No anúncio dizia: "Precisamos de modelos-vivos para arte natural".

Logo que terminaram aquele que previa ser seu almoço, atravessaram a rua e foram matar a curiosidade. Na porta uma moça as atendeu e lhes explicou que as modelos posavam nuas para pintores as retratarem, a única obrigação era que cada pose poderia durar mais de uma hora, e não poderiam se mexer. O cachê pelo trabalho era de cento e cinquenta francos por tela.

As duas se entreolharam, e Lilian comentou:

— Gostaria de fazer, só para ver como é.

— Eu também, mas minha mãe não pode saber — disse Sophia.

— Fique tranquila.

As duas toparam, e apenas as colocaram bem ao fundo, pois Sophia parecia ser muito jovem.

No enorme salão, mais de dez mulheres posavam para seus retratistas, era um ambiente de arte, uma música clássica ao fundo dava um ar de tranquilidade, o salão era acessado por um corredor estreito, e da rua ninguém poderia ver o que acontecia ali.

Lilian sentiu um frio na barriga, mas sua retratista era uma senhora um pouco gorda e muito simpática, isso facilitou. Sophia tinha como retratista um senhor de uns setenta e cinco anos, longas barbas, que parecia estar no mundo da lua. Uma moça que usava uma bata longa as ajudou a tirarem suas roupas, colocando-as sobre um banquinho ali mesmo e as posicionando, de forma que o pintor pudesse melhor retratá-las. A experiência durou quase uma hora e meia. Pela cabeça de Lilian, sua vida passou todinha, e logo começou a sentir algumas dores. Quando sua retratista terminou, disse:

— Foi perfeito, agora pode sair da posição e se trocar.

O DESPERTAR DE UM SONHO — VOLUME 1

Ela desceu do caixote que estava e se vestiu, depois se aproximou para olhar o quadro. Nele seus contornos e seus olhos eram perfeitos, ficou maravilhada com a técnica utilizada. Faltava ainda pôr a cor na pele e criar o fundo, mas a necessidade da modelo era apenas para dar forma à pintura, o tempo ali era muito exaustivo.

As duas saíram realizadas e adoraram a experiência, mas não demonstraram interesse em repeti-la. Nisso já eram quase quatro horas, e Pierre havia marcado com elas nesse horário. Assim, foram até a Praça Saint Denis e lá o encontraram. Sophia ficou em sua casa, que era próxima à casa de Roberto.

Assim que chegou, Lilian sentiu um cheiro de maconha vindo da piscina e observou que os três garotos estavam lá, bebendo e fumando, Josh a chamou.

— Lilian, venha conhecer meus amigos.

Ela educadamente foi até eles, e os dois ficaram impressionados com aquele mulherão.

— Venha se juntar a nós, belezura! — disse Michel.

— Desculpe, mas para você não sou belezura! — E olhou-o com desprezo.

— Quem você pensa que é? — disse ele, Josh ficou apavorado.

— Alguém que não é para seu bico. Vou subir, Josh. — Ela deu as costas, mas, quando foi sair, Michel deu um tapa em sua bunda. Ela não teve dúvida e virou um direto de direita que pegou em seu queixo. Ele caiu de costas, porém se levantou rápido, então Josh e Norton o seguraram com muito trabalho, e ela deu um sorriso de desfaçatez.

— Nunca mais encoste em mim! — E saiu para dentro da casa. Maria, pela janela da cozinha, acompanhou tudo.

— Está tudo bem? — disse Maria.

— Agora está, por favor me arrume gelo. — E mostrou a parte de cima da mão direita toda ensanguentada do soco que deu.

— Nossa, como aprendeu a bater assim?

— Eu fiz boxe quando era mais nova e não suporto que encostem a mão em mim sem meu consentimento. — Nisso, começou a chorar.

207

— Eu sei como se sente; venha, vamos para seu quarto.

As duas subiram. Enquanto isso, a festinha na piscina se encerrou, Michel e Norton foram embora, Michel irritadíssimo com o queixo sangrando, com um saco de gelo apoiado nele. Josh correu para ver Lilian. Quando subiu, ficou arrasado com a cena. Ela estava dentro da banheira, chorando muito, com a mão na borda, enquanto Maria segurava o gelo. Maria tinha certeza que na cabeça da menina algo do passado viera à tona naquele momento, mas não tinha a liberdade de perguntar. Depois de quase uma hora, ela saiu da banheira, deitou-se na cama e adormeceu. Maria passou pelo quarto de Josh e pediu:

— Se lave desse cheiro de maconha, logo seu pai chega, e deixe ela se recuperar em seu canto.

Roberto estranhou muito quando não viu Lilian no jantar, e Josh amenizou dizendo que ela estava muito cansada por causa da academia. Assim, jantaram em paz.

— Eu vou receber o Ministro da Fazenda do Brasil aqui na quarta-feira, ele vem para um jantar, então fique pronto para o evento, virão alguns amigos também.

— Pode deixar, pai!

— Em outras palavras, não encha o cu de maconha durante o dia — concluiu, olhando-o com reprovação.

Josh ficou arrasado com a cobrança. Mas só pensava em Lilian. Não dormiu direito à noite, ela jantou sozinha no quarto.

No dia seguinte, às cinco horas, ele, sem graça de passar em seu quarto, desceu as escadas devagar para não fazer barulho, porém ela estava na mesa comendo uma fatia de mamão, olhou para ele e sorriu.

— Achei que não desceria nunca!

Ele, todo sem jeito, olhou para ela e disse:

— Desculpe pelo meu amigo ontem.

— Ele não é seu amigo, e ontem foi ontem, vamos viver o hoje — sorriu.

Foram para a academia, que era algo que ela estava amando, suas pernas começavam a ficar mais fortes; e seu abdome, mais rígido. No caminho, Josh pouquíssimo falou. Mas ela segurou sua mão o tempo todo, em um sinal de muito carinho. O dia anterior aos poucos perdeu espaço, e logo os dois retomaram sua rotina de muita cumplicidade. Após o almoço, ela foi ao quarto dele e disse:

— Que tal nós cantarmos na praça?

— Será? Você quer mesmo fazer isso?

— Se você me acompanhar, eu gostaria.

— Então vamos! — Ele pegou o violão e, ao chegar ao carro, disse para Pierre bem baixinho:

— Nós vamos cometer um delito, e meu pai não pode saber.

— Desde que não infeste meu carro com cheiro de maconha, pode fazer o que quiser! — Josh sentiu que andava meio desmoralizado.

Então rumaram para o Campo de Marte. Lá chegando, Lilian viu uma pedra grande sob uma árvore bem de frente à calçada, então disse:

— Aqui será ótimo, o que acha? Na frente dessa rocha.

— Vamos lá!

Então, ele colocou um pequeno chapéu que usava na frente e começou a tocar; ela começou a cantar músicas francesas, e as pessoas passavam, iam parando e colocando moedas e notas pequenas no chapéu. Ela, então, começou a cantar em português, e muita gente se aglomerou, sentiu que isso chamava mais a atenção. Cantou Elis, Chico e, perto das quatro horas, cantou a música do Belchior que ensaiara no dia anterior, *Coração selvagem*[6], o público ficou fascinado. Então, agradeceram e juntaram o dinheiro do chapéu, Pierre tinha estacionado o carro e ficou ali também apreciando. Lilian sentia-se muito bem por poder fazer aquilo que mais gostava, e Josh sorria de orelha a orelha.

No caminho, contaram o dinheiro, havia quase duzentos francos no chapéu, era um valor muito expressivo por duas horas de música, sem dúvida nenhuma. Mas a alegria dos dois não tinha a ver com o dinheiro, e sim com sentir a alegria das pessoas, muitas

---

[6] CORAÇÃO selvagem. Intérprete: Belchior. [*S. l.: s. n.*], 1977. Disponível em: https://www.youtube.com/watch?v=fVNUe4np2SM. Acesso em: 6 jan. 2025.

estressadas com seu trabalho, que se permitiam parar por alguns minutos e apreciar a música ali, sem saírem de seu caminho. Quando chegaram a casa, ela disse que gostaria de repetir. Ele ficou entusiasmado, contudo disse que precisavam de uma caixa e um microfone pelo menos. Ela concordou.

No dia seguinte, após o café, foram até o centro procurar os equipamentos, tinham uma parte do dinheiro e havia também o dinheiro do trabalho de Lilian no ateliê de artes plásticas. Quando encontraram uma loja de equipamentos musicais, na porta deram de cara com Norton, que, muito educado, cumprimentou os dois com um leve abraço e um beijo no rosto de Lilian.

— Me conta, o que vocês estão aprontando? — disse ele com cara de quem gostou muito de encontrá-los.

— Na real, nós fizemos uma apresentação no Campo de Marte e adoramos, mas precisamos de uma caixa de som e de um microfone pelo menos.

— Então vão continuar tocando, eu tenho uma bateria pequena muito fácil de carregar. O que acham de eu me juntar a vocês?

— Sério, isso seria surreal! — disse Lilian, entusiasmada com a ideia.

— Claro, meu brother! — disse Josh. Ali fecharam algo como uma banda.

Lilian viu um teclado e pensou em sofisticar, então comprou-o também.

À tarde os três foram para o Campo de Marte, os dois no carro da Embaixada, e Norton com uma bicicleta que tinha uma pequena carretinha presa atrás, com a bateria dentro, toda desmontada. Rapidamente montaram a bateria, e Lilian colocou o teclado em seu tripé.

Durante meia hora organizaram tudo, aqueceram seus instrumentos e Lilian fez um reconhecimento do teclado. Como não conhecia todos os recursos, colocou no modo piano, assim seria tranquilo. Pierre olhava curioso e até orgulhoso para tudo aquilo. Colocaram a caixa do teclado aberta na frente, Lilian deu a partida e os dois começaram a acompanhar, logo o som era perfeito; a caixa era muito forte e atraía gente de todo lado para ver a novidade.

O DESPERTAR DE UM SONHO — VOLUME 1

Quando notaram, já havia mais de cem pessoas se aglomerando em volta da pequena banda. Eles sentiam-se o máximo; aquilo, além de dar alegria, os realizava. Norton nunca tinha tocado fora da escola de música e de sua garagem, era o mais eufórico dos três. Sophia, que passava por ali, sentou-se junto com Pierre, seu padrasto, em um banco e ficou curtindo a música, ele comentou com ela:

— Essa moça é profissional, olha como as pessoas se encantam com sua voz.

— Acho ela demais, parece entender de tudo e adora as novas experiências.

E ali permaneceram, admirando o sucesso da bandinha. Quando recolhiam os instrumentos no final, um senhor português se aproximou e começou a conversar com eles:

— Eu tenho um restaurante aqui perto, e a maioria do meu público é formada por brasileiros, vocês não querem se apresentar lá uma vez por semana?

— Sabe que não seria mau? Mas não pode ser muito tarde, pois temos que estudar — respondeu Norton. Os outros dois adoraram a ideia.

— Seria às quintas-feiras, das sete às dez horas, algo bem leve.

— Podemos ir lá hoje à noite e experimentar, pode ser?

— Pode, sim, mas não precisam jantar, vocês jantarão lá mesmo, por minha conta.

Assim, se despediram do Sr. Manoel, que deixou um cartão com eles, onde se lia o nome do restaurante: "O Rei do Bacalhau". Voltaram eufóricos para casa.

Ao chegarem a casa, os dois subiram com rapidez para seus quartos. No caminho, tinham contado o dinheiro e naquela tarde fizeram setecentos francos, então dividiram por três e separaram a parte do Norton. Ela entrou no chuveiro sentindo-se a estrela da companhia, e Josh sentia-se cada dia mais fisgado por aquela menina linda.

Logo ela desceu em um vestido vinho bem casual, que alcançava a metade de suas coxas, e de alças largas, o que formava um decote exuberante. Usava uma sandália de salto alto preta, com os cabelos bem soltos e ainda úmidos. Josh desceu em sua básica calça jeans, camiseta branca, com uma jaqueta jeans por cima e seu tênis de tecido com cano alto. Ele olhou para ela e fez uma cara de "quem é essa?" Ela sorriu ao perceber e se aproximou de seu ouvido.

— Você está muito gatinho. — E deu um beijo no seu rosto, deixando a marca do batom.

Maria, olhando os dois, disse baixinho.

— Um gatinho de quatro.

Adorou ver o casal e a felicidade dos dois. No caminho, eles passaram na casa de Sophia para pegá-la.

O restaurante era um sucesso, grande, e comportava tranquilamente umas trezentas pessoas sentadas. Na frente havia uma minipista de dança, e para todo lado se via a imagem de um bacalhau com uma coroa dourada na cabeça — esse curiosamente tinha cabeça. Começaram a montar seus instrumentos, mas no palco havia um piano e uma bateria, além de uma guitarra e um contrabaixo, eles ficaram impressionados. O dono mantinha os instrumentos e já havia deixado tudo preparado para eles.

Começaram a se aquecer, e Norton chegou com seus pais, eles o trouxeram com a bateria na caçamba de sua pick-up, mas não precisaram descê-la. Os pais dele eram professores na Sorbonne de Paris e aproveitaram para ter um jantar diferente. O Rei do Bacalhau era muito conhecido em toda Paris. Sentaram-se em uma mesa bem ao lado da pista de dança e convidaram Sophia para se sentar com eles, então os garçons aumentaram a mesa, deixando mais três cadeiras.

Logo o restaurante começou a encher, pessoas de várias nacionalidades, muito bem-vestidas, e muitos brasileiros, então Manoel fez um pequeno sinal, e Lilian começou a cantar *Como nossos pais*[7]. Os meninos foram acompanhando, dali passaram para *Travessia*[8], depois *Andança*[9], e o salão todo se encantou com aquele

---

[7]   COMO NOSSOS pais. Intérprete: Elis Regina. [*S. l.: s. n.*], 1976. Disponível em: https://www.youtube.com/watch?v=2qqN4cEpPCw. Acesso em: 6 jan. 2025.

[8]   TRAVESSIA. Intérprete: Milton Nascimento. [*S. l.: s. n.*], 1967. Disponível em: https://www.youtube.com/watch?v=tBa2Z28oPRU. Acesso em: 6 jan. 2025.

[9]   ANDANÇA. Intérprete: Beth Carvalho. [*S. l.: s. n.*], 1969. Disponível em: https://www.youtube.com/watch?v=Zav50SgbK8o. Acesso em: 6 jan. 2025.

trio e com a cantora que, além de cantar, tocava o piano com rara intimidade e desfilava uma beleza única no palco.

Por volta das nove horas, Roberto entrou no restaurante acompanhado por uma mulher que deveria ter a sua idade, muito elegante, em um vestido todo preto. Os dois se sentaram um pouco mais ao fundo, Sophia notou e fez um sinal para Lilian, que observou a presença e cutucou Josh; ele olhou para ela e disse:

— Fodeu!

Ela sorriu.

— Acho que agora devemos cantar ainda melhor, pois, se ele não gostar, será pior.

Então ela começou a cantar *Fascinação*[10] apenas sobre o som do violão e dos pratos da bateria de Norton, desceu do palco, foi desfilando por entre as mesas e fez uma pequena parada na mesa de Roberto, que então a reconheceu e sorriu. Ela sorriu de volta e voltou ao palco, assumindo o piano novamente.

— Nossa, que luxo essa menina! — comentou a mulher que estava com ele, que era, na verdade, a Embaixadora do Paquistão.

— Ela é minha sobrinha, o menino do violão é meu filho!

— Sério? Estou fascinada com sua família.

Quando terminaram seu jantar, os meninos ainda cantavam, e os dois saíram meio à francesa, aquele não parecia ser um encontro público.

Perto das onze horas, e depois de quase quatro horas que eles tocavam, enfim encerraram a noite. Desceram do palco e sentaram-se à mesa para beliscar algo. O pai e a mãe de Norton adoraram ver o filho tocando e os encheram de elogios, assim como adoraram conhecer as duas meninas. Ao saírem, convidaram Sophia para ir com eles, pois ela e Norton pareciam ter uma certa afinidade. Nisso, Manoel se aproximou deles e sentou-se à mesa, só estavam os dois, e ele disse:

— Gostei de vocês, eu vou lhes pagar mil dólares por mês para vocês tocarem aqui toda quinta-feira, o que acham?

---

[10] FASCINAÇÃO. Intérprete: Elis Regina. [*S. l.: s. n.*], 1978. Disponível em: https://www.youtube.com/watch?v=QiIRQhGx-4E. Acesso em: 6 jan. 2025.

— Olha, somos três e teremos que montar repertório e ensaiar para conseguir surpreender seus clientes. Então, tem de ser pelo menos dois mil e cem dólares — disse Josh.

— Nossa, é um pouco alto, mas posso pagar mil e oitocentos dólares por mês.

Josh olhou para Lilian, ela ia pedir mil e duzentos, então sorriu, concordando com ele.

— Ok, combinado! — respondeu ele. — Aqui estão os quatrocentos e cinquenta dólares de hoje. — Despediu-se deles e voltou a cuidar de seus afazeres.

Os dois estavam mais que felizes, porém estavam exaustos e entraram no carro todo empolgados. Voltaram para casa e, assim que chegaram, foram para seus quartos, ela mais uma vez o abraçou forte e beijou-o no rosto, dizendo:

— Gatinho lindo.

Ele criou coragem e lhe disse:

— Boa noite, gata gostosa!

Ela ficou vermelha e entrou, perguntando-se se seria só em sexo que ele pensava ou se aquilo era um elogio. Ele entrou e ficou decepcionado com o que disse, poderia ter estragado tudo. E dormiu muito preocupado.

No dia seguinte, tudo estava normal. Ela, diferente dos outros dias, o abraçou e beijou novamente no rosto. Estava muito feliz, tinha até medo de que isso não fosse durar. Mas o importante era viver o dia.

A rotina permaneceu a mesma, tocavam aos sábados de manhã no Campo de Marte, e às quintas-feiras à noite no Rei do Bacalhau, agora começavam a ter uma renda até interessante. Como Lilian era muito disciplinada, toda quarta-feira se reuniam na casa de Norton para ensaiar, algo que faziam com muita dedicação, e nisso Sophia começou um pequeno e singelo namoro com Norton, que era três anos mais velho, tudo sob a tutela de Pierre e Maria.

Duas semanas depois, começaram as aulas de Norton e Josh, e o tempo diminuiu. Josh e Lilian passaram a ir à academia às quatro horas da manhã, pois ele tinha aulas das sete até as cinco horas, e os ensaios passaram a ser realizados nas quartas-feiras à noite. Josh acrescentou uma guitarra ao grupo. Muito animados, os quatro aproveitavam essa renda para conhecer outras partes da França aos finais de semana, sempre de trem, o que era muito tranquilo. Mas antes temos a recepção ao Ministro da Fazenda do Brasil, Fernando.

CAPÍTULO 23

O PRIMEIRO BEIJO

Na quarta-feira seguinte, o dia começou diferente. Quando chegaram da academia, os dois deram de cara com duas vans estacionadas, uma do outro lado da rua em frente à casa, e outra no jardim, parecia filme de espionagem. Maria nem se aproximou da mesa do café, estava toda ocupada com mais cinco assistentes, cuidando de tudo.

Eles ficaram sem espaço na casa e foram para o quarto de Josh. Ali até almoçaram e dormiram durante a tarde, pois não havia muito o que fazer com aquele batalhão de gente mexendo em tudo, até algumas malas subiram para o quarto de hóspedes que ficava no fundo do corredor. Lá embaixo a casa se transformava, Josh já estava acostumado com isso, para Lilian era novidade.

Assim, passaram o dia cantando e tocando, ela em seu teclado e ele ao violão. Maria avisou Lilian que chegaria um vestido para ela e uma moça viria maquiá-la, ela achou o máximo. Josh colocou um smoking preto, assim como seu pai, e Lilian um vestido creme que ia até os pés, acompanhando seu corpo, com uma abertura no lado direito, onde se via sua perna até a altura da coxa. Usava um sapato preto de salto fino e alto, uma gargantilha de ouro no pescoço, combinando com seus brincos de argola, e os cabelos presos no alto da cabeça, estava magnífica. Para completar, ostentava um decote generoso, era então a mulher da casa e precisava se destacar.

Os convidados foram chegando, Josh e seu pai já estavam na sala recebendo-os, e um quarteto de músicos tocava algo bem leve, fazendo, na verdade, um som ambiente. A mesa havia dobrado de tamanho, e foram postos trinta lugares. Bem ao centro duas cadeiras eram reservadas para o convidado e sua esposa.

Quando só restava o convidado para chegar, Lilian surgiu no alto da escada. A banda tocava, e ela elegantemente desceu as escadas com todo o cuidado e muita segurança no passo. Josh ficou com os olhos brilhando, Maria também. Quando chegou ao último degrau, Roberto pegou sua mão e foi apresentando-a a todos, ele também estava orgulhoso de sua sobrinha.

Logo ela foi para onde Josh estava. Ele tinha um copo de uísque na mão, ela olhou com reprovação, e foram socializando. A maioria ali era brasileira, alguns eram da Embaixada. Uma cantora divertia todos com sua voz lírica, e os garçons se desdobravam, servindo as bebidas e os canapés. Tudo com muito requinte. Não havia jovens, apenas Josh e Lilian. Uma senhora um pouco gorda e muito simpática se aproximou dos dois.

— Tudo bem, menina?

Seu rosto era familiar, mas Lilian demorou um pouco para lembrar.

— Tudo bem, e com a senhora?

— Eu estou ótima, adoro festas e também pinturas. Meu marido trabalha na Embaixada e sempre tem estas reuniões.

Nisso Lilian lembrou-se de onde a conhecia.

— E meu quadro ficou bom? — perguntou, com curiosidade.

— Ficou lindo, eu vou expor na semana que vem na Galeria Gauthier, seria um prazer te receber lá.

— Vou adorar, faço questão de ir.

A mulher sorriu e foi socializar.

As conversas seguiam animadas. Josh e Lilian, em uma elegância impecável, trocavam pequenas frases com os convidados, até que chegou o convidado da noite, o Ministro da Fazenda do Brasil, que entrou acompanhado do embaixador brasileiro na França, Antônio Martins, e sua esposa, Adelaide, e de Arthur Mendel, um empresário brasileiro que acompanhava uma jornalista correspondente de uma emissora de TV brasileira na França.

Muito sorridente, ele cumprimentou todos, tinha um brilho e um sorriso diferente. Após os cumprimentos, sentou-se em seu lugar. De um lado ficou o embaixador; do outro lado, onde seria o lugar de sua esposa, ficou a jornalista, e de frente com ele Arthur Mendel e Roberto, o anfitrião.

Eles falavam muito de política externa; o embaixador, sempre que podia, acrescentava o apoio do presidente francês à sua campanha. Lilian e Josh sentaram-se à ponta da mesa, longe dos holofotes, mas ela lia os lábios com muita sutileza e Josh ficou curioso com o que ela estava interpretando.

— O que eles tanto falam de campanha?

— Pelo que estou entendendo, o ministro está recebendo o apoio da França para ser candidato a presidente da República, e esta visita à França é o começo de sua busca por apoio internacional. Quem é aquele homem na frente dele?

— Se chama Arthur, ele é um grande amigo do meu pai e parece ser muito amigo do ministro também.

— E a moça à direita? — Ela conseguia ler os lábios, mas não sabia quem eram as pessoas.

— Ela é jornalista e parece ter muita intimidade com o ministro e com o amigo dele.

O jantar correu conforme o esperado, Fernando não ficou ali por mais de uma hora e meia, teve um dia cansativo e pretendia voltar à Embaixada, quando começou a se despedir. Lilian se levantou, foi até a banda e cochichou com a cantora, que acenou com a cabeça, então Lilian sentou-se ao piano e começou a tocar *O bêbado e o equilibrista*[11]. Quando entoou a voz, houve um silêncio geral na sala. Fernando, cercado pelos que o acompanhavam, parou, e de seus olhos saíram algumas lágrimas. Quando ela terminou, todos aplaudiram, e ela disse ao microfone:

— Dedico essa canção ao ministro Fernando e a todos aqueles que durante muito tempo tiveram que se afastar de suas famílias, de seu lar, e de seu país apenas porque pensavam diferente de seus governantes, e desejo que nunca mais tenhamos em nosso Brasil um momento como esse que se encerrou.

Ao dizer isso, a sala toda aplaudiu, Fernando se dirigiu ao pequeno palco e a abraçou. Os olhos dos dois lacrimejavam, e ele pegou o microfone.

---

[11] O BÊBADO e o equilibrista. Intérprete: Elis Regina. [*S. l.: s. n.*], 1979. Disponível em: https://www.youtube.com/watch?v=6kVBqefGcf4. Acesso em: 6 jan. 2025.

— As palavras dessa moça brasileira aqui em Paris me fazem acreditar que podemos, sim, construir um país livre, soberano e mais justo, onde a arte, a educação, o trabalho, a saúde e a prosperidade sejam um hábito para todos, e não apenas um direito. Viva o Brasil! — E novamente abraçou Lilian. Todos aplaudiram, repetindo com muita força sua frase final. Arthur olhava deslumbrado para a menina, tentando entender de onde surgira aquela atitude. Ele não acompanhou a comitiva e dormiu ali na casa de Roberto, era o hóspede que esperavam.

Assim que a comitiva do ministro saiu, a música voltou a tocar; alguns casais dançavam, Josh chamou Lilian de lado e lhe perguntou:

— Vamos à torre?

Ela, ainda emocionada com tudo, sorriu.

— Sério? Eu adoraria.

Ele pegou uma garrafa de champanhe e duas taças, deu a mão para ela, entraram no carro de Pierre e seguiram para lá. No caminho, foram falando do que havia acontecido.

— O que aquela música representa para o ministro?

— Aquela música se tornou um hino na campanha da anistia aos brasileiros exilados durante a Ditadura, e o ministro foi um deles.

— Nossa! Como sabia disso tudo?

— Eu estudei muito a história do Brasil, e li muito a respeito desse período obscuro de nosso país, por isso achei oportuno cantá-la.

— E suas palavras? De onde as tirou?

— Foram de improviso, eu não ia falar nada, mas, como ele deve ser candidato a presidente, achei importante ele saber o que alguns brasileiros, mesmo vivendo fora, pensam a respeito da democracia.

— Nossa, isso foi show!

Chegaram à torre, e os dois impecavelmente bem-vestidos chamavam muito a atenção das pessoas que se aglomeravam para subir. Como era um período de férias, a torre fechava somente à meia-noite, então, após uma longa fila, conseguiram entrar no elevador e subir. Ela era só sorrisos, e ele demonstrava certo nervosismo. Quando chegaram ao topo, Lilian, que trazia uma pequena câmera fotográfica na bolsa, começou a tirar várias fotos de tudo e de Josh. Ele abriu a champanhe, encheu as taças e deu uma para ela, que estava curiosa; ele começou a falar:

— Eu sei que seu primeiro beijo ainda não foi concedido e pensei que poderia ser aqui e nesta noite; de todo o meu coração, gostaria de ser eu o consorte desse momento. — Olhou para ela com um olhar corajoso de quem sabia a resposta.

Ela, surpresa com sua declaração, sorriu e começou a dizer:

— Josh!

Mas ele a abraçou e, fixando os olhos em seus olhos, foi aproximando sua boca da boca dela. Ela tinha uma boca carnuda, perfeitamente decorada com um batom vermelho lindo, e ele, com seus lábios, abriu os dela, e se entregaram a um beijo demorado, molhado e sufocante. Os corpos se aqueceram em um abraço muito forte. Era um momento único aguardado pelos dois, mas parecia ter sido programado para a hora certa. Eles se desprenderam em dois, três ou talvez trinta minutos, o tempo não era mais real, então se abraçaram de novo. Uma moça que estava ali ao lado parou para ver. Assim que se soltaram, ela perguntou se queriam que batesse uma foto, Lilian lhe deu a câmera e abraçou Josh, ela fotografou e pediu para se beijarem de novo, então tirou mais umas três fotos. Ali com certeza fora consumado o primeiro, o segundo, o terceiro e talvez o quarto beijo da vida de Lilian.

Os dois agradeceram à moça pela ajuda, acabaram de tomar o champanhe e desceram. A Lua se fazia presente, iluminando todo o Campo de Marte. Ao entrarem no carro, continuaram abraçados, e Pierre sorriu, entendendo o que havia acontecido.

Quando chegaram a casa, a festa já havia acabado, e apenas Arthur e Roberto, sentados na sala, bebericavam um uísque. Enquanto conversavam, eles entraram de mãos dadas, mas se soltaram quando viram os dois, lógico que o batom de Lilian denunciou o ato; disseram boa-noite e subiram. Na porta do quarto dela, beijaram-se novamente, e ele fez um sinal, como se quisesse entrar. Ela acenou com a cabeça que não, e ele entendeu com clareza que ela precisava processar aquele momento. Ela, então, entrou realizada, ele não menos, sentia-se o homem mais feliz, quem sabe, da Terra.

No dia seguinte, os dois não foram à academia, ela desceu somente às oito horas. Arthur e Roberto tomavam café, ela estava de biquíni com uma saída de piscina por cima e com os cabelos presos. Cumprimentou os dois e sentou-se à mesa com eles, eles eram muito cordiais e começaram a trocar algumas palavras com ela. Roberto logo se levantou, pois precisava acompanhar o ministro na agenda do dia, mas Arthur estava livre, esperava apenas uma carona no avião de Fernando para retornar ao Brasil.

— Fiquei impressionado com sua atitude ontem.

— Eu achei muito oportuno, espero não ter constrangido ninguém.

— Ao contrário, encheu seu tio e a nós todos de orgulho. Sabe, nunca vi, em nenhum lugar do mundo, uma criança com treze anos dizer algo assim tão profundo e demonstrar isso com muito sentimento, ou seja, saindo de seu íntimo.

— Eu tenho dezoito anos, o senhor se confundiu.

— Você sabe que não, conheço toda a sua história e agora me tornei seu admirador.

Ela pensou: *Será que ele quer me comer?*

— Como assim toda a minha história?

— A morte de seus pais, o orfanato, a escola de modelos, fui eu quem criou essa história que a trouxe aqui.

Ela empalideceu.

— E por que fez isso?

— Você, desde pequena, é uma "ave rara", algo que em minha vida só vi uma vez. Conheci sua mãe, vocês são idênticas. Se quiser saber como ela era, é só se olhar no espelho. Roberto é meu amigo de longa data e, em minha última visita, logo após a morte de sua esposa, senti que eles precisavam de algo novo, algo que desse a eles uma nova perspectiva de vida, e lá estava você, na escola de modelos, se destacando, e era muito precoce! Conversei com Isadora e depois com Maria Tereza, as duas entendiam que seu mundo ali já era pequeno e que estudar fora poderia lhe trazer um ganho real. Então, consegui sua inscrição na faculdade de artes aqui de Paris, mas precisei acrescentar à sua idade real cinco anos, pois você era muito jovem para entrar na faculdade, e assim você poderá se graduar. Depois convenci Roberto de que sua presença faria muito bem aos dois. Josh, depois da morte da mãe, se tornou introspectivo e começou a consumir maconha em abundância, além de bebidas alcoólicas, cercando-se de alguns amigos esquisitos.

Lilian ouvia tudo com apreensão e permitia que algumas lágrimas rolassem pelo seu rosto.

— Eles esperavam uma menina, mas por aquela porta entrou uma mulher quase completa. Você se passa por uma mulher de vinte anos tranquilamente. Eu também esperava uma menina e vi ontem uma mulher linda, independente e muito corajosa.

Ela chorava, Maria viu os dois conversando e não se aproximou, isso seria deselegante.

— Sabe, é muito bom ter uma pessoa como o senhor Roberto, a figura do paizão, a Maria faz um papel de mãe, e eu adoro ela e o Josh.

Seus olhos brilharam. Ele a interrompeu:

— Vocês estão apaixonados, eu percebi, não precisa me contar. Notei que ele saiu de sua caverna, não tem mais cheiro de maconha e anda muito bem-vestido. Você pegou um cachorrinho vira-latas todo sujo e debilitado e transformou num cão de raça, forte, bonito, todo pomposo.

— Isso é novo para mim, tenho até medo, pois já perdi muitas pessoas que amei.

— Esqueça o passado, ele não define você, viva o presente, só assim construirá seu futuro.

— Não posso, tenho que resolver algo que está preso no passado, só assim poderei seguir em frente.

— O que pretende fazer?

— Não quero comentar isso.

Ele, muito preocupado, procurou uma entrada.

— Eu sei que tem os nomes e a foto daquelas pessoas.

— Não são pessoas, são monstros — disse, irritada.

— E você acredita que merecem morrer?

— Eu irei matá-los, tenha certeza disso.

O coração dele quase saiu pela boca.

— Bom, eu não conseguirei convencer você do contrário, mas sozinha você pode fracassar.

— Não posso envolver ninguém nisso — falou, novamente irritada.

— Eu posso ajudá-la, posso lhe trazer informações, e informação é poder. Posso, ainda, fazer os contatos e ajudá-la a planejar tudo, pois essas pessoas são inacessíveis, por isso tem de ter um plano muito bem elaborado. E quando pretende fazer isso?

— Depois de me formar, sou muito jovem e não aceito deixar de concluir aquilo a que me proponho; para mim, a graduação será muito importante.

— Todo ano eu passo alguns meses viajando pela Europa e pela Ásia, por isso gostaria de manter contato com você; assim, poderíamos conversar mais a respeito desse e de outros assuntos.

— Eu também gostaria muito disso. O senhor me parece ser do bem.

— E a música? Seu talento é enorme.

— Ela está em mim, e agora estamos até ganhando para tocar e cantar, sabia?

— O Roberto comentou e me disse que a alegria que viu no Josh o impediu de repreendê-los; ao contrário, sentiu-se orgulhoso.

— Se puder, venha nos ver tocar no Rei do Bacalhau, nos apresentaremos hoje, o senhor deve conhecer.

— Conheço, sim, vejo que consegue se virar muito bem, isso é ótimo.

— Sim, tudo o que estudei e li serve para direcionar minha vida, não vejo a hora de começar minha faculdade, e Paris é um sonho, tem arte por todo lado e gente do mundo inteiro. O senhor disse que consegue informação, poderia verificar um nome para mim?

— Posso tentar, sabe o nome completo da pessoa ou tem uma foto?

— Apenas o nome, é Michel.

— É um amigo do Josh?

— Sim, vem sempre aqui.

— Esse é fácil, ele é filho de um dos maiores empresários da linha branca da França, é meu amigo também, depois lhe envio as informações, se entendi bem o que deseja, mas cuidado. Informação é poder, porém o poder tem de ser usado com sabedoria.

— Fico grata, eu vou para a piscina; se quiser me acompanhar, esteja à vontade.

— Vou ficar por aqui, talvez dê uma volta na Champs, obrigado pelo convite, e não me chame mais de Senhor.

Ela se levantou e deu um beijo no rosto dele, sorrindo, sentiu que havia encontrado um amigo e alguém com quem poderia contar pelo resto da vida.

Logo Josh desceu, tomou um café rápido e se juntou a ela na piscina, agora tudo seria diferente, a vida tinha mudado, e a relação dos dois se aprofundava. Beijavam-se muito, às vezes dentro da piscina, às vezes fora, eram puro carinho. Ele mantinha um respeito enorme com ela, e ela sentia-se protegida e segura.

CAPÍTULO 24

A ORQUÍDEA SELVAGEM

Na sexta-feira de manhã, chegou uma encomenda para Lilian que foi colocada em seu quarto. Quando ela chegou de um passeio com Josh, subiu e ficou surpresa com o conteúdo, que era de Arthur. Havia no pacote um envelope que era confidencial, e ela nem abriu na hora, mas, com a ajuda de Josh, abriu o pacote grande que parecia ser um quadro. Para surpresa dos dois, era mesmo. Ali estava o quadro para o qual ela havia servido de modelo-vivo. Ela ficou maravilhada, era exatamente ela, cabelos soltos, toda nua, com uma perna na frente da outra escondendo seu sexo, as duas mãos na cintura, olhando para o horizonte, com seus seios empinados, destacando-se. Ao fundo, um oceano enorme com um raio de sol brilhante atravessando-o como em um final de tarde. Embaixo a assinatura da artista com uma frase de "Com muito carinho". Ela chorou abraçada a Josh, que a ajudou a colocá-lo em sua parede, era uma demonstração de muito carinho vinda de Arthur.

Mais tarde, quando estava sozinha, abriu o outro envelope, que era quase um dossiê sobre Michel Arcange Lebret, o amigo de Josh. Nele estavam todas as informações: onde estudou, o endereço da família, nome dos pais, tudo minuciosamente descrito, e abaixo uma ficha criminal, ela tremeu.

Leu com muita atenção, ele tinha sido indiciado seis vezes por abuso sexual. Em um dos casos, a vítima havia morrido, isso entre o ensino médio e o primeiro ano da faculdade. Porém, ele não foi condenado em nenhum dos casos, todos eles foram arquivados por falta de provas ou não comparecimento de testemunhas, com as vítimas se recusando a fazer a acareação. Por isso, perante a lei, ele não tinha nenhuma pendência. Lilian entendeu que o pai dele com certeza encobria todos os seus delitos. Era nojento ver uma coisa dessas. Ela pensou em mostrar a Josh, mas, como eles não tinham mais contato, achou melhor guardar o dossiê, afinal informação é poder — e, se é sobre o inimigo, é ainda mais importante.

A vida em Paris era muito eclética e divertida, agora o grupo de quatro amigos vivia uma relação muito gostosa. Norton e Sophia realmente namoravam sério, ele sempre tendo o cuidado de respeitar o momento dela, que tinha apenas catorze anos e se mantinha virgem.

Josh e Lilian não oficializaram o namoro, mas era um namoro para lá de sério, eles adoravam a vida como ela era. As aulas na politécnica voltaram, e Norton e Josh tinham aulas das sete às cinco horas, de segunda a sexta-feira, Sophia estudava de manhã e à tarde fazia jazz e inglês, o curso de inglês era aprimorado para seis meses, então todos os dias ela tinha duas horas de aula, e duas vezes por semana ia ao jazz.

Tudo isso deixou Lilian sem ter muito o que fazer, pois não tinha companhia durante o dia. Às quartas, eles ensaiavam à noite na casa de Norton, e às quintas tocavam no Rei do Bacalhau, o mesmo repertório repetiam no sábado de manhã, no Campo de Marte.

Sempre recebiam novas propostas para tocar em outros lugares, mas não aceitavam, usavam parte do dinheiro para viajar e se divertir nos finais de semana, era o que gostavam de fazer, não havia necessidade de mudar. A banda agora era formada pelos três, mas com Josh, além do violão, tocando guitarra; e contrataram um garoto jamaicano que fazia inglês com Sophia para tocar baixo com eles às quintas-feiras no Rei do Bacalhau. Lilian e Josh sempre cuidavam do repertório e adoravam essa parte.

Como ela mantinha a rotina de ir à academia às quatro horas da manhã com Josh e tirar seu cochilo após o café até as dez horas, os banhos de sol diminuíram de intensidade com a chegada do inverno em Paris. Ela começou a visitar museus e galerias de arte, algo que adorava, e Paris lhe oferecia um leque enorme de opções. Até que, em uma terça-feira comum, entrou na Galeria Gauthier e deu de cara aquela senhora que pintou seu quadro e a reconheceu.

— Oi, menina, tudo bem?

— Tudo ótimo, e a senhora?

— Também tudo ótimo, infelizmente um senhor brasileiro comprou seu quadro e não poderá vê-lo, nem pude colocar em exposição, mas ficou tão lindo.

— Sério? Que pena! Uma hora dessas podemos fazer mais um — sorriu.

— Sim, venha, vou lhe mostrar a galeria, eu sou curadora dela e estou sempre aqui.

Lilian a acompanhou e foi se emocionando com a arte. A senhora se chamava Magnólia e tinha um conhecimento e um amor impressionante pela arte. A menina gostou do espaço e lhe perguntou:

— Se eu quisesse passar umas horas por aqui, para aprender arte, todos os dias, seria possível?

— Quais idiomas você fala fluentemente?

— Bem, fluente eu falo francês, inglês e espanhol; também falo um pouco de italiano.

— Nossa! Não quer trabalhar aqui? À tarde estou sem vendedora e tenho de ficar presa à galeria, assim você aprenderia e ganharia uma comissão na venda das obras.

Ela olhou para um quadro na parede e viu o preço ao lado, era de cinco mil francos.

— E de quanto é essa comissão?

— É, de praxe, vinte por cento do valor.

Lilian ficou eufórica, dava para unir o útil ao agradável.

— Acho que posso tentar, quando poderei começar?

— Se quiser, pode ser agora.

Ela estava de calça jeans, camiseta branca e tênis baixo. Sentiu não ser o ideal, mas ficou tranquila. Magnólia foi lhe explicando pequenos detalhes. Entrou um casal americano que andou por toda a galeria e já ia saindo quando Lilian os interpelou:

— Vocês procuram algo em especial?

— Sim, queremos dois quadros para nosso apartamento novo, um para a sala de jantar e um para a sala de estar — respondeu a mulher, que era muito requintada.

— Eu posso lhes dar uma sugestão?

— Sim!

Então, ela os levou até o fundo da galeria e mostrou um quadro onde havia uma catedral gótica toda cinza, cercada por uma cidadela, algo que remetia à Idade Média.

— O que acha desse na sala de estar, seus móveis são escuros?

— Sim, eles são. Nossa, eu não tinha prestado atenção nesse quadro, é maravilhoso. E para a sala de jantar?

— Me acompanhe. — E mostrou um quadro de cores vibrantes, em que uma mesa de jantar de madeira rústica era retratada com uma fruteira com várias frutas, cujo destaque era a luz que entrava pela janela ao lado, isso fazia a mesa brilhar.

— Nossa! Como é lindo! Eu gostei dos dois, vocês entregam?

— Sim, entregamos e colocamos para vocês na parede, faremos isso amanhã cedo, está bom para vocês?

— Está ótimo! — disse a senhora, sorrindo.

Magnólia fez o recibo, anotou o endereço, e o marido fez o cheque. O casal agradeceu a atenção de Lilian e saiu feliz para a rua. A venda tinha totalizado treze mil francos, Magnólia sorriu e perguntou:

— Como sabia o gosto deles?

— O cliente gosta de atenção. Eles não tinham uma ideia do que comprar, qualquer quadro fica lindo se colocado no lugar certo, mas eles precisavam que alguém lhes desse uma ideia, caso contrário passariam a tarde visitando galerias e provavelmente voltariam para casa sem comprar nada.

— Muito bem, menina! Adorei sua iniciativa, mas me arrumou um problema, que será colocar os quadros.

— Isso não é bem mais fácil que vendê-los? E, se oferecermos esse serviço, poderemos também fazer decorações de casas inteiras, o que acha? Se quiser, amanhã, às dez horas, posso ir com alguém da galeria colocar.

— Faria isso?

— Sim, adoro decorar ambientes. E, tendo uma de nós acompanhando, a garantia da satisfação do cliente é maior.

Magnólia se surpreendeu com a desenvoltura da menina, mais tarde ela vendeu mais dois quadros, esses mais baratos, mas fechou seu primeiro dia com quase quatro mil francos de comissão, estava nas nuvens. Assim, preencheu seu espaço e conseguiu muito mais que um extra, era muito dinheiro. A partir do dia seguinte, começou a trabalhar sempre vestida socialmente e com saltos altos, muito bem maquiada, atendendo à elegância que a galeria exigia. Os clientes indicavam amigos, e ela dominava o espaço e aprendia muito sobre arte todos os dias.

Ela trabalhou na galeria pontualmente de segunda a sexta--feira, das duas às seis horas, de setembro até o final de janeiro, quando começaram suas aulas na faculdade. Nunca comentou sobre seus rendimentos com ninguém, dizia apenas que guardava as comissões, mas transformava tudo em dólar. Com as vendas no final de ano, ela conseguiu juntar trezentos mil dólares. Era uma delícia o trabalho, e a arte entrou definitivamente em seu mundo.

Magnólia quase chorou quando ela disse que iria para a faculdade e não poderia mais trabalhar na galeria. Aquela menina, além de dar muita alegria com sua presença sempre intrépida, havia triplicado seu faturamento.

— Mas você não precisa de faculdade, menina, o que ganha aqui não ganhará formada.

— O dinheiro não é tudo, o estudo é a única coisa que pode mudar a vida do ser humano. Se eu não tivesse estudado, jamais teria conseguido me destacar em sua galeria, então agora é hora de dar mais um passo em minha vida. E não posso perder meu foco.

— Menina, nunca vou te esquecer, e venha sempre que puder me ver! — Então, abraçaram-se e choraram juntas. Ela via em Lilian a filha que não teve, mas que, se tivesse, gostaria que fosse assim.

Em casa, Roberto, sempre muito ocupado em seu trabalho, nem sequer percebeu esse período em que Lilian trabalhou na galeria. Imaginava que passava a tarde toda lendo, pois estava sempre com um livro novo debaixo do braço.

O final de ano chegou, e veio a neve, a mais densa dos últimos anos. Lilian ficou maravilhada, como todo mundo que a vê pela primeira vez. As comemorações do final do ano foram todas realizadas na Embaixada, em festas glamorosas. Encerrava-se um ciclo, e começava o ano de 1994, novamente um ano de Copa. A França seria a sede da próxima Copa, e em Paris muito se falava em futebol, tudo era preparado para a Copa de 1998, dali a quatro anos.

Em janeiro, tudo seguia no mesmo ritmo, com a banda cantando e os quatro meninos se divertindo muito. Logo Lilian começou a faculdade. Inscreveu-se no curso de história da arte e seria, ao final, tecnóloga com licenciatura, algo muito moderno para o Brasil.

No início de fevereiro, Josh convidou Lilian para ir ao cinema, ela adorou o programa e só foram os dois, o filme em cartaz era *Orquídea selvagem*[12], de Zalman King. Os dois adoraram e trocaram algumas carícias mais quentes, pois o conteúdo do filme era muito carregado de erotismo, ele era ambientado no Brasil.

Os dois voltaram com seus instintos muito mexidos e muito felizes, foi um programa muito legal. Lilian entrou para seu quarto e colocou uma camisola grossa de um tecido que parecia flanela, pois estava frio, mas não demorou muito e Josh entrou no quarto, ela sentiu seu corpo se aquecer.

— Posso dormir aqui?

— Pode, sim, eu gostaria muito.

Ele a colocou deitada com a cabeça em seu peito e começou a acariciar seus cabelos, enquanto ela passava delicadamente a mão em seu abdome.

— Nossa, o filme foi muito quente, eu ainda estou com calor — disse ela, sorrindo.

— Eu também, vem um fogo de dentro, adorei.

— Você é virgem mesmo, Josh?

— Que pergunta! — Ficou todo vermelho. — Sim, eu sou, já beijei muito, já fiquei muito, mas sempre com meninas mais novas, por isso nunca fui além.

— Sabe, eu queria ser sua primeira mulher, mas queria fazer tudo de uma forma tranquila, sem pressa e respeitando meu tempo; você será meu primeiro homem?

---

[12] ORQUÍDEA selvagem. Direção: Zalman King. [S. l.: s. n.], 1990. Disponível em: https://play.google.com/store/movies/details/Orqu%C3%ADdea_Selvagem?id=B20B9307A39BDB1AMV&hl=pt_BR. Acesso em: 6 jan. 2025.

— Nossa, eu sonho com isso, mas é você que deve me conduzir quando se sentir pronta.

— Sabe que você tirou minha virgindade das mãos e da boca? Quando me deixou segurar seu membro, foi a primeira vez que vi um pênis masculino na vida.

— Nossa, aquilo foi estranho, você me passou a certeza de já ter muita experiência.

— Sabe, nós podemos ir passo a passo, mas sem passar do ponto, o que acha?

— O que pretende fazer? Estou ficando excitado e curioso com essa história.

Ela, então, se descobriu, tirou a camisola e ficou nua em pelo. Ele não acreditou, mas tinha medo de tocá-la, então tirou a bermuda do pijama dele e segurou firme seu membro, quase explodindo de emoção. Ela desceu a boca devagar até encaixá-lo e começou a acariciar a pele dele com a mão e lambê-lo. Ele, muito excitado, não aguentou um minuto sequer e jorrou, ela adorou ver aquele líquido gosmento jorrando, porém ele ficou meio frustrado, apesar de muito feliz, a boca dela era deliciosa. Então, ela deitou-se na cama e o conduziu, dizendo:

— Me toque, mas não me penetre.

Ele delicadamente foi passando a boca por seus seios, que latejavam de tanta excitação, e foi descendo. Ela não acreditou quando ele colocou a língua em sua vagina, lambendo apenas os lábios por fora e o clitóris. Para um menino virgem, ele sabia muito bem ir direto ao ponto. Ela estremeceu e teve um orgasmo enorme, seu corpo todo tremeu, era o primeiro pelas mãos de um homem. Abraçou-se muito forte a ele e chorou, era um choro gostoso e muito puro. Uma menina virando, aos poucos, mulher. Ele a vestiu, colocou-a deitada na cama e deitou-se ao seu lado abraçado a ela, ambos realizados e felizes. Adormeceram em um sono profundo, recheado de sonhos carregados de erotismo e realização.

CAPÍTULO 25

PEDAÇOS ARRANCADOS
DE UMA VIDA

No final de fevereiro, em uma quarta-feira à noite, Sophia não veio para o ensaio. Todos estranharam, mas Norton disse que falou com ela e ela disse estar muito gripada. No dia seguinte ela também não compareceu ao Rei do Bacalhau e, quando Norton foi à sua casa, ela não o recebeu nem quis falar com ele, o menino estava arrasado. Lilian e Josh ficaram muito preocupados.

No dia seguinte, durante o café, Lilian perguntou a Maria se havia acontecido alguma coisa com Sophia.

— Ela está no quarto desde terça-feira, quando chegou um pouco mais tarde do inglês, e não quer comer direito nem abre a porta para falar comigo, achei muito estranho e estou muito preocupada com ela.

— Nossa, eu posso ir lá falar com ela?

— Claro, se você não conseguir falar com ela, ninguém consegue. — Era nítida a preocupação de Maria com sua filha.

Lilian pegou uma carona com Pierre e foi até lá, depois iria para a faculdade. Quando tocou a campainha, Sophia atendeu e disse para ela ir embora, ela tentou convencer a menina a abrir a porta, mas esta não respondeu mais. Então, Lilian pediu a chave para Pierre, que cedeu rapidamente, pois percebeu que era algo sério e disse para ela entrar sozinha. Sem que Sophia percebesse, Lilian entrou em seu quarto.

— O que aconteceu, Sophia?

— Vai embora, não quero falar com ninguém.

— Seja o que for, estou aqui para ajudá-la.

Sophia começou a chorar e ergueu o pijama, mostrando seu corpo nu. Seus seios tinham manchas vermelhas como chupadas, e sua barriga estava toda roxa, havia também muitas marcas nas coxas. Lilian correu para abraçá-la, e começaram a chorar.

— Meu Deus, quem fez isso?

— Foi aquele monstro do Michel. — A menina chorava sem parar, estava arrasada e sem forças, pois estava há três dias praticamente sem comer. Lilian ficou perplexa.

— Precisamos de ajuda profissional, vou te levar numa psicóloga que era minha cliente na galeria. — Abriu sua agenda e pegou o telefone, já ligando.

A secretária atendeu e conversou com Lilian, confirmando um horário às dez horas, já eram nove, então Lilian a colocou embaixo do chuveiro e deu-lhe um banho, depois fez uma papinha com aveia e leite, com um pouco de chocolate, e deu em sua boca, colher a colher. Ela estava muito fraca, mas sorriu um pouco com a papinha.

Lilian vestiu nela um agasalho de moletom com uma blusa de lã por baixo, colocou o capuz do agasalho em sua cabeça, um par de óculos escuros e a acompanhou até o carro. Pierre não acreditou na cena, mas não abriu a boca e as levou direto ao consultório da Dra. Jeanny, que estava na porta quando chegaram, acolheu a menina e a levou para sua sala, fazendo questão que Lilian entrasse junto.

— Agora eu vou pedir para que você conte o que aconteceu, tome esse chá devagar. Assim que nos contar, você se sentirá melhor.

Ela chorava muito, chegava a soluçar, mas aos poucos foi contando:

— Quando eu saí do inglês, andei uns cinquenta metros, a rua estava vazia, e na frente daquela praça que fica ao lado da escola, o Michel me cercou e disse para eu entrar no carro com ele. Eu tive muito medo e disse que não, ele gritou, eu tentei fugir. Mas ele me derrubou e me colocou no carro. Comecei a gritar, ele abafou minha boca com uma estopa, acho que tinha tíner ou algo assim, e eu desmaiei. Quando acordei, ele tinha me amarrado nua pelas mãos a uma haste de madeira dentro da garagem da casa dele. Notei que estava sozinho em casa, e aí começou a me chamar de gostosa, de ninfeta, disse que sabia que eu era virgem, por isso me escolheu, e começou a me chupar com força, eu gritava. — Nisso se agarrou a Lilian e despencou a chorar.

A Dra. trouxe mais uma xícara de chá, ela tomou um gole e continuou a contar e chorar:

— Ele me mordia como um animal e chupava minhas pernas, aquilo doía e me enojava. Então, depois de praticamente me torturar, ele me penetrou de forma selvagem, eu sinto a dor até agora e vejo ele voltando quando adormeço. — Desabou a chorar. — Agora não sou mais virgem, e ninguém mais vai me querer, eu tenho medo de andar na rua e tenho medo de fechar os olhos.

Lilian se mantinha agarrada a ela. E ela não parava de chorar. A doutora pediu para falar com Lilian em particular.

— Olha, o caso é grave e não podemos denunciar o rapaz, pois isso a exporia de uma forma ainda mais cruel. Eu tenho um amigo psiquiatra, que tem uma clínica junto com médicos de outras especialidades. No estado em que ela está, o correto é ficar internada por uns dias, na clínica dele farão todos os exames médicos, pois será necessário verificar se ela não foi fecundada e se não ficou com sequelas internas, além dos traumas em sua cabeça.

— Vou ligar para a mãe dela e avisar da internação.

Lilian foi para a outra sala e fez a ligação:

— Maria, a Sophia não está bem, vamos precisar interná-la por uns dias, para ela se recuperar e fazer uns exames.

— Como assim? O que ela tem?

— Não posso falar agora, só peço que me autorize e confie em mim.

— Pode internar, sim, o Pierre pode assinar, ele tem poderes de pai dela, mas me conte o mais rápido possível. — Maria chorou o resto do dia, não sabia o que fazer.

Então, Sophia contou que depois ele a soltou, mandou-a se vestir e a levou ao local onde a sequestrou, jogando-a do carro na calçada. Ela machucou os joelhos e teve dificuldade para se levantar, mas foi para casa sem falar com ninguém e sentindo-se humilhada, com o sangue manchando sua roupa.

Quando chegaram à clínica, o médico, um americano chamado Paul Sanders, as recebeu na porta, e duas enfermeiras a levaram para dentro. Pierre, sem entender nada, assinou a papelada. Lilian passou seu cartão, garantindo o pagamento, e o médico chamou uma das enfermeiras e lhe deu uma receita de um medicamento para gastrite, e um calmante. A enfermeira a medicou e a levaram para o quarto.

— Doutor, como sabe se ela tem gastrite?

— O medicamento tem efeito colateral abortivo, se ela foi fecundada, sofrerá uma dor intensa, que pode durar umas três horas, e se livrará do problema.

— Mas o senhor fez isso sem autorização dela ou nossa?

— Fiz o que tinha de ser feito, nem eu nem você falaremos disso para ela ou para os pais dela, os fins justificam os meios.

Lilian olhou com lágrimas nos olhos e pensou que ele realmente tinha resolvido o problema antes de ele começar.

— Eu posso ficar aqui com ela?

— Pode, e a mãe dela também pode, ela vai adormecer por umas cinco horas e acordará melhor, já recolhemos as amostras de sangue e, com isso, começaremos os exames. Se quiser ir para casa falar com a família, será melhor. Outra coisa, não acredite na justiça dos homens, pois já lidei com mais de vinte casos assim, e quem procurou a polícia infelizmente só perdeu, a menina fica exposta pelo resto da vida, e a defesa fará de tudo para expô-la na mídia.

— Eu já havia pensado nisso, mas existe a justiça de Deus!

— Sim, uma vez, um pai castrou um desses monstros, foi realmente uma intervenção divina, mas, se ele me inspirasse, faria o mesmo.

Ela olhou séria para ele e captou a mensagem.

Chegando a casa, Lilian se reuniu em seu quarto com Pierre e Maria, e contou todo o ocorrido. Maria chorava sem parar e até gritava, Pierre dizia: "Vou matar ele".

— Olha, Pierre, eu te faço uma proposta, nós mataremos ele, mas não agora, vamos esperar ele achar que está tranquilo, e talvez ele esteja esperando que a polícia o procure.

— Meu Deus, eu também quero ele morto, mas não pelas minhas mãos — disse Maria, inconformada. — Vocês não são assassinos, como acham que farão isso?

— Eu vou voltar para a clínica após o almoço, acho que seria bom você vir comigo. Fique tranquila, a intolerância e o abuso de poder transformam pessoas boas em pessoas más, mas isso é só por um tempo.

Após o almoço, as duas foram à clínica e ali permaneceram, Maria ficou lá para cuidar da filha, e disseram para todos que ela fez uma cirurgia de hérnia inguinal e precisou ficar internada para se recuperar.

Enquanto Sophia permanecia internada e sendo atendida pelo psiquiatra, Lilian se reuniu na sala de estar com Pierre e Maria, era uma tarde de domingo, e apenas os três estavam ali, então ela mostrou o dossiê de Michel, eles não acreditaram, ela disse bem enfática:

— Vamos esperar a Sophia melhorar e sair daqui, então entraremos em ação. Eu já tenho uma forma de fazermos isso sem nos comprometermos. Mas precisaremos de muita disciplina.

O médico chegou e viu o dossiê em cima da poltrona, enquanto os três estavam no quarto de Sophia. Quando Pierre e Lilian saíram, ele chamou a menina.

— Para conseguir dominar uma pessoa, você precisará de um anestésico muito forte. Se quiser mesmo ir em frente, eu lhe forneço os meios. — E deu uma piscada. Lilian deu um sorriso meigo, como quem diz "você é do bem", e saiu.

Sophia ficou uma semana internada, a psicóloga a visitou todos os dias, o psiquiatra tomou todos os cuidados com os medicamentos, e os hematomas da pele sumiram, então ela foi para casa, queria ver o Norton, mas tinha muito medo. Resolveu escrever uma carta para ele pedindo um tempo na relação, ela estava estudando muito e não queria vê-lo por enquanto. Ele ficou arrasado, porém era necessário naquele momento. Em duas semanas, ela foi voltando à rotina, mas não andava sozinha a pé na rua. Duas semanas foi o tempo.

Em uma terça-feira fria, Josh tinha acompanhado seu pai a um evento na Embaixada, e Lilian corria devagar no trajeto em que Sophia fora abordada, usando um short curto e apenas uma blusinha de academia, que deixava seus seios bem aparentes e seu abdome à mostra. Do outro lado da rua, Pierre observava tudo de dentro de uma minivan, então um carro parou uns dez metros à frente de Lilian, Michel desceu do carro, ficou de frente com ela e a abordou:

— Oi, gatinha, vamos dar uma volta?

Ela o encarou e respondeu:

— Já disse para você que não sou para o seu bico!

Ele a reconheceu, aí ficou mais excitado.

— Já sei, sua amiga te contou de nosso romance e agora você quer também — deu um sorriso sarcástico.

— Sai da minha frente, seu monstro.

Quando ele tentou agarrar seu braço, ela virou e deu um chute alto bem no meio do peito, ele caiu no chão e, quando foi se levantar, ela aplicou uma seringa em suas costas. Como ele era muito forte, levantou-se mesmo assim e foi para cima dela, que se esquivou e deu outro chute, agora nas costas. Ele saiu cambaleando, mas, quando tentou levantar, o remédio já fazia efeito. A rua estava deserta, Pierre desceu da minivan e, junto com Lilian, o carregou para dentro.

Saíram dali muito rápido para não serem notados e rumaram em direção a um barracão abandonado em uma quinta bem longe da cidade, era uma estrada de terra e cheia de buracos, Michel continuava apagado.

Quando chegaram, Maria os esperava com uma pequena fogueira acesa, onde aquecia um punhal. Eles amarraram as mãos dele em uma coluna de concreto, deixando-o dependurado. Lilian pegou uma faca de lâmina muito fina e rasgou toda a sua roupa, deixando-o completamente nu. Ele começava a recobrar os sentidos, quando sentiu a lâmina sendo passada e arrancando fora seu saco escrotal; a dor e o choque o fizeram desmaiar, era sangue para todos os lados, então Pierre jogou um balde de água fria em seu rosto, fazendo-o recobrar os sentidos. Ele, enxergando muito mal e sentindo-se humilhado, conseguiu ver na sua frente Lilian, separando de seu saco escrotal cirurgicamente seus testículos e colocando os dois em um pote de vidro com álcool e depois tapando-o. Ele começou a gritar e xingar, ameaçando todos, mas a perda de sangue foi enfraquecendo-o. Então, Pierre se aproximou com um sarrafo de madeira todo furado e começou a bater nele. A cada batida o sarrafo sugava sua pele pelos furos. Ele bateu até os dois não aguentarem mais, Pierre de cansaço e Michel de dor. Era sangue por todo o lado. Maria se aproximou de Michel com o punhal vermelho de tão quente, olhou bem nos olhos dele e cravou o punhal em seu coração, ele não resistiu e parou de respirar.

Eles o soltaram e colocaram em um saco grande de lixo, levaram para dentro da minivan, passaram em frente à casa dele e jogaram o saco com o corpo na porta da garagem dos fundos. Dali foram para perto do galpão, onde o carro da Embaixada estava escondido, e puseram fogo na minivan. Lilian levou na mochila o pote de vidro contendo seus testículos.

Maria foi deixada em sua casa, e Lilian foi para a casa de Roberto, deixando cair na entrada do portão dois canhotos de ingressos de cinema. Pierre guardou o carro e ficou à disposição até onze horas da noite. Lilian subiu rápido, trancou a porta e foi direto para a banheira, ali chorou muito, chorou de dor, de nojo, de tristeza e de satisfação também, haviam feito de fato justiça, como na Antiguidade: "Dente por dente, olho por olho".

No dia seguinte, Lilian acordou às quatro horas e foi junto com Josh à academia, Maria seguiu seu trabalho com normalidade. O corpo foi encontrado de manhã, na frente da garagem, e o caso virou manchete mundial, todas as televisões só falavam disso, com transmissões ao vivo diretamente da casa do empresário.

A mãe e o pai de Michel não se conformavam com aquele absurdo, exigiam justiça. No dia seguinte, todos os periódicos de Paris noticiavam o crime, Michel se tornara um "herói" nacional na luta contra o crime hediondo. Era a primeira vez que um crime tão brutal atingia a elite empresarial da França.

Na casa de seus pais, tudo era tristeza e inconformismo, seu pai dava uma entrevista a uma emissora da Espanha, quando uma encomenda chegou. Ele mandou alguém colocá-la em cima da mesa, mas o jornalista que o entrevistava pediu para ele abrir, pois parecia ser alguma prova nova. O remetente chamava a atenção, pois tinha endereço da Igreja de Saint Paulin, o santo defensor dos injustiçados. O cinegrafista fingiu desligar a câmera, porém continuou gravando. Ele abriu o embrulho onde estava uma caixa quadrada pequena de papelão e puxou de dentro um pote de vidro com os dois testículos de seu filho dentro, conservados no álcool. Ficou furioso e esbravejou, sem perceber que estava sendo gravado. A TV descartou continuar a entrevista, mas editou tudo e colocou no ar, uma hora depois, a imagem dele abrindo a caixa, a cena correu o mundo.

No dia seguinte, o jornal *Le France* publicou o dossiê completo da vida de Michel, alimentando a tese de que o pai usava de seu poder para encobrir os crimes do filho. A reviravolta nas manchetes estraçalhou os negócios e a imagem da família, em menos de um mês as ações da empresa despencaram na bolsa. Os produtos de suas indústrias eram boicotados nas lojas e, em frente das fábricas, centenas de pessoas protestavam, acusando a empresa de ser presidida por um criminoso que apoiava crimes de abuso sexual.

Em três meses o império se esfarelou, e a família teve de deixar a França com apenas um décimo de sua fortuna, para não ficarem sem nada.

O crime nunca foi solucionado, a polícia não fez nenhum esforço nesse sentido, entendiam que era a justiça sendo feita. Com o desgaste da imagem da família, nenhum promotor aceitou reabrir o caso, era um risco para a carreira com certeza.

CAPÍTULO 26

O PRIMEIRO AMOR

Após a divulgação da morte de Michel, Sophia, que agora tinha terapia semanal, algo que seria necessário para ela por toda a vida, começou a sair de casa, mas muito lentamente. Um dia, conversando com Lilian, perguntou com muita tristeza:

— Você acha que há alguma chance de o Norton me aceitar de volta?

— Ele não irá aceitá-la de volta, pois você não é um objeto, acho que você deve aos poucos ir se aproximando, ele não sabe de nada e ficou muito magoado com você.

— Mas o que eu direi a ele, como vou explicar meu sumiço?

— Diga apenas o necessário, que tinha que estudar muito, que fez uma cirurgia, teve uma infecção, e isso complicou tudo. Diga que gosta dele, mas não está muito bem. Se ele gosta realmente de você, a aceitará, só que devagar.

— Você acha que isso vai colar?

— Claro que não, ele vai entender que você conheceu outro cara e não quer falar, mas pensará que você gosta mais dele, por isso voltou e ficará feliz.

— Nossa, como consegue pensar em tudo isso?

— Eu fiz introdução à psicologia e entendo o básico da cabeça humana. Venha na quinta-feira ver nossa apresentação, é um começo.

— Vocês passam para me pegar?

— Claro! E te deixamos em casa também se precisar.

Sophia entrou na quinta-feira no restaurante junto com Lilian e Josh e sentou-se à mesa reservada para eles. Quando Norton a viu, foi ao encontro dela e se cumprimentaram com um beijo leve no rosto. Ele queria conversar, mas estava na hora de começar. Durante toda primeira hora os olhares dos dois não se descolaram; ele, da bateria em cima do palco; e ela embaixo, na mesa.

No intervalo, Lilian disse para ele ir lá conversar com ela, ele tomou coragem e foi. Quando se sentou ao seu lado, Lilian e Josh foram conversar do lado de fora, ela então sorriu, e ele também. Conversaram um pouco durante os quinze minutos do intervalo e, quando Norton se levantou, ela lhe deu um beijo na boca. Seu sorriso e sua carinha meiga voltaram, Lilian ficou com os olhos cheios de lágrimas.

No final da noite, os dois entraram em um táxi, e Norton a deixou em casa, ela estava radiante, a vida havia lhe dado uma nova oportunidade. Nos dias seguintes, reataram o namoro. Ela passava muito tempo na casa de Norton, e ele sempre a levava em casa, fosse de bicicleta, a pé ou de táxi. Era um namoro muito bonito. Com o aconselhamento de sua amiga, ela começou a trabalhar em sua terapia uma forma de contar tudo para Norton antes de terem sua primeira relação, o que era um pesadelo para ela, pois não sabia como ele reagiria.

Norton e Josh ficaram impressionados com a morte de Michel, mais ainda quando viram seu histórico nos jornais, eles não acreditavam que ele, bobão, fosse um monstro.

Na mesma direção, o namoro de Josh e Lilian se consolidava, eles estavam sempre juntos, um completava o outro. De vez em quando se tocavam, mas sempre preservando a pureza de Lilian.

Em um sábado, após tocarem no Campo de Marte, Josh lhe disse:

— Sabe, eu queria sair para jantar com você hoje.

— Isso sempre fazemos; por mim, tranquilo.

— Não, eu queria que fosse diferente.

— Como assim diferente? — Ela pensou no que poderia ser diferente.

— Eu quero que você coloque seu vestido mais lindo, pois vou te levar a um lugar especial, algo diferente do que fazemos sempre.

— Uhm, gostei. Me encontre às sete horas, pode ser?

— Claro, tenho certeza que você vai adorar — disse ele todo sorridente.

Ela ficou com os olhos brilhando e passou a tarde toda no salão de beleza, fez limpeza de pele, unhas, hidratou o cabelo e fez um penteado todo especial. No final, aproveitou para a maquiarem também. Quando chegou a casa, tomou um banho só com a ducha higiênica, para não estragar a maquiagem. Colocou um vestido branco lindo, comprido até os pés, com um decote generoso, um sapato também branco e uma corrente de ouro combinando com um bracelete que usava no braço direito. Seu cabelo estava solto, todo umedecido e bem esvoaçante.

Quando desceu, Josh estava com um lindo terno preto, uma camisa rosa e uma gravata azul-marinho, esperando-a. Ficou maravilhado ao vê-la descer as escadas, ela era só sorrisos. Roberto, que lia o jornal, parou e ficou admirando a cena, era de cinema. Ao se aproximar dos últimos degraus, Josh lhe deu a mão e a conduziu, eles se despediram de Roberto e entraram no carro de Pierre, que os levou até o restaurante African Tigers, na Boulevard de La Madeleine, ela ficou deslumbrada com o local.

Na entrada, uma cascata enorme dava um toque todo mágico ao lugar, e uma escada de mármore rosa de cinco degraus longos os conduzia até a recepção, onde dois tigres de pedra, um de cada lado da entrada, pareciam recebê-los. Foram conduzidos à sua mesa, que era a primeira bem em frente à pista de dança; ao fundo, um pequeno quarteto tocava jazz.

Josh pediu um vinho branco frisante e duas águas com gás, depois um carpaccio de filé mignon, e deixaram para pedir o prato principal mais tarde. Logo tirou-a "sentindo-se maravilhosa" para dançar. Ele, como bom filho de diplomata, dançava muito bem, e ela ficou admirada, não conhecia esse seu lado.

A noite era uma criança animada, sentaram-se para saborear o carpaccio e o vinho, e ela olhou para ele decepcionada:

— Josh, tem algo na minha taça.

Ele sorriu.

— Olhe direito, o que acha que é?

Ela tirou o vinho em um copo de água e virou a taça, então caiu um anel. Seus olhos brilharam, um violinista se aproximou e começou a tocar para os dois.

— Nós somos muito jovens para pensar em casamento, mas eu amo tanto você, que me sentiria honrado se você aceitasse esse anel de compromisso, provando que também me ama o suficiente para darmos mais esse passo.

Ele pegou o anel e o segurou. Ela começou a chorar e sorrir, não acreditava que aquilo estava acontecendo.

— Josh, eu aceito de todo meu coração e com todo meu amor.

Ele colocou o anel no dedo anelar direito dela, eles se levantaram e se entregaram a um verdadeiro beijo de cinema, o restaurante inteiro aplaudiu, os dois não se cabiam em felicidade e emoção, além de ficarem assustados com os aplausos. Ela o beijou novamente, então, aos sorrisos e trocando muitos carinhos, fizeram o pedido e jantaram de maneira romântica. Ao final, ela olhou para ele e disse:

— Nós podíamos dormir fora hoje, o que acha?

— Acho que seria agradável, eu reservei a suíte nupcial do Le Moulin.

Ela sorriu, surpresa com seu noivo tão precavido.

Deram os braços, entraram em um táxi, ela acomodou-se em seu peito e ele a acariciava com a delicadeza de quem toca uma rosa. Logo chegaram ao destino, desceram sob o olhar contemplativo dos funcionários do hotel e subiram pelo elevador. Josh a pegou no colo no meio do corredor e entrou com ela na suíte, colocando-a sobre um enorme sofá; ela retribuiu, beijando-o muito.

A suíte era espetacular, com tudo branco e uma antessala grande, com uma mesa para duas pessoas com frutas, duas garrafas de vinho, água em garrafas personalizadas e uma tábua de frios. Ao fundo, uma cama enorme, toda decorada com animais e corações feitos com toalhas. Ao lado da cama, muitos preservativos e um tubo de gel lubrificante foram notados.

Ele a abraçou e a conduziu até a cama. Ela ficou em silêncio, com o rosto sério, então ele foi beijando lentamente sua boca e descendo a boca pelo pescoço e pelos ombros. Abriu o fecho ecler do vestido e foi descendo-o bem devagar. O corpo perfeito dela foi surgindo em um jogo de lingeries especial que ela já havia reservado para esse momento, ela então começou a soltar sua gravata, abriu sua camisa e foi acariciando seu peito. Josh a colocou de frente para ele, tirando sua calcinha. Ela abriu um preservativo e, com a boca, colocou-o em seu pênis e deitou-se. Ele continuou a beijá-la e colocou seu membro em sua vulva com muito cuidado. Ela gemeu, aquilo a fez delirar. Ele olhou para ela e disse:

— Se doer, me fale, que eu paro. — Ela sorriu e consentiu com a cabeça.

Ele introduziu bem devagar, ela sentiu uma dorzinha. Ele, preocupado, não continuou, mas não tirou. Ela sorriu e disse: "entre, eu suporto", então ele começou a entrar e sair, a cada entrada ia um pouco mais, os olhos dela soltavam lágrimas. De repente, ele entrou com muita facilidade, e ela gemeu. Em um vai e vem alucinante, ambos chegaram ao prazer. Ele tirou com todo o cuidado, tinha um pouco de sangue, tirou o preservativo e jogou-o no lixo, pegou uma toalha molhada e a limpou, massageando-a. Ela começou a chorar, ele se assustou:

— Nossa, foi ruim? Você está com dor?

— Não, foi bom, maravilhoso! Você conseguiu me dar tudo o que eu havia sonhado, eu te amo, te amo muito!

Ele então chorou também e a abraçou em um beijo longo e demorado. Depois os dois adormeceram por uma meia hora, ela se levantou e tomou um banho.

Ele sentou-se à mesa e logo ela o acompanhou. Estavam nus, beliscaram um pouco as guloseimas e conversaram, ela estava mais que realizada. Alguns minutos depois, ajoelhou-se no chão, de frente para ele, e, pegando seu pênis na mão, colocou-o em sua boca. Ele ficou nas nuvens, ela o fez enrijecer em segundos, olhou para ele com cara de safada e disse:

— Me come de novo, gostoso!

Ele pegou-a do chão, colocou-a de quatro na cama e perguntou:

— Está tudo bem? Você não está com dor?

— Estou um pouco, ali tem um gel lubrificante, passe um pouco antes, eu sou forte — e sorriu, novamente com um sorriso de desejo. Ele passou o gel e penetrou-a de quatro. Se a primeira tinha sido boa, essa foi espetacular, ele demorou mais, e ela soltava seus gemidos sem medo. Depois de uns dez minutos que pareciam horas, os dois se deitaram abraçados e exaustos, ela não conseguia esconder a satisfação. Encaixada de costas para ele, sentia-se aquecida, e em segundos adormeceram. Ali pelas três horas, fizeram de novo, e de manhã, após o café. O café foi puro romance.

Voltaram para casa somente após o almoço, pois Josh ainda a levou para almoçar em uma churrascaria brasileira perto do Louvre. Os dois viveram o melhor final de semana de suas vidas até ali e foram para casa muito felizes, ele a conduziu até o quarto, despediu-se, e ela entrou adormecendo por toda a tarde; ele fez o mesmo, foi para seu quarto e se jogou na cama. Ela não conseguia pensar em mais nada: *Como ele conseguiu fazer de meus primeiros momentos como mulher algo tão especial?* Era a realização de seus sonhos, em um verdadeiro conto de fadas.

CAPÍTULO 27

VIDA, PISA DEVAGAR!

A segunda-feira começou como de costume, às quatro horas da manhã, Josh passa no quarto de Lilian, ela o abraça na porta e entrega o primeiro beijo do dia. Os dois saem para a academia. Quando voltam, tomam café e depois vão juntos no carro de Pierre, ele para a politécnica e ela para a faculdade de artes. Voltam perto das seis horas. Às quartas à noite, ensaiam; na quinta, tocam no Rei do Bacalhau; no sábado de manhã, tocam no Campo de Marte e depois, quando não estudam à tarde, saem para se curtir, seja em pequenas viagens ou mesmo passeando por Paris.

A vida deles era assim, muito carinho, muito amor e muita diversão, Lilian amava tudo isso, e ainda havia as visitas que um fazia ao outro durante as noites. Ele sempre levava preservativos, tomando todos os cuidados com ela. Até suas notas na politécnica melhoraram muito.

Em junho do ano seguinte, em uma sexta-feira, durante o café da manhã, estavam os três sentados à mesa, e Roberto tinha uma notícia não muito boa para dar-lhes:

— Eu preciso dar uma notícia que pode mexer, e muito, com a vida de vocês.

— A última vez que o senhor falou assim nós viemos parar aqui.

Lilian sentiu um frio na barriga. A vida era muito gostosa como estava, e ela não queria que nada mudasse.

— É, mas agora é diferente, eu estou me transferindo para a ONU. Serei agente conciliador e terei que me deslocar de tempos em tempos de moradia, isso é muito bom para minha carreira diplomática, mas você precisa começar a se virar sozinho; aliás, isso serve para você também, Lilian.

— Bom, o senhor quer é ir comer a embaixadora no país dela, não é isso?

— Eu não admito que você fale assim comigo, sou seu pai.

— Qual é sua primeira missão diplomática pela ONU?

Roberto ficou irritadíssimo com a pergunta.

— Paquistão, por quê? — Olhava sério para Josh.

— Não disse? Justamente o país dela. O senhor me faz rir, mas, se é isso que deseja, o senhor é quem manda.

— Olha, eu me viro de boa, não precisam se preocupar comigo, e acho que o senhor deve se preocupar com sua vida, Josh já é um homem — disse Lilian.

— E você já é uma mulher. Adoro você, menina, e não quero deixar de fazer parte de sua vida.

— Eu vou para a faculdade. Quando seremos despejados? Ou vai inventar de me levar?

— Como faltam dois anos para você se formar, e como você não está sozinho, acho melhor você permanecer aqui em Paris, lá tudo é diferente e seria muito difícil para vocês se adaptarem.

— Bom, eu vou conversar com a Lilian sobre isso — disse Josh, saindo possesso da vida.

— Quando o senhor estará viajando, Sr. Roberto?

— Em quinze dias, o que você acha? Esta casa é grande demais para vocês cuidarem, acho que poderiam procurar um pensionato, pois é mais prático, eu arco com todas as despesas.

— Não precisa se preocupar com isso, apenas com a faculdade de Josh. Nós temos renda para viver bem aqui, e podemos até trabalhar mais.

— Fico orgulhoso ao saber disso, mas preciso que vocês dois venham comigo à apresentação ao governo do Paquistão, pois assim terão o passaporte diplomático e poderão ir até lá se necessário. Converse com ele e, por favor, convença-o, serão dois dias no máximo.

— Olha, eu não irei ao Paquistão e não desejo fazer nem visitas, acredito que o senhor saiba meus motivos, mas vou tentar convencê-lo, logo ele se acalma.

— Outra coisa, conte a verdade para ele. Viver esse amor tão lindo que vocês têm um pelo outro alicerçado em uma mentira não é nada bom. Ele te ama o suficiente e só deixará de amar se souber disso por outra pessoa.

Ela deixou uma lágrima cair e sorriu com certa tristeza.

No caminho, Josh soltava fogo pelas ventas e dizia odiar seu pai. Ela, sentada ao seu lado, disse:

— Ele participa tão pouco de sua vida, tem semanas que vocês não fazem uma refeição juntos, por que você não foca nossa vida aqui? Vamos nos organizar, vá com ele à apresentação; assim, se algo ocorrer de errado, você poderá entrar com facilidade num país muito rígido nesse sentido.

— Você tem razão. E tem alguma ideia do que faremos?

— Vamos alugar um apartamento de dois quartos e montar uma casinha para nós. Eu adoro meu curso, você está adorando o seu, nossa vida aqui é tão boa, a cidade é maravilhosa. Quando nos formarmos, pensamos no que fazer. O que acha?

— Sabe, eu adorei sua ideia. Você tem razão, temos de seguir em frente, linda, eu te amo!

— Eu também te amo! — Ela, então, cochichou em seu ouvido: — Uhm! Você me comeu tão gostoso ontem. — Ele ficou todo orgulhoso e a beijou longamente. Logo chegaram aos seus destinos.

À noite os dois estavam no quarto de Lilian e começaram a pesquisar, em um jornal de classificados, apartamentos que ficassem a meio caminho dos cursos dos dois, embora em toda região metropolitana de Paris houvesse uma estação de metrô a cinco minutos no máximo. Selecionaram cinco ofertas que pareciam ser as mais interessantes. No dia seguinte, aproveitariam o final da tarde para conhecerem. Josh a pegou na porta da faculdade às cinco horas, e lá foram eles procurar sua casinha.

Conseguiram visitar três, dois eram muito pequenos e cheiravam a mofo, mas o terceiro, na Rua Saint James, n° 57, os deixou apaixonados, tinha uma varanda enorme. Como era fim de tarde, o sol entrava iluminando tudo, eram três quartos grandes, uma sala interligada à cozinha sem paredes e um banheiro clássico com uma banheira maravilhosa na cor rosa. A rua parecia tranquila, toda residencial e muito arborizada. A cem metros do apartamento havia uma estação do metrô e uma academia da mesma rede que frequentavam a duzentos metros, tudo parecia perfeito, porém o aluguel era de mil e quinhentos dólares, isso era muito pesado.

Na hora do jantar, comentaram com Roberto, que gostou da escolha, queria o melhor para os dois, e pediu para eles o endereço, pois o aluguel teria que ser em seu nome, ninguém alugaria para dois estudantes sem comprovação de renda. Na quarta-feira de manhã, no café, Roberto, muito sorridente, lhes disse:

— Esta aqui é a chave do apartamento, eu consegui um bom desconto e o aluguel está pago por dois anos.

Eles se revoltaram no início, pois queriam pagar seu aluguel, mas Roberto os acalmou:

— Vocês têm muita vida pela frente. Gastem seu dinheiro investindo em seu futuro, esse é apenas um pequeno investimento que faço em vocês, eu fui ver o apartamento, é muito bom, já está mobiliado, e eu gostaria muito que levassem o piano que era da mãe de Josh com vocês.

Os dois concordaram sem nenhuma ressalva, agora era cuidar dos detalhes, e foi isso que foram fazendo nos dias seguintes. A dois dias do embarque, já moravam no apto, onde cada um deles ocupou um quarto e no terceiro montaram um estúdio de música. Lilian, sentada ao lado dele na varanda, começou a resolver seu maior drama:

— Josh, preciso lhe contar algo muito importante. — Seus olhos lacrimejaram, enquanto comia um pedaço de pizza com as mãos.

Ele achou estranho e ficou apreensivo.

— Pode falar, mas não precisa chorar, pois eu sou forte.

— Josh, eu não sou sua prima nem sou de sua família. — E desabou a chorar.

Ele a abraçou e disse:

— Minha prima Lilian morreu aos dez anos em um acidente de carro, eu sabia disso, meu pai não atentou a isso. Quando ela morreu, foi minha mãe que me contou, e só o fez porque uma vez realmente brincamos na casa de Brasília, mas eu nem me lembrava disso.

— Estou surpresa. Por que nunca me falou disso?

— No início, achei que você fosse uma prostituta, contratada por meu pai, pois esperava uma criança, mas entrou no meu quarto um mulherão, me desculpe por pensar assim! Quando apertou meu pau, então, fiquei mais certo.

— Meu Deus, não acredito!

— Mas quando vi você tocando piano, fui me afeiçoando e, com o passar dos dias, minha opinião mudou a seu respeito, não poderia perder você e não importava mais saber de onde veio e por que viera à minha casa.

— E não questionou seu pai sobre isso?

— Não, ele não me responderia com sinceridade. Quando o Arthur esteve aqui, conversei com ele, e foi muito bom.

— O Arthur lhe contou tudo?

— Não, ele me disse apenas que você era aquele ser de luz que eu conheci aqui e que tudo o que eu precisava saber era isso, pois o passado não define o que uma pessoa é, nem quem ela será no futuro. Me disse que, antes de eu te conhecer, eu era um cachorro vira-latas cheirando à maconha, e depois eu me tornei um homem elegante e refinado, que esse amor todo era o que importava. E que um dia você estaria pronta para me falar de sua vida.

Ela chorava muito e começou, gaguejando:

— Eu perdi meus pais com cinco anos e fui criada num orfanato, lá estudei muito e aprendi música, dança e interpretação, além de outras coisas. Aos dez anos, fui levada para um colégio interno, onde dei sequência aos meus estudos e também comecei a desfilar e interpretar, foram anos muito bons. — Seu rosto começava a se tranquilizar. — Eu sempre fui chamada de precoce; na realidade, minha idade real é de cinco anos a menos, ela foi alterada para justificar a formação do segundo grau. Lá as meninas saem no máximo aos catorze anos, então com treze, acredito que foi o Arthur que teve a ideia de que seria muito bom para seu pai e para você que eu viesse para cá, e me enviaram, tudo combinado com seu pai, que estava muito preocupado com você. Por outro lado, eu não tinha muito mais a acrescentar onde estava, e aqui conseguiram me matricular na faculdade de artes, que era exatamente o que eu desejava.

— Você tinha só treze anos quando chegou?

— Sim, apenas treze anos, por quê?

— Era uma mulher-feita? Como isso é possível?

— Desde os sete anos faço muitas atividades físicas, e isso me fez desenvolver muito. Mas, por dentro, continuei sendo uma criança, você me fez mulher, é o único homem que beijei. — Ele abraçou-a e beijou-a muito, ela parou de chorar.

— Sua história é linda, e a história que vivemos aqui é ainda mais linda. Nada mudará entre nós, apenas meu carinho por você, que agora é maior.

Acabaram de comer a pizza e entraram, ela foi para o quarto e adormeceu, contar sua história era muito pesado, e precisava se reconectar com o presente. Ele abriu uma garrafa de vinho e ficou bebendo na varanda, só foi dormir depois da meia-noite.

Enfim, chegou o dia. Josh e Roberto iriam a Islamabade, a capital do Paquistão. Roberto chegou com um carro oficial da ONU para pegar Josh, Lilian desceu com ele até o carro e abraçou Roberto, que, como ela, chorou. Josh abraçou-a, sorrindo. Ela então se aproximou de seu ouvido e disse:

— Promete que vai usar sua varinha só para mijar em Islamabade?

Ele sorriu:

— Prometo, palhacinha! — E deu um beijo mais carinhoso nela. — Devo voltar em menos de uma semana.

O carro saiu, ela subiu, mas começou a sentir uma angústia, um enorme aperto no coração, não conseguia respirar direito e preferiu se deitar mais um pouco antes de ir à faculdade.

O avião saiu precisamente às dez horas do Aeroporto Charles De Gaulle, eles viajavam na classe executiva, e ali era tudo muito requintado. Os assentos eram grandes e reclináveis, e dava para tirar um bom cochilo, era uma viagem de quase dez horas sem escalas. Josh ficou de olhos muito abertos, pensando na vida e em tudo que aconteceu e estava acontecendo. Seu pai dormia confortavelmente.

Quando o avião sobrevoou a Romênia, algo aconteceu de diferente, houve um estouro forte e ele começou a balançar. Nesse instante, o piloto fez um anúncio:

— Senhores passageiros, estamos com um pequeno problema em uma das turbinas, por isso teremos que fazer um pouso de emergência. É necessário que voltem seus assentos à posição original e coloquem seus cintos.

Roberto acordou assustado, e Josh ficou apavorado vendo as comissárias de bordo correndo para todo lado e o avião perdendo altitude.

— Pai! E agora? — perguntou, desesperado.

O pai olhou para ele e disse:

— Estamos caindo, ele terá que nos jogar na água, não há outra possibilidade.

— Pai? Vamos morrer?

— Filho, eu te amo, segure minha mão, é a única coisa que podemos fazer. — Ambos choravam desesperadamente.

Como Roberto disse, ele jogou o avião em direção ao Mar Negro, a comunicação interna ficou muda, os controles do avião deixaram de operar, e a outra turbina também parou. O avião foi perdendo altitude e caindo em queda livre, os sistemas de ar pararam de funcionar e, mesmo com as máscaras, a descompressão matou mais da metade dos oitenta e sete passageiros. O choque com as águas geladas do Mar Negro se encarregou de não deixar nenhum sobrevivente. A notícia do acidente ganhou repercussão mundial.

Lilian foi para a faculdade somente após o almoço e não tinha o hábito de ver televisão. Na faculdade não havia nenhuma divulgação do acidente.

Na saída da aula, ela reconheceu Arthur ao lado de um táxi, a esperando. Ficou apreensiva, mas ele devia estar de passagem. Ele a abraçou, e ela sentiu que estava tenso.

— Oi, minha linda, tudo bem?

— Tudo, Arthur, mas que surpresa é essa?

— Eu estava em Mônaco e resolvi dar uma passada por aqui. Nós precisamos conversar!

Ela sentiu que algo estava errado. Ele não falou muito durante o percurso, mas o taxista ouvia notícias do acidente no rádio do táxi, e Arthur pediu para ele desligar. Ela começou a chorar desesperadamente, logo ligando os fatos e a reação de Arthur. Eles desceram em frente ao prédio em que ela morava e subiram rápido as escadas, era no terceiro andar. Ao entrarem, Arthur colocou uísque em dois copos, sem gelo, e deu um para ela.

— É o avião deles? É o avião deles? Me responde! — Nisso ela virou o copo de uísque.

— Sim, é o avião deles, ele caiu no Mar Negro e não há sobreviventes.

Ela desabou, não conseguia nem respirar direito, Arthur abraçou-a e colocou-a deitada no sofá. Ela não conseguia se controlar, sentia-se da mesma forma que se sentiu na morte de seus pais, era muita tristeza, ele não conseguia segurar suas lágrimas. A dor daquela menina era forte demais; na cabeça dele, aquilo era demais. Por que ela tinha de passar por isso de novo? Ela não merecia, Josh não merecia, a vida não pegava leve com ela, e ele ali, no meio de tudo, por coincidência, pois deveria ter embarcado para o Brasil há dois dias, quando mudou e foi conhecer um cassino em Mônaco. Ela chorando adormeceu.

Ali pelas sete horas ela acordou, e Arthur estava sentado à sua frente. Ela olhou para ele e disse:

— Eu vou tomar um banho rápido, você pode me levar ao Rei do Bacalhau?

— Sim, claro que posso. — Era estranho, ele não entendeu, mas esperou.

Ela tomou o banho, colocou um vestido de noite preto, tirou o anel que Josh lhe deu e colocou sobre a mesa de cabeceira. Usava salto alto e se maquiou escondendo as olheiras de choro. Ao sair, ficou impressionado com sua produção, então se lembrou de que era quinta-feira, mas achou impossível ela ir cantar. Os dois desceram, entraram em um táxi e foram para o restaurante.

Quando chegaram, Norton logo lhe perguntou se não era o voo de Josh que havia caído, ela respondeu simplesmente:

— Vamos fazer nosso trabalho e depois conversamos.

Ele ficou alguns segundos ali imóvel e foi para a bateria. Arthur sentou-se à mesa onde estava Sophia e os pais de Norton, ali começaram a conversar, até que o assunto foi o acidente. Então,

Arthur contou que Josh e seu pai estavam no voo. Todos ficaram perplexos e entenderam o sentimento que ela colocou no show daquela noite.

Ela mudou o repertório, começou a cantar músicas tristes e carregadas de sentimento; era visível sua tristeza e sua tentativa de esconder a dor. Quando Arthur foi ao banheiro, Manoel, o proprietário, o seguiu e o abordou:

— Por que ela está assim? Eles terminaram o namoro? Pois ele não veio hoje.

— Foi pior, Manoel. Sabe o avião que caiu perto do meio-dia no Mar Negro?

— Sim, o que tem?

— O Josh e o pai dele estavam naquele voo.

— Meu Deus, e como ela ainda veio hoje?

— Olha, ela é uma guerreira e está tentando continuar sua vida, a música é sua maior paixão, mas está sofrendo demais.

— Vou dispensá-los, então.

— Não, deixe-a em seu tempo. Se ela quer fazer isso, deixe, é melhor, pois está muito triste, e ir para casa será pior. — Manoel consentiu com a cabeça. E o show continuou.

Ela encerrou chorando muito, cantando Coração selvagem[13], uma música que ela amava e era como o tema de Josh. Quando chegou à frase "Vida, pisa devagar", começou a repetir inúmeras vezes, depois continuou, foi algo muito forte e muito pesado. Os clientes ficaram impressionados, era a primeira vez que ela cantava por três horas sem parar e com uma emoção tão forte e triste.

Quando terminou, todos a abraçaram, e ela não parava de chorar. Sentou-se à mesa, beliscou alguns pedaços de carne com um pouco de salada e pediu para Arthur levá-la embora, olhou para Norton e disse:

— No sábado te vejo no Campo de Marte.

Ele sentiu uma tristeza profunda e a abraçou, dando-lhe um beijo no rosto. Sophia pediu para ir com ela para lhe fazer

---

[13] CORAÇÃO selvagem. Intérprete: Belchior. [*S. l.: s. n.*], 1977. Disponível em: https://www.youtube. com/watch?v=fVNUe4np2SM. Acesso em: 6 jan. 2025.

companhia, disse que sua mãe e Pierre tinham ligado há pouco. Arthur levou as duas e as deixou no apartamento de Lilian, disse que dormiria no Le Moulin, mas ficaria ali por uns dias.

Elas subiram. Lilian não parava de chorar, entrou no quarto de Josh e revirou as gavetas até achar um pacotinho de maconha. Enrolou um cigarro, sentou-se na varanda com a lua cheia iluminando o céu, e ali o acendeu. Sophia nunca tinha experimentado e fumou um pouco, achou diferente. A droga foi relaxando Lilian e, depois de uma hora de muita tristeza, elas começaram a conversar, e ela contou para Sophia a história do primeiro beijo, da primeira noite de amor, de como ele tinha sido carinhoso e respeitoso, do tanto que eles transavam e dos cuidados dele, sempre comprando gel e preservativos para que ela ficasse sempre protegida. Contou que ele também era virgem e que a primeira noite dos dois fora maravilhosa.

Sophia começou a falar de Norton e de seu primeiro beijo, que também foi no alto da torre, de como ela sofreu na primeira relação e que Norton a conduziu até que ela conseguisse superar o trauma. Disse ter contado tudo para ele, e que ele deu graças a Deus de alguém ter matado Michel, pois senão ele o faria. Mas tornou-se ainda mais carinhoso com ela depois disso.

Eram duas grandes amigas. Lilian enrolou outro cigarro, e ali ficaram até umas três horas da manhã. Sophia foi dormir, ela logo se trocou e foi para a academia, precisava extravasar aquela energia, superar tudo aquilo. Quando voltou, Sophia havia montado o café. Ela disse para Sophia que podia ir para seu curso, que ela iria para a faculdade e podia ficar tranquila. E assim as duas seguiram a vida que não pisava devagar.

Josh e Roberto tiveram um velório simbólico em Brasília, onde dois caixões vazios foram incinerados, com todas as honras que o Itamaraty poderia oferecer e com a presença do presidente da República e de todos os seus ministros, um representante da ONU e vários embaixadores de outros países.

CAPÍTULO 28

MEUS DIAS DE BARCELONA

Na sexta-feira, Lilian foi normalmente à faculdade, ninguém ali fazia ideia de que seu namorado havia morrido no acidente aéreo no Mar Negro, o que, para ela, foi um alívio. Quando saiu da faculdade, Arthur a aguardava, e ela ficou muito feliz em ver um rosto amigo, pois estava arrasada; mesmo tendo segurado a barra durante as aulas, agora precisava sair um pouco e fazer algo para ocupar a mente.

— Oi, linda, você está melhor? — ele sorriu. Ela, sorrindo de forma forçada, lhe respondeu:

— Sinceramente não, mas tenho que seguir em frente, estou feliz em ver você.

— Eu estou também muito abatido com a perda de meus grandes amigos, mas, assim como você, também tenho de seguir em frente. Entre, vamos conversar um pouco.

Ela entrou no táxi e começaram a conversar, até que pararam em um café perto do apartamento dela.

Ela sentou-se à última mesa, pois tinha medo de chorar e chamar a atenção, ele sentou-se à sua frente, estava todo alinhado com um terno rosa, muito bem alisado e um chapéu marrom aveludado na cabeça. Ele pediu um chocolate com conhaque e dois croissants, na França o croissant é sempre sem recheio, e ele adorava comer com geleia de amora; ela pediu um cappuccino gelado e um brownie de chocolate. Ficaram por mais de uma hora ali, ele habilmente falou de arte, viagens e coisas que fariam bem a ela, inclusive citou uma boa escola de artes cênicas em São Francisco. Ela adorou saber. Depois, ele seguiu por outro assunto:

— Você tem saudade de alguém em especial?

— Tenho muita saudade das meninas, e gostaria muito de saber delas.

— Bom, Débora e Flávia foram morar e trabalhar numa boate em Nova Aliança, chamada Apple, a boate é administrada por uma grande amiga minha chamada Gláucia. É uma casa de entretenimento adulto. — Ela ficou com os olhos cheios de lágrimas, triste pelas amigas. — Débora teve uma história curiosa, ela foi trabalhar na boate, mas não como garota de programa, e sim no bar. Gláucia ficou preocupada com o jeito meigo dela. Ela conheceu ali o gerente do Banco do Brasil, ele era solteiro, e eles começaram a conversar muito nas noites em que ele aparecia por lá, que aos poucos foram aumentando. Um dia, ela pediu uma folga num final de semana, eles foram para a praia juntos e, quando voltaram, eram namorados. Ela continuou ali mais uns meses, mas logo eles se casaram e ela foi com ele para Pernambuco, para uma cidadezinha próxima a Recife, para onde ele foi transferido, lá é perto de onde a família dele mora.

— Nossa, a história começa triste, mas termina bonita. E ela é tão nova ainda.

— A Flávia curtiu ser garota de programa, adorou seu "leilão", que foi recorde, quase dez mil reais. O rapaz que ganhou chegou até a pedi-la em casamento, mas ela adora aquela vida, faz o maior sucesso com seus seios avantajados. A Gláucia me disse que ela é muito inteligente e consegue guardar e investir muito bem seu dinheiro, pretende investir em seu futuro.

— Ela se orgulhava muito de seus seios, e nós ficávamos arrasadas, porque queríamos ter seios iguais — deu uma risada gostosa. — Mas e a Angélica?

— A Angélica está estudando em uma faculdade de Música em Barcelona. Ela mora em um pensionato, é muito querida lá e canta numa banda formada por latinos que toca todas as sextas, sábados e domingos num restaurante mexicano, próximo à orla de Barcelona, eu a vi cantar algumas vezes, parece muito feliz lá.

— Nossa, ela está bem pertinho daqui.

— Sim, se quiser, posso te levar lá, o que acha?

— Eu adoraria, mas é pouco tempo.

— Bom, que tal você se organizar? Eu consigo um voo noturno e na madrugada estaremos em Barcelona.

— Tem certeza?

— Claro que tenho, apenas se organize e eu te pego em uma hora. — Ela sorriu de orelha a orelha. Ele pagou a conta, a levou em casa e foi cuidar dos detalhes. Ela ligou para o Norton, para avisar que não cantaria naquele final de semana. Ele entendeu que ela precisava de um tempo para se recuperar.

Pontualmente Arthur retornou em uma hora. Ela entrou no carro, vestida de forma casual, mas muito elegante, com um conjuntinho de saia e blusa creme e saltos altos, com os cabelos presos e uma mala pequena de rodinhas. Como o voo sairia apenas a uma hora da manhã, ele a convidou para jantar. Então, foram a uma casa de espetáculos bem no centro de Paris, a casa ficava próxima ao Moulin Rouge. Ela achou estranho, mas ele lhe garantiu que era apenas arte.

Lilian amou o lugar, tudo muito bem decorado, mas sempre com um olhar artístico para o corpo feminino. Ela achou o máximo os dois espetáculos musicais a que assistiram, as garçonetes vestidas todas com pouca roupa e muito sensuais, e a comida muito boa, além de alguns drinks exóticos. Era algo estranho, pareciam estar em uma casa de diversão masculina, mas a maioria dos clientes era de casais todos vestidos elegantemente, homens de terno e mulheres impecáveis em vestidos de noite.

Às dez e meia horas, os dois saíram, para não perderem o horário de check-in. No caminho para o Charles De Gaulle, Arthur contou a Lilian que a boate Apple, em Nova Aliança, fora inspirada nessas casas de Paris. Depois de duas horas no aeroporto, embarcaram para Barcelona. No avião, adormeceram logo e só acordaram nos procedimentos de aterrissagem.

Arthur já havia reservado dois apartamentos em um hotel cinco estrelas na orla de Barcelona, bem de frente à praia. Lilian ficou apaixonada pelo visual da orla. O check-in foi muito rápido, pois Arthur já era cliente VIP do hotel. Subiram rápido para seus apartamentos, eram muito bem decorados, com uma antessala e uma cama enorme, ela adorou. Combinaram de caminhar na praia às nove da manhã, após o café. Ambos, exaustos, adormeceram logo. Ela começava a superar a dor daqueles dias e pensava muito pouco no passado.

Lilian acordou pouco antes das sete e aproveitou para ir à academia do hotel malhar. De seu namoro com Josh, esse foi um dos legados, ela amava malhar e sentia que seu corpo pedia, sentia que descarregava suas energias acumuladas ali. Depois de uma hora e meia, subiu para seu banho relaxante, colocou um biquíni e por cima um vestido bem leve, curto, que não chegava à metade das coxas. Usava os cabelos presos e um sapatênis nos pés, se iam caminhar, seria ideal, mas com aquele mar em frente, o biquíni era de bom-tom.

Arthur a aguardava sentado tranquilamente, lendo um jornal da Catalunha. Ele, muito esportivo, era um homem que não aparentava sua idade, no máximo cinquenta e cinco anos. Ela o beijou no rosto e, assim que se sentou, viu Angélica se aproximar, nem acreditou. Abraçaram-se e até choraram de emoção. Eram realmente muito ligadas. Assim que os três se acomodaram, as duas começaram a conversar muito. Ela estava mais alta, mais encorpada, típica mulata brasileira, usava um vestido de tecido rústico em que se notava o biquíni por baixo, afinal era verão na Europa. Conversaram muito até colocarem suas histórias em dia.

Arthur discretamente se levantou, sentou-se ao lado de uma moça loira em uma mesa próxima e começou a socializar. Ela era dinamarquesa e estava esperando seus pais, que moravam ali perto, chegarem. Arthur não perdeu a oportunidade de convidá-la para caminhar com eles e, assim, os quatro saíram em um passeio muito agradável pela orla. Tudo era motivo para boas fotos. Depois de quase uma hora de passeio, voltaram de táxi ao hotel, a moça foi se trocar e os três desceram para a praia.

Os garçons de um quiosque próximo abriram um guarda-sol maior, que atendia os quatro, colocaram mesa e cadeiras de praia e as espreguiçadeiras. Angélica e Lilian foram se banhar, mas Lilian se assustou com a temperatura gelada das águas do Mediterrâneo. Logo voltaram e se deitaram nas espreguiçadeiras para pegar um bronzeado.

Em um momento de mais intimidade, Lilian contou para Angélica detalhes de seu romance com Josh e de como ele morreu. Chorou muito, e a amiga não sabia o que fazer para consolá-la, mas era preciso chorar. Aproveitou para elogiar o bom amigo Arthur. Angélica lhe confidenciou que ele tinha com ela um carinho igual, já a havia visitado umas três vezes, saído para jantar, que ele era tudo de bom e nunca a olhara com olhos de cobiça ou fizera alguma proposta indecente. No início ela imaginou algo assim e até gostou da ideia, afinal ele era um coroa muito gato, as duas sorriram.

— Como está seu curso? — perguntou Lilian.

— Está uma delícia, mas eu me realizo mesmo cantando. Quando cheguei aqui, fiz muitos desfiles, porém achei muito sacrificante e parei.

— Está namorando alguém?

— Estou saindo com um menino da banda, mas não é nada sério, adoro o pau e o sorriso dele apenas! — Lilian ficou vermelha, então contou a história da brincadeira de quando conheceu Josh. As duas caíram na risada. — E seu curso?

— Estou amando! Arte, para mim, é tudo; além disso, canto duas vezes por semana também, adoro cantar no Campo de Marte aos sábados de manhã, tem gente do mundo inteiro assistindo e é uma energia maravilhosa, e canto também num restaurante português todas as quintas-feiras à noite.

— E o que pretende fazer quando acabar seu curso?

— Tenho algo para fazer no Brasil e depois pretendo estudar artes cênicas nos Estados Unidos, a França é minha paixão, mas a vida que havia planejado foi arrancada de mim, e eu nem pude curti-la o suficiente. — Seus olhos se encharcaram de lágrimas. Angélica a levou para um banho de mar, para acalmar seu coração.

— Se quiser, lhe apresento um amigo. Um pouco de emoção pode lhe fazer bem — disse Angélica assim que voltaram para as cadeiras onde estavam.

— Não estou preparada. Sabe, Josh foi meu primeiro e meu único homem, preciso de um tempo para retomar esse lado da minha vida.

— Olha, nos momentos mais difíceis, uma boa trepada ajuda, e muito. — E começaram a rir novamente.

— Esse colar que você usa é aquele que veio com você do orfanato?

— Sim, é ele, sempre achei que foi minha mãe quem me deu, mas não sei nada dela.

— Você já experimentou abrir essa medalha? Ela é grossa e pode ter algo dentro.

— Como assim? — Olhou indignada para Lilian, retirando o colar. Lilian pediu um canivete emprestado para um dos garçons de praia que as atendiam e abriu um pequeno lacre que ficava embaixo da medalha, nisso caiu uma chave. Angélica olhou indignada. — O que é essa chave?

— Você se lembra daquele porta-retratos que eu tinha ao lado da minha cama? Dentro dele tinha uma chave igual a essa, ela era de um cofre no Banco do Brasil de Nova Aliança.

— E você foi lá ver o que tinha dentro?

— Sim, era a herança de meus pais, encontrei quarenta mil dólares e algumas barras de ouro que ainda estão guardadas lá.

— Meu Deus, será que tem algo assim para mim lá? — Seus olhos brilharam.

— Alguma coisa tem. Poderíamos ir juntas até lá quando terminarmos os cursos aqui, o que acha?

— Eu quero ir agora! Nossa, isso pode me ajudar muito.

— E se for só uma carta? Não lhe falta nada aqui, não é melhor terminar esse ciclo?

— Vou pensar nisso! Mas estou surpresa.

Enquanto as duas conversavam, Arthur subiu para o hotel com a moça loira bem discretamente. As duas se cutucaram e riram da sutileza de seu amigo, que só retornou, e sozinho, duas horas depois.

— Onde está sua amiga, Arthur? — perguntou Lilian.

— Ela foi tomar um banho, pois seus pais e seu namorado já estão chegando. — As duas começaram a rir. Além de tudo, ele estava com o cabelo molhado e não tinha entrado no mar.

Ele as convidou para almoçar em um restaurante ali perto, em um grande quiosque. Já era mais de três horas, e lá havia música ao vivo, elas amaram. Ele não perdia o estilo, conversava sobre muitos assuntos diferentes, sempre com muito conhecimento. Em determinado momento, a conversa se tornou muito séria.

— O que pretende fazer no Brasil? — perguntou Angélica para Lilian.

— Tenho que resolver aquele problema que você já sabe. — Ela ficou muito séria, Angélica se assustou.

— Deixe isso para lá, não vai trazer nada de bom para sua vida, olhe onde está!

— Não posso, eu tenho que fazer, isso está em mim, não posso esquecer.

— Acho que não posso impedi-la, mas posso ajudá-la. O que vai fazer é muito mais difícil do que foi com aquele bobalhão do Michel — disse Arthur. Lilian se assustou.

— Como sabe disso?

— Informação é poder, e você entregou o dossiê que eu lhe dei para a imprensa, foi a jogada mais genial de toda essa história. Não entendi o motivo, mas sei que foi você — disse, enfático.

— Ele estuprou a Sophia, filha da Maria, a governanta, e minha amiga. A menina era virgem, ele quase acabou com a vida dela. — Suas lágrimas correram pelo rosto. Angélica ficou pasma.

— Bem, ele era um estudante, o alvo agora é o chefe do crime organizado da Baixada Fluminense, precisa de ajuda, de muita ajuda, e de muita coragem. Outra coisa: você precisa se preparar; tem de fazer e desaparecer rápido.

— Eu farei, mas não entendi por que me ajudaria.

— Ele precisa ser detido antes que alcance níveis maiores, é muito astuto e a cada ano fica mais poderoso. A Justiça se curva a ele, o empresariado também, e os políticos comem na mão dele. Ainda por cima, ele é um atentado à elegância e aos bons modos. — Os três riram. — Vou deixar com você um cartão do Clube de Tiro de Saint Denis, você vai se matricular lá usando meu cartão de sócio, assim não terá burocracia. Treine bastante e descarregue nos alvos todas as suas angústias. Isso será muito importante.

Ela concordou com tudo o que ele disse.

Terminado o almoço, já perto das cinco horas, Angélica se despediu e os convidou para irem vê-la cantar à noite, ela tinha de descansar e se preparar, pois sua apresentação começava às oito horas. Eles foram para o hotel, mas preferiram tomar um café na cafeteria do saguão de entrada antes.

— Você tem realmente certeza disso?

— Tenho absoluta certeza, e nada me fará desistir — disse ela, convicta.

— Bom, teremos que fazer alguns contatos e armar uma arapuca sem nenhum erro, ele tem de ser retirado de um local público, onde estará totalmente vulnerável, e se o objetivo é dar a ele uma morte mais cruel, como ele merece, é necessário ser feito por uma única pessoa. Se fosse apenas matar, seria mais fácil, embora o revide fosse evidente.

— Você consegue as informações e os contatos, eu irei ao Brasil assim que terminar meu curso, em outubro do ano que vem, isso nos dará tempo, se ele não estragar nossos planos e morrer antes — ela sorriu.

— Você às vezes me assusta! — respondeu ele. — Mas gosto de seu estilo, é muito focada em tudo.

— Eu ficarei duas semanas no máximo no Brasil, se você conseguir uma vaga para mim na escola de artes cênicas em São Francisco, eu embarco para lá e continuo minha vida.

— Sabe que tem de eliminar os braços também?

— Os três mataram meus pais, os três têm de pagar por isso.

— Eu consigo para você todas as informações e os contatos necessários, se prepare. Porém, lembre-se "Às vezes é necessário endurecer, mas nunca se pode perder a ternura". Não se consuma por isso, não deixe de "viver, beijar, cantar e amar", nunca abra mão desses itens essenciais, pois, caso isso ocorra, nada do que pretende fazer fará sentido. — Os olhos dela eram só lágrimas, então ambos subiram para seus quartos, e ele combinou de se encontrarem às oito horas no saguão.

Lilian desceu em um lindo vestido florido, azul-marinho, o destaque era o decote generoso, além de suas pernas, realçadas pelo vestido que alcançava a metade das coxas, muito bem torneadas e bronzeadas. Arthur, em um clássico blazer vinho, todo de branco por baixo, rasgou elogios ao vê-la tão exuberante com seus cabelos bem soltos. Ele deu-lhe o braço e entraram em um táxi, em menos de meia hora chegaram ao destino. O restaurante era todo rústico, de um padrão alto e todo devidamente decorado, com iluminação escura, o que tornava o ambiente muito romântico.

Angélica, que agora era Aline, usando um vestido longo rosa, com um corte na lateral, os cabelos presos e brincos enormes, era atração no palco, todos se encantavam com sua voz doce e muito aguda, ela variava um repertório de clássicos das décadas passadas e o pop rock dos anos 1990, tudo em inglês. Na pista muitos casais dançavam. Arthur fez os pedidos e saboreou com Lilian uma caipirinha de rum com amoras. Ela amou, ele aproveitou e a conduziu à pista. Ela se encantou com a facilidade dele em dançar os diferentes ritmos, dançaram por quase uma hora.

Na mesa próxima à deles, a dinamarquesa, com seu namorado, ostentava um decote surreal e, junto a seus pais, também curtia a música. Ao voltarem para a mesa, Arthur habilmente cumprimentou-os, ela ficou eufórica ao vê-lo de novo, seus olhos entregavam algo entre os dois, e a mãe dela matou a charada; o pai e o namorado nem deram bola, era só um velho quase babão.

Mais tarde, ela foi ao banheiro e encontrou Arthur no caminho. Ele a tirou para dançar e bailaram por uma hora e meia, ela ficou ainda mais estonteante na pista de dança. Enquanto o namorado bebia muito e nem deu bola para o casal, a mãe olhava com aquele olhar de quem pensava: *Aquilo, sim, é um homem.* Ela voltou para a mesa com um sorriso de orelha a orelha. Arthur sentou-se ao lado de Lilian, que não deixou passar:

— Você não tem medo de levar um tiro numa dessas?

— Nada, ela é só uma grande amiga, acha que o garotão todo malhado ali vai sentir-se ameaçado por este coroa? — E começou a rir.

Angélica chamou Lilian para cantar. Ela não via a hora de subir no palco e foi toda eufórica. Ela abriu seu repertório com *Samba do grande amor*[14], de Chico Buarque, e depois continuou cantando em português, o que encantou todos. Angélica sentou-se ao lado de Arthur para comer um pouco e aproveitar sua companhia.

— Você não está querendo comer a loira com o namorado por perto, está?

— Eu jamais faria isso, mas acho que o namorado irá dormir logo. E, pelo tanto que está bebendo, o pai dela pode até cair daquela cadeira a qualquer momento — riu.

— Arthur, você não presta! — disse ela, sorrindo. — Como a Ana está linda, não acha?

— Ela tem uma luz que poucas vezes vi, e realmente está maravilhosa.

— Eu tenho muito medo disso tudo, você não acha perigoso demais?

— Toda vez que os Estados Unidos jogam uma bomba no Oriente Médio ou em outro lugar qualquer, a explosão mata milhares de pessoas, mas os sobreviventes vivem dali para a frente exclusivamente para sua vingança, assim a guerra nunca acaba. No caso dela, isso a persegue desde o dia da morte de seu pai, ela viu os três rindo e depois conversando com sua mãe no velório, e isso ficou gravado em seu ser.

— Mas ela pode morrer tentando executar isso.

— Olha, se não a ajudarmos, as chances disso acontecer serão muito maiores. — Ela não gostava da ideia, mas ele tinha razão. — Sabe que ela não desistirá, e é melhor ajudarmos do que deixá-la fazer tudo sozinha.

Lilian mais uma vez arrasou, encerrando sua participação de quase uma hora com sua música favorita, *Coração selvagem*[15], que ela adorava cantar para o Josh, o público parou para ver sua performance e, ao final, a casa inteira aplaudiu. A dinamarquesa e

---

[14] SAMBA do grande amor. Intérprete: Chico Buarque. [*S. l.: s. n.*], 1984. Disponível em: https://www.youtube.com/watch?v=JdXxfkpNMTU. Acesso em: 7 jan. 2025.

[15] CORAÇÃO selvagem. Intérprete: Belchior. [*S. l.: s. n.*], 1977. Disponível em: https://www.youtube.com/watch?v=fVNUe4np2SM. Acesso em: 6 jan. 2025.

sua família saíram assim que Lilian voltou para sua mesa. Arthur, que já havia se despedido de Angélica, sugeriu que eles fossem para o hotel, disse que estava cansado. Ela entendeu tudo e despediu-se da amiga, agora poderiam se encontrar mais e isso seria muito bom para ambas.

Ao chegarem ao hotel, Arthur sentou-se com Lilian em uma das mesas do bar e ali conversaram, ele lhe disse que ela tinha potencial para ser uma grande cantora internacional, mas ela respondeu que ser uma cantora apenas já era a realização de seu sonho, disse que conseguia se manter na França com sobras, cantando apenas duas vezes por semana, isso era o suficiente; dez mil dólares ou um milhão de dólares, no final, serviriam para as mesmas coisas. Ele ficou impressionado com sua visão de vida.

Já eram quase duas horas da manhã quando a dinamarquesa desceu do elevador e juntou-se a eles. Ela vestia um vestido leve, amarelo, quase transparente, sem nada por baixo, ainda com o penteado da noite e muito sorridente. Lilian se despediu dos dois e foi para o quarto. Ali pelas seis horas ela acordou e resolveu malhar. Ao passar pelo pela recepção, notou os dois sentados na mesma mesa, porém haviam trocado de roupa. Ela sorriu para eles, que retribuíram, e desceu rindo para a academia, ele era muito cara de pau, imagine se o namorado dela visse os dois ali.

Depois da academia, ela aproveitou para tirar seu sono renovador e só desceu para o café perto das dez horas. Na mesa, Arthur a esperava, vestido bem esportivo, e ela levou um susto ao vê-lo ali, mas ele dormia realmente pouco. Deu-lhe um abraço apertado e um beijo no rosto.

— Como foi sua noite?

— Agradabilíssima, apenas boas companhias, muita música! — disse, com um sorriso sarcástico no rosto. — E a sua, como foi?

— Foi maravilhosa, muita diversão, boa companhia e uma cidade nova descoberta.

— O voo de volta a Paris é às quatro horas, então convidei Angélica para almoçar conosco!

— Ótimo, mas, por favor, vamos esquecer aquele assunto por hoje.

— Sim, ela convidou o namorado, e pode ser que a Dorothy nos acompanhe.

— Meu Deus! Ela é dinamarquesa e se chama Dorothy?

— Sim, a mãe dela adora o Mágico de Oz — os dois riram muito.

— Mas e o namorado?

— Ele participará de um torneio de pôquer que começa meio-dia, então não poderá acompanhá-la, ela lhe disse que sairia com o senhor da noite anterior e suas duas filhas para almoçar.

— E os pais dela? — *Será que vão almoçar com o novo genro?*, pensou.

— Eles vão embora após o café — respondeu ele, tranquilo.

— Jesus! Aonde isso vai parar?

— Em Barcelona, ora! Nada como um bom almoço, em boas companhias!

Minutos depois, Arthur viu os pais de Dorothy com ela na recepção e aproveitou para ir lá se despedir deles. A mãe dela ficou encantada com ele e, em seu ouvido, cochichou:

— Come ela direitinho, viu?

Ele sorriu e disse:

— Fique tranquila, com dois talheres.

Depois do café, Arthur e Lilian saíram para andar um pouco, estava frio e poucas pessoas aproveitavam a praia.

Perto do meio-dia, eles retornaram ao hotel, e Dorothy os aguardava no bar, estava muito elegante, em um conjunto de blusa e bermuda creme, e de salto alto. Aproveitaram para colocar as malas no táxi e foram se encontrar com Angélica e o namorado em um restaurante de frutos do mar não muito longe dali. Conversaram muito, a dinamarquesa adorou as meninas e a companhia de Arthur. O namorado de Angélica, um rapaz negro, muito bem-apessoado e muito simpático, falava português, além de espanhol e inglês. Ela se desmanchava por ele, não parecia ser um namoro sem compromisso, foi um almoço muito bom e divertido.

Ao final, Angélica e Lilian se abraçaram, não contiveram o choro e se despediram. Como as malas de Lilian e Arthur já estavam no táxi que ficou à disposição deles, passaram pelo hotel apenas para deixar Dorothy, que não resistiu e lascou um beijo longo na boca de Arthur. Ele ficou todo sem graça com o olhar de reprovação de Lilian.

Chegaram ao aeroporto em cima da hora, mas conseguiram embarcar e, assim, retornaram a Paris. Durante o voo, Lilian questionou se era possível criar uma nova identidade, ele sorriu e disse:

— Apenas me passe o nome que pretende usar, o restante eu providencio. Mas só utilize isso depois de sair do Brasil.

Ela concordou, não conseguia entender como é que ele conseguia essas coisas, e dessa vez ela ganharia até uma carteira de habilitação, sem nunca ter aprendido a dirigir.

CAPÍTULO 29

A SOLIDÃO DE PARIS

Lilian e Arthur desembarcaram em Paris por volta das nove horas. Ele, como sempre, a convidou para jantar, ela aceitou o convite e foram ao Rei do Bacalhau, afinal era um dos melhores restaurantes que ele conhecia em Paris. Ela, muito sorridente, não lembrava em nada a cantora da quinta-feira. Estava renovada e animada, ele conseguiu tirá-la de seu pior momento e trazê-la de volta à vida.

Eles conversaram muito e riram muito. Em um determinado momento, Manoel sentou-se com eles e contou sua história de muita persistência, havia fugido de Portugal para não ir à guerra em Angola e lutou muito para vencer na França. Cansados, não ficaram além das onze horas, Arthur a deixou em casa e aproveitou para se despedir, pois voltaria a Mônaco no dia seguinte. Ela lhe deu um beijo muito forte no rosto e um abraço de gratidão, ele era uma pessoa realmente diferenciada.

Sua rotina retornou com tudo na segunda-feira: academia de madrugada e faculdade até as cinco, mas depois era diferente, chegava ao apartamento e sentia-se só, muito só.

Sentou-se no piano, e começou a tocar, estava agora sentindo novamente a falta de Josh, então enrolou um cigarro de maconha e continuou fumando e tocando. Uma hora depois, sentiu fome, tomou um banho bem quente, colocou uma minissaia rosa e uma camiseta azul-clara, com um tênis de lona nos pés, e desceu as escadas. Na segunda esquina havia uma lanchonete muito movimentada.

Ao entrar, um garoto de uns vinte anos a acompanhou com os olhos. Tinha a pele bem clara, ela notou e gostou de seus olhos. Sentou-se a uma mesa ao fundo, de frente para a entrada. Ele continuou olhando-a. Ela mexeu nos cabelos, ele sorriu e se aproximou.

— Oi, tudo bem? — Ele era bem refinado, nada de tatuagens nos braços, usava uma camisa polo de marca e uma bermuda jeans, parecia frequentar academia. Ela adorou sua aparência.

— Tudo bem, mas você não vai perguntar meu nome? — sorriu, deixando-o sem jeito.

— Desculpe, eu me chamo Marcel, e você?

— Sou Lilian. — *O nome também é bonito*, pensou ela.

— Eu vi você cantando no Campo de Marte, nossa, você é muito boa.

— Você quis dizer que eu canto bem, é isso? — Ele novamente ficou sem graça.

— Isso, você é uma ótima cantora — disse, todo sem jeito.

— Que pena, eu achei que falava de minhas pernas e da minha bunda — e soltou um sorriso sarcástico. Ele ficou vermelho, e a velhinha que se sentava à mesa de costas para eles engasgou com o chá quando ouviu isso.

— Eu não poderia dizer isso, mas tenha certeza que também gostei.

— Obrigada, você faz academia?

— Sim, na mesma academia que você frequenta. Quando chego geralmente te vejo saindo, demorei para me lembrar de onde te conhecia. — Agora estava confiante, pois ela devia ter se encantado com seus músculos.

— Você não é um daqueles tarados que seguem a mocinha até morrer no final do filme, é? — A velhinha engasgou de novo, mas estava adorando a conversa dos dois.

— Meu Deus, de onde você tira essas coisas?

— Bobinho, fique tranquilo! Se for, não contarei para ninguém, mas fique ciente de que morrerá no final do filme.

Ele sorriu.

— Mas o filme pode ser longo, e no meio a mocinha pode ter uma síndrome de Estocolmo e se apaixonar pelo seu perseguidor.

— Uhm, adorei isso, você gosta de cinema?

— Gosto muito de filmes antigos, e você?

— Adoro filmes antigos.

— Não quer vir ao meu apartamento ver um filme comigo, conversar e comer pipoca?

— Quem faz a pipoca? — perguntou ela.

— Eu faço, pode ser divertido, o que acha?

— Mas você mora sozinho?

— Sim, eu sou do interior e estou estudando aqui.

— E promete que não tentará me comer? — disse, sorrindo.

— Prometo que não tentarei, palavra de honra. — Ou seja, poderia ir além, ela adorou essa tirada.

Os dois pagaram a conta e saíram pela rua. Ele morava a duas quadras do prédio dela, no quarto andar de um prédio antigo, e seu apartamento era de um quarto, todo bem organizado, ele deveria ser do signo de virgem. Havia uma bela sala, com um sofá enorme e uma cozinha pequena ao fundo, não tinha varanda.

Ela olhou e pensou: *Se ele for tarado, correr daqui será difícil.* Mas, ao contrário, era descolado, tinha uma vitrola com muitos discos de rock, uma guitarra na parede e uma televisão de trinta polegadas. Ela sentou-se no sofá, ele trouxe duas cervejas, ela disse que beberia só aquela latinha, e ele foi para a cozinha estourar pipoca. Ela se aconchegou no sofá, olhando tudo com muita curiosidade.

Logo ele retornou com duas tigelas de pipoca, pegou uma fita VHS e colocou o filme *O Iluminado*[16], de Stephen King. Ela adorou tudo, assistiram colados um no outro e conversaram, depois do filme fizeram suas considerações como se fossem críticos. Já eram quase dez horas, ela resolveu ir embora, e ele gentilmente se ofereceu para acompanhá-la. Mesmo andando lado a lado, ele sempre se colocava do lado da rua, ela percebeu e gostou. Na porta do edifício dela, ele ia saindo, mas ela o chamou e deu-lhe um abraço com um beijo no rosto, ele saiu sorrindo. Não marcaram um novo encontro nem trocaram seus telefones, porém ambos adoraram a noite.

Ela continuou sua rotina, e sua vida seguia em frente, conversava muito com Angélica, sempre contando as novidades. Angélica

---

[16] O ILUMINADO. Direção: Stanley Kubrick. [*S. l.: s. n.*], 1980. Disponível em: https://play.google.com/store/movies/details/O_Iluminado_Legendado?id=rw3UVz9UAwQ&hl=pt_BR. Acesso em: 7 jan. 2025.

não resistia a falar de sua vida amorosa sempre picante, e ela se divertia com as histórias. Além da faculdade, às quartas ensaiava na casa de Norton, sempre acompanhada também por Sophia, pelo baixista e pelo novo guitarrista da banda. Na quinta-feira, tocavam no Rei do Bacalhau, e aos sábados de manhã no Campo de Marte.

Passadas duas semanas, ela sentiu certa saudade, queria encontrar seu amigo de novo, mas a única pista dele era a lanchonete. Então, resolveu tentar a sorte e, quando chegou, ele realmente estava lá, sentado à última mesa, olhando fixo para ela entrando, com sua minissaia jeans, uma bota nos pés, de camisete branca e jaqueta jeans. Os olhos dele brilharam ao vê-la, estava muito linda. Ela foi até sua mesa, deu-lhe um beijo no rosto, e ele ficou todo sorridente.

— Achei que não iria vê-lo mais, está tudo bem?

— Tudo, e você? O que tem de novo?

— De novo nada, minha vida é faculdade, academia e música.

— A minha é academia e faculdade.

— O que você faz?

— Psicologia na Sorbonne de Saint Denis.

— Que interessante. Quer conhecer meu apartamento?

— Pode ser, você promete que não tentará abusar de mim? — sorriu.

— Prometo não tentar — soltou um sorriso sarcástico.

Assim, pagaram a conta e foram ao apartamento dela. Ele ficou impressionado com o tamanho e o bom gosto dela. Ela pegou dois copos com uísque e gelo e deu um para ele, pois era a única bebida alcoólica que tinha, depois lhe mostrou o piano, ele disse que tocava e ela adorou ouvir. Na sequência, sentaram-se na varanda e conversaram muito, ela enrolou seu cigarro, e ele, que parecia um nerd, fumou com certo conhecimento. Ali ficaram até quase duas horas da madrugada. Ele, sentindo que deveria ir embora, levantou-se, e ela o acompanhou até a porta.

Quando foi lhe dar um abraço, ele a beijou na boca, ela adorou e retribuiu, mas, assim que o beijo terminou, ela disse boa-noite, e ele desceu as escadas sozinho. Ela foi dormir, desistindo da academia naquela madrugada, estava radiante.

No dia seguinte, ele a esperou na porta da faculdade, pois haviam combinado de ir até o clube de tiros de Saint Denis. Ao se encontrarem, deram aquele selinho básico e foram pegar o metrô, que se tornou o novo transporte de Lilian em Paris, para ir ao clube.

Ao chegarem lá, Marcel não quis participar e ficou de fora, olhando-a atirar. Não demorou muito para ela pegar o jeito, ele adorou aquela estrutura toda. Depois de uma hora de tiros, eles foram para o apartamento dele. Logo que chegaram, ele colocou uma pizza daquelas congeladas para assar, e comeram assistindo a um clássico do Woody Allen que ele adorava, novamente conversaram depois sobre o filme e se beijaram muito, ele tentou passar um pouco do ponto, mas ela o bloqueou.

— Sabe, eu venho de uma relação que acabou de forma trágica, e ele foi meu único homem, então preciso de um tempo para retomar essa parte da minha vida, você acha que consegue esperar?

— Sim, você é quem decide; quando decidir, podemos fazer de uma forma especial — respondeu sério e muito seguro. Depois a levou em casa, novamente se despedindo com um beijo longo e molhado. Ela subiu radiante, sentindo que a vida lhe permitia seguir em frente.

Eles passaram a fazer academia no mesmo horário, às quatro horas da manhã, e se viam pelo menos três vezes por semana. Ele não ia apenas aos ensaios e à apresentação da quinta-feira, pois sabia do acidente e era bom preservar a imagem dela. Logo passaram a dormir juntos, mas nada de sexo. Algumas vezes, Angélica a visitou junto de seu namorado, e os quatro criaram uma grande afinidade. Porém, a cabeça de Lilian, embora seu corpo pedisse, não estava pronta.

Em uma noite, eles foram a uma pizzaria com Sophia e Norton. Em determinado momento em que ficou sozinho com Sophia, ele perguntou:

— Ela era muito apaixonada pelo ex-namorado?

— Sim, ele foi, para ela, um príncipe encantado, eles se beijaram pela primeira vez no alto da Torre Eiffel, na primeira noite fez algo especial.

— Como assim, especial?

— Levou-a a um restaurante de luxo, depois à suíte nupcial do Le Moulin, foram as primeiras experiências dela, e isso fortaleceu demais o laço entre os dois, estamos até impressionados de estarem juntos, pois, quando ele morreu, ela ficou muito abalada.

Ele captou uma mensagem ali, talvez devesse fazer algo especial, mas com o cuidado de não repetir o hotel e o restaurante. Era muito difícil saber o que passaria na cabeça dela. No sábado seguinte, ele acordou no apartamento dela e acompanhou-a até o Campo de Marte, ele amava vê-la cantar, depois a deixou em casa. Ela até estranhou; então, ao se despedir, ele disse:

— Eu gostaria de fazer algo diferente hoje.

— O que seria? Não vai pedir para eu chupar seu pau, que não vai rolar — deu seu sorriso lindo e sarcástico.

— Gostaria de jantar com você em um local diferente, o que acha?

Ela olhou-o com uma lágrima descendo de seu olho esquerdo e respondeu:

— Eu adoraria, pode ser às oito horas?

— Sim, eu venho te buscar.

Ela beijou seu rosto e subiu chorando, lembrando-se desse mesmo momento no passado. Mas, depois de meia hora, marcou salão e foi novamente se preparar.

Às oito horas em ponto, Marcel tocou sua campainha, e ela pediu para ele subir. Ele estava com um carro da marca Audi preto alugado e subiu todo alinhado, de terno azul e gravata preta. Ela abriu a porta e estava deslumbrante, com um vestido longo que acompanhava o contorno de seu corpo e um decote lindo, uma echarpe preta nos ombros totalmente nus, cabelo preso em um penteado muito elegante, batom vermelho e brincos longos de prata, combinando com seu colar e seu bracelete. Ele parou uns segundos, admirando-a:

— O que foi? Não gostou?

— Nossa, você está maravilhosa! — sorriu, com os olhos lacrimejando.

— Não, você é que está maravilhoso.

Ele sutilmente deu-lhe um beijo no rosto, para não estragar o batom. Deram-se os braços e desceram até o carro, ela adorou vê-lo de carro.

Foram até o Hotel Le Grand, lá havia um jantar de gala no restaurante, muita gente bonita, mulheres elegantes, a nata de Paris estava ali. Desceram do carro, o manobrista assumiu e subiram de braços dados à escadaria de mármore da entrada, tudo era luxo e sofisticação. Uma hostess os levou à sua mesa, que ficava ao lado da pista de dança, que estava começando a encher. Eles escolheram seus pratos em um menu de quatro opções, com couvert, salada, prato principal e sobremesa, tudo muito requintado. Foram dançar. Ele não dançava como Arthur, mas sabia dançar até muito bem. A beleza dela na pista chamava muito a atenção das pessoas. Estavam em uma noite radiante, o jantar durou, para eles, até perto da meia-noite. A banda tocava músicas românticas e, nesse momento, ele se levantou e disse em seu ouvido:

— Quer dormir aqui hoje?

O olhar dela era de puro desejo.

— Sim, mas você promete que vai me comer? — Ele ficou todo sem graça.

— Prometo cuidar de você!

Ela o beijou ardentemente, então eles subiram.

Ao entrar na suíte, ela percebeu que ele havia reservado e cuidado de todos os detalhes. Era uma suíte linda, toda decorada em azul-celeste. Ao fundo havia uma banheira enorme. Eles entraram se beijando, e ele minuciosamente foi soltando o zíper de seu vestido, ela estava sem nada por baixo, toda nua. Ele não acreditou, então a agarrou, beijando-a com delicadeza. Ela começou a tirar as roupas dele com todo o cuidado, passando a boca em cada parte que era desnudada, até que chegou ao seu membro, que parecia trincar de tão duro. Acariciou-o e colocou-o na boca. Ele tremeu e suou, ela sabia como tocar um homem, então subiu beijando seu abdome e seu peito, até chegar à boca. Ele a deitou na cama e começou a beijar seu corpo, não resistindo a seus seios rígidos e muito lindos, logo colocou a língua em sua vulva e ela estremeceu de prazer. Com muita calma, ele a lambia, colocando o preservativo.

Sem ela nem perceber, de forma muito rápida, tirou a língua e a penetrou. Ela se perdeu em êxtase, gemendo e suando muito. Os dois chegaram ao ponto máximo ao mesmo tempo, ele se manteve dentro mais uns segundos, ela adorou isso, e depois se deitaram abraçados um ao lado do outro, adormecendo com muito carinho.

Ao acordar umas duas horas depois, Marcel a viu na banheira e não resistiu, indo ao seu encontro. Ela sorriu e começou a acariciá-lo, o amor falou mais alto outra vez, e depois mais uma. Os dois curtiram muito todo aquele momento. Adormeceram perto das cinco horas da manhã, só acordando ao meio-dia, não resistiram e transaram de novo.

Ela tomou um banho relaxante, colocou a roupa da véspera e ele também, um ajudando o outro. Impecavelmente bem-vestidos, desceram para almoçar. O almoço era mais informal, servido em estilo self-service, dava para notar o número enorme de casais que dormiram ali, pois almoçavam em traje de gala. Após o almoço, passearam pelas dependências do hotel, que era fabuloso, e até combinaram de voltar em um outro final de semana, preparados para curtir toda a área de lazer. Depois subiram para o quarto, ela tirou toda a indumentária e se deitou com ele completamente nua, seu corpo o deixou impressionado, era perfeita e de um bom humor inexplicável.

Passaram a tarde conversando, se amando e relaxando, só deixaram o hotel perto das oito horas. Antes, jantaram ali mesmo, depois ele a deixou em casa, subiu até entregá-la em sua porta.

Ela entrou toda realizada, foi realmente um momento especial. Não se conteve e ligou para Angélica como uma criança eufórica, e depois para Sophia.

— Amiga, nós fizemos amor e foi tão bom! — disse a mesma frase para as duas e depois, com a curiosidade delas, contou os detalhes. Parecia uma criança descobrindo a vida.

Esse romance foi muito importante. Além de sua paixão por Marcel e ele por ela, ter alguém era seu porto seguro. O tempo passou e o namoro dos dois seguiu sempre muito bom, poucas vezes brigaram e muitas vezes se amaram, mas o curso de Lilian chegou ao fim. Ao mesmo tempo, Angélica também encerrou o seu. Ela havia terminado com o namorado e decidiu ir com Lilian de volta ao Brasil.

Lilian, uns quinze dias antes, com muita dor no coração, desmontou a banda com Norton. Ambos choraram muito, foi muito importante para eles aquela parceria. Norton, anos mais tarde, se tornaria baterista de uma das grandes bandas da França, e isso só foi possível graças àqueles anos. Depois ela se despediu também com muitas lágrimas de Manoel, que ficou inconsolável, pois tinha por ela um carinho enorme. Porém, a vida tinha que seguir.

Agora vinha o momento mais difícil. Em uma noite em que Marcel dormiu no apartamento dela, ela começou a falar de seus planos:

— Eu pretendo ir ao Brasil e depois farei um curso nos Estados Unidos; não sei como ficaremos.

— Simples, não ficaremos, você já me contou de seus planos, e eu sempre soube que não haveria espaço para mim em sua vida, pois você tem um mundo aos seus pés, e eu não pretendo ser sua âncora.

— Como assim? Você nunca será uma âncora em minha vida! — Ela começou a chorar.

— Não, pois eu não irei com você ou esperarei você! Viver com você foi a melhor parte de minha vida até aqui, mas temos que ser racionais, eu me preparo para me formar em dois anos e montar meu consultório em Londres, esse é meu projeto, e a minha vida será assim. Você será, em alguns anos, uma grande estrela da música, da arte ou de qualquer outra atividade, pois coloca seu máximo em tudo o que faz, e o céu é seu limite. Gata, te amo demais para querer algo mais que as memórias do que vivemos, de nossas conversas, das vezes em que fizemos amor, nossos jantares e até daqueles momentos em que fumamos maconha em sua varanda. Trocaria tudo para morrer ao seu lado vivendo do mesmo jeito, mas isso seria egoísmo meu, o mundo merece te conhecer!

Ele a beijou muito forte e depois se levantou. Ela o puxou, e ali se amaram, ela chorando e sentindo aquele amor todo ao mesmo tempo. Esse ciclo acabou, foi a última vez que se viram, e assim a vida deveria seguir.

CAPÍTULO 30

O PLANO

Dois dias depois, Lilian e Sophia se encontraram com Angélica no Aeroporto Charles de Gaulle. Sophia chorou muito ao se despedir de Lilian, ela foi a pessoa mais incrível que passou por sua vida.

E, assim, as duas embarcaram para o Rio de Janeiro, o voo foi o tempo necessário para Lilian, que agora seria Déborah, se recuperar do fim dessa relação. Angélica agora era Aline, coisas que Arthur sabia bem como fazer.

Ao chegarem ao Rio, Arthur as esperava. Um dia depois de levá-las até o Hotel Paraíso, em Porto Belo, agendou uma reunião com elas, na parte da manhã, na sala de reuniões do próprio hotel.

Estavam presentes: Fátima, que era secretária de Gláucia; Paulo, um dos seguranças da boate; Flávia, amiga delas da infância, que usava na boate o apelido de Pink; Arthur; Déborah e Aline. Depois de um encontro emocionado entre elas, Arthur começou a descrever o plano:

— Vocês duas irão tirar a Gláucia de circulação, Déborah irá abordá-la na Confeitaria Lisboa, aonde ela vai todo dia. Você, Aline, ficará na janela desse apartamento em frente e usará essa lanterna para simular miras laser. Depois Déborah a levará até esse hotel — ele falava e apontava os locais no mapa —, onde Aline estará esperando e cuidará dela até receber a ligação com o placar do jogo. Com Gláucia fora, você, Fátima, comandará a noite na boate. Com isso, desligará as câmeras no momento certo e facilitará o trânsito de Pink e de Déborah no interior da Apple.

"Paulo, você abrirá o portão na terceira batida e deixará Déborah entrar, a câmera estará desligada. Flávia, você vai seduzir o Tobias, para ir até a suíte dele uma semana antes, e colocará no copo dele este comprimido, ele adormecerá, e você cuidadosamente colocará esta arma e este punhal atrás do armário da pia do banheiro. Lembre-se: a vida de Déborah depende disso. Deve ter todo o cuidado com o segurança na porta. Na terça-feira, você e o Paulo irão, no final da tarde, até o Hotel Itapuã, reservarão a suíte no final do corredor por duas diárias, pagarão em dinheiro e apresentarão estes documentos. Levem uma mala grande para o quarto, lá vocês desativarão a câmera do corredor; dificilmente os funcionários perceberão. Se vocês a quebrarem, a manutenção deve durar dois dias. Para ninguém desconfiar, durmam no hotel. De manhã, saiam para passear levando a chave para Déborah, assim ninguém fará a arrumação do quarto.

"Você, Flávia, terá de se camuflar muito bem e esconder o volume de seus seios, pois pode ser uma pista fatal. E você, Paulo, voltará ao hotel para fazer o check-out na quinta-feira, entrará discretamente sem ser notado, e depois descerá com a mala que levou na entrada, então pagará em dinheiro os extras. Não esqueça a barba, os óculos e o boné na cabeça. Deve fazer isso depois do meio-dia, pois as coisas já estarão mais calmas.

"Fátima, você deverá ser discreta e garantir que a noite seja o mais normal possível. Pink contará a história da virgindade da menina que estará fazendo o striptease e convencerá o Tobias a assediá-la. Você, Déborah, deverá seduzi-lo, mas com muito medo de ser descoberta pela Gláucia, que fará um leilão de sua virgindade.

"Na mesa dele, você beberá em seu copo, soltando dentro do uísque este comprimido que estará plantado em sua gengiva. Ele adormecerá em menos de uma hora, tem de convencê-lo a ir logo, para que ele apague somente na suíte. Um segurança ficará na porta, e o outro na porta do elevador na garagem, você tem de ser precisa e estará sozinha.

"Eu só posso te desejar sorte, mas terá que matar o segurança da porta. Antes de sair, você tem de fazer algo que o obrigue a entrar. Assim, você se esconde atrás da porta e atira nele por trás, então sai para o corredor, levando tudo que é seu, entra no apartamento no final do corredor, se troca e desce pela escada de manutenção ao lado da janela, não pode passar nem pela garagem nem perto da recepção. Um táxi a pegará na segunda esquina à direita. O jogo para vocês encerrou. Liberam a Gláucia, eu tiro a

Flávia da boate e ela só volta no domingo. Não improvisem, sigam o plano à risca, tem de ser tudo perfeito. Aqui estão os horários e as tarefas individualizadas, decorem e depois destruam."

Ele entregou um envelope para cada um.

Terminada a reunião, os integrantes saíram um por vez, em direções diversas. Déborah e Aline voltaram para sua suíte, e Arthur foi para a piscina tomar seu uísque e curtir o sol.

FRASES PARA GUARDAR

Alimente o lobo.

Informação é poder.

A vida exige disciplina.

Os fins justificam os meios.

É preciso dividir para multiplicar.

Negócios são para quem sabe negociar.

Dinheiro não é tudo, educação é mais importante.

Nunca amarre mais que três ovelhas para os lobos comerem.

Não importa de onde você veio, mas sim quem será e quem conseguirá ser.

Aproveite os bons momentos da vida, procure sentir o sabor de um café, ter uma boa companhia ou apreciar o aroma de uma torta que acabou de sair do forno; a vida é curta, e esses momentos são poucos.

Esqueça o passado, ele não define você; viva o presente, só assim construirá o futuro.

Para ser bom em qualquer atividade, você precisa de conhecimento e informação.

Apenas o estudo pode mudar a classe social de uma pessoa.

Pequenas coisas podem mudar nossos destinos.

A vida não é justa.